一本感动中国的杂志

DECRYPT Duzhe

解密读者

1981-2008

师永刚 著

華夏出版社

图书在版编目（CIP）数据

解密《读者》/师永刚著；—北京：华夏出版社，2008.6
ISBN 978-7-5080-4773-7

I.解··· II.师··· III.期刊—出版工作—研究—中国 IV. G237.5
中国版本图书馆 CIP 数据核字（2008）第 070244 号

本书所引述文章与图片均由《读者》杂志社提供

出品策划：

网　址：http://www.xinhuabookstore.com

解密《读者》
——一本感动中国的杂志

著　　者：师永刚
责任编辑：张　华
美术编辑：兰　馨
整体设计：海　洋　苗　洁
设计制作：北京锦绣东方图文设计有限公司
出版发行：華夏出版社
（北京东直门外香河园北里 4 号　　邮编：100028）
总 经 销：四川新华文轩连锁股份有限公司
印　　刷：北京中科印刷有限公司
开　　本：16 开　　787mm×1092mm
印　　张：21.5
字　　数：310 千字
版　　次：2008 年 6 月北京第 1 版
印　　次：2008 年 6 月北京第 1 次印刷
书　　号：ISBN 978-7-5080-4773-7
定　　价：45.00元

杂志有生以来便代表一种智慧的活动。杂志的作用，是从旧材料中编织新的故事，配合时代的潮流改写历史及传记，伸张已经被人遗忘的真理；使健康的知识更能适合人的口味，化玄奥的科学为应用的知识，向世界上黑暗的角落，以及人类文化教育的若干隐处，投以搜寻的光亮，发起新的运动导引旧的运动，高揿警铃使酣睡中的人们自梦中惊醒，扭转那些向后张望的头颅，使它目向前方……

美国《独立周刊》创刊词

杂志是集体的力量，伟大的编辑总是隐于其中，每一本杂志的气质里，融合着的是，众人灵魂集合时统一的发声。有的正确，有的正在努力正确。但一本杂志只要存在，那么就是正确的。尤其它若还能存在10年，20年，甚至30年，或者100年，这就是成功。编辑的纪念碑竖在创意与创造的中间。

美国《纽约客》发刊词

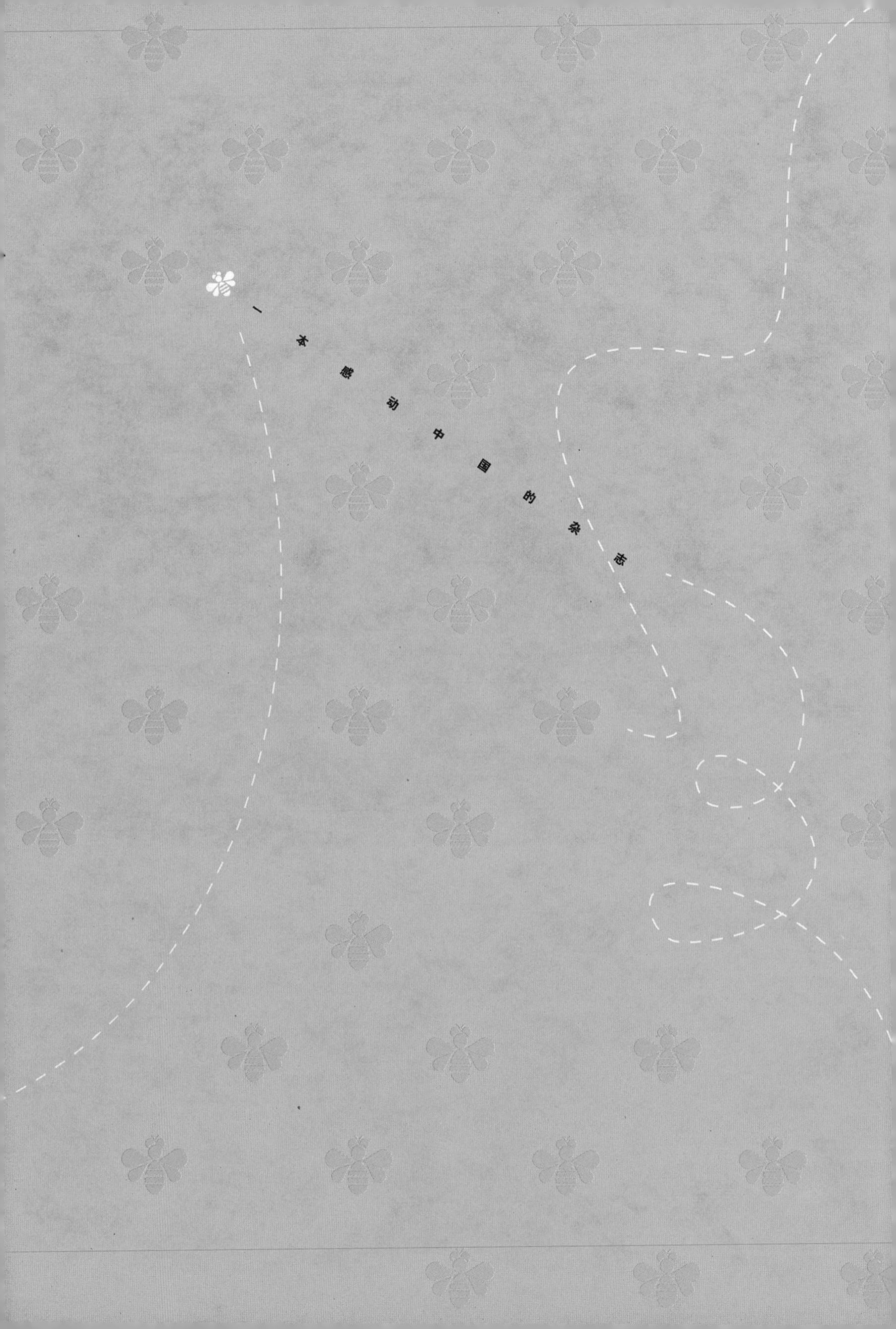
一本感动中国的杂志

目录

第一卷
《读者》传说
(1981－1984)

第二卷
我们尝试了什么
（1985－1994）

第三卷
公民《读者》
(1994－2008)

序一

杂志传

贾平凹

世上有为某一人物作传的书，也有为某一事件作传的书，但为一本杂志所作的传记却是罕见的。当师永刚先生将厚厚的一册书稿寄来嘱写几句话时，我着实吃了一惊，遂欣然命笔。我说，27年里有《读者》是时代的一桩幸事，完成了《解密〈读者〉》又是读者的一桩幸事了。

我是《读者》的读者，从创刊到今日，热爱不减。我本人也是从事编辑工作的，甚至创办和主持过一份报纸和一份杂志。我深知当编辑的辛苦，深知让一本杂志产生影响和继续扩大影响是多么的不容易。作为一本文摘杂志，又是出现在中国西北的边城，见证和参与了一个时代，影响了广大人群的生活，《读者》简直是创造了一个奇迹。《读者》的成功，作为同是办刊物的我们那一帮人，尤其是我，研究过，借鉴过，而最后感叹了，无奈了，自愧不如。

师永刚是有心计的，他记录和评述着《读者》，何尝不是记录和评述了一个时代的文化呢？这样的书，一般说来是容易枯燥的，但《解密〈读者〉》激情淋漓，笔法灵动，翔实的记录中充满了诗质。如果是这么一本有情有致的书，已经够我们享受阅读的欢乐了，但作者仍要透过种种现象分析提示许多社会问题，理顺更多的文化心态，诗人原来是哲人，这又使我们不得不庄重，变得智慧起来。

感谢上苍，日子虽然难过，过着却也充实。

序二

十五年的开头与结尾

余秋雨

刚刚从欧洲考察了近百座城市回来，满脑子山重水叠，不想动笔，连沿途写的一些札记也仍然塞在旅行箱里没去整理。突然有一位以前不认识的青年作者要为他的新著写一篇序言，这样的事我近年来已经不做了，正待婉言谢绝，耳边又传来半句，他说那书专写甘肃的那本杂志《读者》……

“你写《读者》？”我追问了一声，便立即答应了。怎么偏偏在我结束旅程的时候又是它呢？这位叫师永刚的青年作者究竟是谁派来的呢？

15年前，在我开始出发的时候，也曾遇到过它。那时我正经历着一场思维危机，突然对一整套学术研究方法产生了根本性的怀疑，随之也对自己已出版的几部史论著作不满意起来。我决心重新开启感觉系统，去感受文化的真实体温，而不再仅仅做观念和史料的拼接游戏。于是，不带一本书来到青海和甘肃，直接去面对黄土高原的沙谷焦岩、废城枯河。这些伟大而悲怆的伤痕瘢疤，全然无法在书斋中想象。但是，一次次惊骇终于积累成了迷失，历史变得那么狰狞繁复，个人变得那么孤独无助，我将如何来继续计划中的旅行？至此才稍稍明白，人们为什么总是要在辽阔的文化领域急忙筑起概念的栅栏、书本的围墙、集体的方阵？至少一半是为了躲避这种狰狞和孤独。我不想刚刚起步就撤回，因此在兰州城一处清冷简陋的角落里夜夜苦思，天天徘徊。

就是在这种情况下，我在兰州的书摊上买到了这本杂志，当时还叫《读者文摘》。读完一本，再去搜寻以前各期，才知道它在当时就已经非常畅销。

按照往常的阅读习惯，我也许会觉得它过于清浅甜美，不够厚重辛辣。但是为什么，我一次次把它放下又一次次把它捡起？

它的大多数篇目，只是挖掘出了许多普通人蕴藏在心底的点滴美好；这些美好并不壮丽却纯净得不掺杂质，因此可以一篇篇、一期期地融合在一起，组成一个独立的精神天地；执掌这个天地的主角不是悲剧英雄、凌世超人或深思智者，而是平民百姓；平民百姓不再是呻吟者、诉苦者或抗击者，而是心灵光亮的点燃者；点燃者和被点燃者完全平等，不分界限，因此点燃和被点燃常常是同时发生的寻常行为……

这些特征现在看起来可能并不稀奇，但在当时中国的阅读领域却还颇为罕见。那是一个驱逐灾难、评判历史、谋求改革的时代，一切声音都响亮而决断，既让人兴奋又让人头晕，而它则在遥远的角落温和地表明，社会改革的基座是广大普通人的心态和生态。这种主张使广大普通人有事可干了，不再只是抬头观望、企盼、抱怨，而可以低下头来在自身和周围发掘美好、营造和谐。在我看来，这也正是这本杂志能达到那么高的发行量的根本原因，它使原本在精神上无为的人群变得有为。

社会上当然还有大量比《读者》更深更高的课题需要一批专家静心研究，但我一直怀疑其中有一部分是打扮起来的架势，故意把简单的问题缠成了复杂。许多看起来千头万绪的历史用最简明的逻辑一看便洞若观火，大量盘旋曲折的恩怨是非只须稍稍比较一下人品细节就一清二楚。因此，《读者》式的视角有自己独特的力度。

在兰州的居所里我边翻阅这本杂志边想，对于中国的历史文化，我因摆脱了原先的书本而全然迷失，却也可能凭着寻常情理重新找到线索。以人性、人道、善良、美好为基本标尺，再坎坷狰狞的历史也可能被读解。于是，我有了继续旅行的信心。

更让我兴奋的是，我在这里又找到了一条摆脱孤独的道路。既然我今后要把持的是寻常情理，那么也就可能一路与很多普通读者谈心，《读者》所摘录的中外文章正好提供了这样的范例。

于是，就在兰州旅舍的木桌上，我写下了后来被人们称之为“行走文学”的最初几篇文章。写完一篇就去找邮筒，寄给《收获》，随写随寄是为了不使写作堆积成负担。那时我已经明白行走是我的宿命，而吐露行走的感受则是一种愉快。只是感受，不是结论，而且是能够与普通读者交流的感受，这便是当年的《读者》给我的启发，尽管我后来在旅途中所遇到的考察对象是那么艰涩又那么庞大。

我行走的路程越来越长，原以为走一圈能找到一些答案，谁知更多的找到的却是问题，于是必须再走下一圈。一圈圈扩大开去，最后只能从中华文明走到其他早已衰落的人类古文明，以及另一支存活下来的文明即欧洲文明。这样的漫漫长途，当然再也读不到《读者》杂志，但每次回国都还与它有点关系，因为几乎每次回国都会遇到一系列匪夷所思的人生磨难。每当惊诧莫名、怒火中烧的时刻，总会有一个温和的精神天地静静地出现在眼前。这倒未必专指《读者》，而是一种包括它在内的气质性、思路性存在，好像有很多声音，讨论着我的遭遇，善良而又智慧。至于讨论的结论，一切进入过这个天地的人都能推测。就在这许多遭遇中的一次正巧发生的时候，收到了《读者》编辑部写来的一封信，要我对他们的杂志作些评判，我几乎不假思索地拿起笔来写道：

> 从80年代到90年代，社会转型剧烈，人心激动而浮躁。居然有一群书生，日日夜夜收集着海内外点点滴滴的精神甘露，月复一月、日复一日地广洒九州，洒向时代、社会和人心的干裂处，其功其德，难以估量。
>
> 这件事发生在中华民族母亲河上游的岸边，使人们重睹民族精神版图的早期平衡，不禁对大西北的黄土高原重新打量。

这后半段话，表述了我对自己旅行出发地的一种特殊感受。我这次旅行历时15年，终点是北极圈。我站在冰天雪地中朝南长叹一声：终于走完了。从北极圈南下到赫尔辛基，然后在那里搭乘飞机回国，岂料那么快就遇到这个年轻作者，开口便是《读者》……

我立即答应写序言是因为大吃一惊，怎么15年的开头和结尾都是它！

师永刚为《读者》写传记很有意义。一本发行量如此大的杂志出现在社会转型的时代，其实已成为历史的缩影，不知负载过多少人生的冷暖。师永刚把编辑部作为主要采访对象，写出了这样一群创业者如何在艰难中不断作出有见识的选择，最终创造出中国最高发行量这个奇迹来的。我读下来的感受是：读者不可欺，创造一时的发行量奇迹并不难，要长期创造则必然有深刻的人文原因。历届编辑人员忙忙碌碌，其实都在延续和修订着一种魅力长久的道义原则和美学原则。这本登上发行量巅峰的刊物历来很少做外部传扬，此中包含着一种令人深长思之的必然。

然而我们也都承认，这种成功又与特定时空中的读者群体有关。是读者和编辑人员一起，创造了“《读者》传奇”。因此，这本传记如有续篇，应该仔细地写一写各类读者。我且先把自己作为读者的一个例证提供出来，不知这样的素材能不能算作序言？

序三

解读《读者》

胡亚权

办期刊是一种智慧的活动，大到纵横捭阖，小到细微末节，明处须直面公众，暗处应精心策划，朝前要展望未来，朝后要洞悉历史，缺乏智慧怎么能行？

办刊又是一种冒险。冒险的乐趣在于永无止境，每天都做着明天的事，面临数不清的问题和挑战，仅从大把问题堆里理出其至要者，并机敏地处理好，已属不易。列宁说过，一个傻瓜提出的问题，要比十个聪明人提出的还要多。你首先得试着当傻瓜，然后再练就一身解决难题的本事。慢慢会悟出这么一个道理：提出问题不算本事，解决问题才算本事，漂亮地解决问题那算是真本事。好在，经验是在痛苦中被记住的。我们摸爬滚打已有二十余年，最有效的经验可称之为收获，收获以外的经验只能算作教训，而教训的价值是很卑微的，所以宁可把经验二字换成体验来说，更显得自然和贴切些。所谓经验往往是不可学的，要靠自己去创造；体验可以说是脚和鞋子的关系，只有自己知道合适不合适。

办刊也可算是一种游戏，一旦你制定了游戏的规则，你就得玩下去，输赢在所不惜。胜面大一些，表示你技艺还行，或曰运气颇好。但是切记，你不得随意改变规则，否则你将玩完。因为历史将忠实地记下你的胜率和败绩，且毫不留情。写到这里想到一位旅美华人画家对我说过的一句话：美是一种过程。很久以后我才琢磨出这句话的含义。我们所做的事，一旦被人们认为是有价值的、有意义的，那么，整个过程就是一种美。这种美包含了所耗费的神智，所经历的痛苦、辛劳、鲜为人知的所有不安和期盼，以及成功后的百感交集。这样，便产生了所谓的历史。从这个意义上讲，历史只是过程的再现。

换言之，历史终归是过去，不可能是面对未来的灵丹妙药，所以我们仍在学习着，探索着，进取着，收获着，扬弃着，永无休止。

我接触过的作家、记者和朋友们，对我这类人常有一比。有人比作儒家，又说不像；好几个比作道家，有庄子倾向，也觉不妥；只有一位将我们比作堂吉诃德，我比较认同。因为我们的所有行动和作为，在许多人看来是不现实的，充其量只是一种善良的冒险。塞万提斯在400年前写这本书并塑造这位人物时不知作何想，但我认为，那位中世纪骑士的思维方式之纯真善良和行为的执著与认真，是人类在欢笑之余可以无尽地去汲取的。妙就妙在，在那本巨著里，理想是现实的，而现实却是理想的。堂吉诃德永远生活在理想和现实之间。《读者》从无到有，从小到大的过程，使我们想到黑格尔的著名哲学命题：存在的就是合理的，合理的就是存在的。《读者》从存在的合理，到合理的存在，走过了一条极不平凡的路。《读者》在改革开放之初诞生，生逢其时；《读者》吸引千万读者认同，喜逢挚友；《读者》还以自己固有的气质成长着，性格鲜明。这三点，可视为《读者》取得成功的根本理由。

在一篇回顾《读者》的文章中，我曾这样说过：

> 编辑部从来没有把《读者》当作48页印刷纸去看待，而是把她当做一个活生生的“人”去培养。我们把《读者》人格化，努力使她有思想、有追求、有风骨、有情致、有志趣、有格调、有性格、有风韵，有自己的喜怒哀乐，有自己的幸福家园，有自己的自然环境和自己的祖国。她简直就是一位中国公民。

作者曾有意把本书取名《公民〈读者〉》，并试图解读她，说明他赞同这一观点。《读者》有一些自己的见解。她主张多元文化的共存。在坚持以中华文化为主线的前提下，又力图把中华文化置入世界文化的大构架中。她恪守了中国风格，同时对外来文化持包容和吸纳的态度，不妄自尊大。在多元文化中，《读者》还强调文化的综合性，设法在文学、艺术、历史、人文、科普等人文科学和自然科学等各个领域，体现文化的文明本质以及它的地域性、民族性、互补性、交叉性、传承性和永恒性。《读者》还试图在高雅和通俗之间打通一条管道，弥合两个极端之间的鸿沟。

《读者》的精髓在哪里？首先，《读者》是人性的。《读者》抓住人性这个主题不放，试图从多方面诠释之。在人性的大主题中，《读者》选择了真善美的人性追求，一以贯之地铺陈和展示，乐此不疲。她试图找到一种独特的表达方式，通过那些优美的故事、文字和图画，感染人们，轻轻触摸到各色人等心灵的最深处，使人们从中得到领悟、抚慰、联想、净化、认同、关爱，甚至援助的阅读乐趣。

其次，《读者》是理性的，她既入世而又出世，永远用一种思索的神态看待这个纷纭世界。她力求客观地表达发生在世界上的许多事，但不去表露自己的观点和好恶。《读者》的内容编排长期没有大的变化，但思想却是十分活跃和冷静的，连那些好似信手拈来的小小补白，也须经过反复筛选，绝不随意。对于文摘类这种二次文献杂志，要做到这一点，除了技巧，更重要的是编辑的思想和责任心两种理念。

第三，《读者》是知性的。在她成长的每一步，都表现出一种小心翼翼的探索。她注视着世界的变化，和中国读者一道携起手来前进。试着保持一种与时代的同步，甚至微微地超前。她再现历史，是为了今天的进步；她表达现实，目的是面向明天。张伯海先生说过，《读者》在提高读者的同时，也在提高自己。

第四，《读者》是平民性的。她只是一介平民，和老百姓一样生活和呼吸。她视读者为朋友，而不是所谓上帝；读者待她如知己，可诉说衷肠，亦能鼎力相助。《读者》服务读者的精神、回报读者的行动、高质低价的策略，都来自此种缘分。所以，《读者》对教育的支持、对环境保护的号召，都得到广大读者的理解、认可和热烈响应，并取得了巨大成功。

简言之，《读者》体现了一种看似超然、实则亲近的人文关怀。作家李书磊评价《读者》时说，她的这种诗意的情调实际上代表着人生的正统。她小心翼翼地守护着人类自身存在的绝对认可。

《读者》的长盛不衰，一直受到媒体界关注，并把这种状态称之为“《读者》现象”。这种过誉，更使她蒙上一层神秘的面纱。青年作家师永刚早有解读“《读者》现象”的冲动。他花了三个月时间做了认真采访，想了想，然后用他自己的视角、自己的观点、自己的感受，写成了这部书稿。他的一些过激的结论和放大了的称赞，实不敢苟同，但我可以向读者负责地说，事件和事实基本是准确的。

《读者》的历史好像是一个谜，这个谜今天已大致被揭开。《读者》的未来又是另一个谜，这个谜面正在制作着。将来的谜底，只能由读者帮她去揭开，但愿这个谜底是更美好的。

序 章

一本杂志与她所创造的传奇

围棋国手马晓春，是中国围棋界第一位"全冠王"（各大赛的冠军都拿过）。然而，中日围棋名人战，前4届中方均以0：2失利，对手是日方超一流棋手小林光一。中方主将马晓春冲击小林光一4次未果，每遇必输，似已成定数。

中日间由此传小林是马晓春的"死结"。死结难解，如同命运。谁能找到那只解开命运死结的手？

但经过四次失利的马晓春，却在第五届中日名人战中，一改往日雄健刚硬棋风，频出脱离常规的新手法，终以2：1战胜小林，结束了逢小林不胜的"屈辱历史"。

马晓春把这次胜利归功于一本杂志上的一篇文章，他在给这家杂志写的一封信中称："在即将赴日本与小林光一进行第5届名人战前，我从你们的杂志上看到了一篇叫做《你敢险中求胜吗？》的文章。这篇文章给了我很大的启示。虽然面对强大的对手，但我也想冒点儿险。在比赛中，我两次变局，大胆采用一些脱离常规的新手法，这一战术果然见效。从某种程度上，是贵刊帮我取得了这次胜利。”

这本助马晓春取胜的杂志，因为与美国的某老牌杂志同名，曾引发了将近十几年的商标纠纷。杂志社从未来的发展出发，忍痛决定改名。此事在全国引起巨大风波。中央电视台、《人民日报》、新华社等海内外传媒，竞相报道此事。许多读者闻听改名消息后，用数种超乎想象力的表达方式，请求保持原刊名。个别读者甚至千里飞来杂志社，力陈己见，请求不要更名。因为更名很可能改掉的是一种民族感情。一本杂志的更名竟成为当年国内文化界一件大事，引发各界关注，此为首例。一般杂志改名后，都会对发行量产生影响，出人意料的是，这本杂志改名后的发行量，反而比改名前有巨大攀升。

这本引发全国乃至世界传媒关注的杂志，原叫做《读者文摘》。她在此次风波后，改名《读者》。

西北沙尘弥漫，生态环境破坏已成百年大患。杂志社决计尽自己的绵薄之力，在荒沙起处，以读者的名义造林千亩。他们登高一呼，应者云集。全国上万人寄来钱款，参与植树。募款计500万元，在黄河上游的刘家峡水库附近，造林5000亩。杂志社主编彭长城说：“就是有一天这本杂志消失了，但我们希望树可以以我们和读者的名义，永远地活下去。”

这片以《读者》杂志和她的读者命名的树林，叫做“读者林”。

一位年轻人说，我从7岁开始读这本杂志，现在我19岁，这本杂志伴了我12年，它已成了我生活的一部分。一位中年人来信说，我从它创办那天开始读它，读到了现在，收集齐了所有的期数，我还想永远地收集下去。一位80岁的老人，每个月最主要的任务就是把这本杂志读完，然后给杂志社写一封信“挑刺”。他一共给这本杂志写了340封信。27年来，给这本杂志写信的有30万人。信的内容千奇百怪，有的只是一首诗，有的是一个心理上的难题，更多的是些抒发个人想法的随感。这些读者并不想要解决什么，他们只是需要一个倾听者，一个愿意把自己的想法寄存的地方；他们没有选择朋友与亲友，而是选择了这本杂志。

这本杂志在中国近亿人中，如同一条河，偶尔流经许多人。许多人的一生中，都或多或少地受到过它的影响。杂志创办人之一郑元绪在这本杂志200期时曾写过一句话："读者是流动的，一部分人离去了，一部分人又来了，这很正常。而这种流动着的读者，却创造了一个奇迹。"

这本杂志到2003年第1期时，发行量攀升至686.6万册，成为中国目前发行量最大的一本杂志。而在中国期刊协会所做的近18年来国内大发行量期刊发行统计表上，它连续15年居中国杂志发行量前十名之列，6次成为当年度中国发行量第一的杂志，而这6次分别是1994年的347万，1995年的406万，2000年的505万，2001年的467万，2002年的545万，2003年的738万。这本杂志创刊27年来，印行250期，总印数已达6亿册。央视索福瑞公司调查的数据表明，这本杂志的传阅率达到10人左右，是中国同类杂志里传阅度最高的一本。中国13亿人口中，将近两亿人阅读过这本杂志。

曾任国务院副总理的吴仪在一次回答记者问"平时出国带的什么"时说："除了文件外，就是一本《读者》。"吴仪曾在兰州工作数年，她调离兰州那年，《读者文摘》刚刚创办不久，据说她已看这本杂志数年。

这本杂志读者群结构的多样性令人目眩。她的读者从中学生到专家、学者、院士等社会各阶层，这表明她是一本多元的受到各阶层接受的杂志。

20世纪80年代阅读这本杂志的在校大学生现在已经成长为社会中坚，这些忠实读者又将这本杂志传给他们读中学的后继者。而中国留学生又将《读者》带到了世界各地。杂志前任常务副主编胡亚权赴美国考察期间，发现从中国大陆去的新移民几乎都阅读过这本杂志。

2002年4月份，这本杂志的主编彭长城，与那位曾逼他们更改杂志名称的美国同名杂志的董事长汤姆·瑞德在CCTV举办的一次卫星电视对话节目中“会面”了，彭在回答这本杂志何以会在中国取得成功时说：“我们用持久的、人性的东西打败了时尚、热点的东西。”而汤姆则承认这是“一本在美国都有较高知名度的杂志，有许多人都在谈论你们”。

许多人说这本杂志影响了一代人。杂志的创办者认为，这本杂志是一个时代的见证者，同时也是一个时代的参与者。

从1981年至今已27年。27年，是一段历史，是一截青春，也是一种记忆。

《读者》是什么

许多朋友问我：《读者》究竟是什么样子？

许多朋友来信问他们：编《读者》的究竟是些什么人？

这也是我一直在思考的一个问题。《读者》创办27年，长盛不衰，它在许多读者心中，是一个无法言明的谜。兰州，既不是政治经济文化中心，也不是文化信息重镇，竟然出了一本在全中国最受欢迎的杂志。所以它显得有些不可思议，但却又符合许多读者对它的定位与想象，因为这种气质与西北相似。

在另外一些读者心中，《读者》显得神秘、高深。人们不知道在这本杂志的后面隐藏着一群什么样子的人。四川有位女士，读了《读者》十几年，一直有个心愿就是去《读者》杂志社看看，看看那些编这本杂志的人。她在退休后的当月，到编辑部待了几天。她略略有些失望：这里的人全是一些与她一样，普普通通地生活着的人。唯一不普通的是，他们在编着这本杂志。

它一直隐在某个角落，静静地发散某种声音，那种声音不强大，却很有分量。而在不同人心中，它有着不同的声音与感觉。也有人说这是一本“有味道的杂志”。一本杂志能够“有味道”，还能有声音，那这是本什么样的杂志呢？

贾平凹说，读《读者》很可能会读出佛来。

（读《读者文摘》）似五六年前去一趟敦煌，带回的那块泥坨，是寄托了对佛的如莲的喜悦。曾一日为杂志取“像”而不能得，大致有很野的，也有很媚的。这一份却是高洁典雅，是月下僧敲门的静夜冷月，是30年代的，戴了眼镜，夹了书本走过街头的女大学生，这么好的气质，实在不容易……这份全是短小的、抒情的，可以称谓为美文的杂志，不是要迎合，企图去征服，（而是随风潜入夜般的甘露，）恰是这样的东西长长久久地却畅销了……

世上的作品与刊物，无外乎消受与消费两种。（消费的那种东西不说也罢，）而供我们消受的，则是打扫了房间，沏了清茶，静静地坐在书案前，读得全身心地都受活起来，或是不断地骂“这龟儿子竟会这么写”，生许多嫉妒，或是数天沉默了，胸中闷得透不出气来。这样的好作品，好杂志，给了我们无比的智慧，遗憾的是我们有些消受得了，有的消受不了。比如很野的那一种，好深刻，好深重，总在杞人忧天，使原本已够沉闷的人生越发地累了。……悲剧的出现是高层位的，那么再高一层呢，就当是超越悲剧的喜剧了。写文章的和读文章的，都是有闲或者忙里偷闲，超越了低层次的喜剧，也超越了浮躁和激愤，虚涵才能得天地之道，闲静才能知人生之趣，这份杂志不能说已经是这样，但许多许多篇什，确实有这个境界了。

读这杂志，读过了几年，但愿长长久久读下去，读出佛来。

贾平凹从中读出了清香与佛。作家刘心武则从中看到了“戏”。刘心武看到的这出戏叫做《锁麟囊》，他认为：“《锁麟囊》这出戏人情味浓郁而出之于轻松，戏里没有很沉重的内容，没有大好人，也没有大坏蛋，悲处不惨，喜处不狂，一路看下去，淡淡的，浅浅的，清清的，朗朗的，戏里的几个丑角，无非有些势利眼，属人之常情，可一笑了之，犯不上切牙，所以看此剧于我如吃冰淇淋，虽营养价值不高，但身心俱悦。我觉得《读者文摘》的基本风格，与《锁麟囊》这出戏相近，它的主要构成元素，就是从并不那么沉重但多少又有些离奇的凡人小事中，开掘出也许不够深刻但味道颇为醇厚的人情味来。《读者文摘》的大量文章，尽管脱离了沉重，靠拢了轻柔，却干净与精确，我认为这样的路数，不但应当维护，而且应当适当鼓励与提倡。”《新闻出版报》上的一篇文章则认为：“观察当代中国公众的文化生活，《读者》是一个最好的窗口。而它吸引人的东西则是紧握在手中的法宝，这个法宝只比具备中等文化教育水平的大多数中国人的头颅要稍高一点。对他们来说，只须踮起脚尖再把双手举过头顶，就满可以毫不费力地将一册不足50页的《读者》抓在手中。这真是一个装满了各种知识、趣味、异闻、人生及其哲理的百宝箱，它插在图书馆报刊室的书架上与放置在街头地摊显得同样得体。对公众生活而言，《读者》书页上提供的经验、思想和情感的信息是弥足珍贵的。它像空气那样弥漫于日常的每个角落，似乎人生的每一个阶段，古老的阅历和新鲜的体验都可能与之遭遇。”

梁晓声则在写给《读者》杂志的信中认为：“在人类已经由于现代而简单得无比复杂的今天，一点点古典性和一点点庄重性的存留，多好啊！”

作家李书磊说：“尚雅的人认为它雅，爱俗的人认为它俗——它实际上就是一种通俗的高雅。对一些中国读者来说，它既是导师也是朋友，它在庄严的布道之中带着难言的亲切感，它的旋律是纯正而又轻松的。人们在日常的现实生活中常常会使灵魂蒙上灰尘，而就在这个时候，《读者》向人们提供一种精神沐浴。”“它的这种诗意的情调实际上代表着人生的正统。它小心翼翼地守护着人类对自身存在的绝对认可。”给《读者》写稿的人，也都是“读者气质”的人。他们的说话与做事也就有了某种《读者》味道。作家莫小米讲了一个故事：常见记者对政界要员的采访，许多许多的宏论听过后就忘记了，唯剩一句，被采访的是位女官员，记者问：“你希望你的国家明天会是什么样？”官员答：“我愿她成为人与人更加融合、更加互信的地方。”这也许就是《读者》在不露声色地努力接近着的目标吧，而这亦是许多人喜欢她的原因。

可见每个人心中的《读者》是不一样的。但有一点却是相同的，那就是对这本杂志的共同喜爱。他们不论看到的是这本杂志的哪一个角度，其实说的都是这本杂志。其实，不正是这些不同的角度组成了这本独特的杂志吗？

当然也有另外一种理解《读者》的人。

一位老先生说，《读者》是位绅士，它上身穿着西装，下面却穿着马褂，它亦中亦西，博古通今，是最新的老派人士，又是最旧的新派。另一位先生认为，《读者》是位隐士，它不动声色地影响着人间，这就是它的姿态，也是它的立场。“大隐隐于市”，而《读者》应当隐于读者中。

《读者》现象

《读者》创办于1981年，每本售价3角。刚开始发行量不足10万，那时它连中国发行量最大的《大众电影》杂志的一个零头也不到，距中国发行量最大的十家杂志足有上百万的距离。但数年间，《读者》先后由50万、100万上升到了1984年的180多万，年平均递增量为178%，创造了一项中国期刊史上的纪录。创办第四年，《读者》跨入了中国期刊排行榜的前十名。1994年、1995年，又连续两年排名中国十大期刊首位。此后，她不动声色地站在中国期刊队伍前十名的行列里至今。1995年，《读者》发行量突破400万册，跻身世界综合文化类期刊前十名之列。从1997年开始，她连续在第四、六、八位上徘徊。2003年2月，《读者》杂志月发行量达到了创纪录的690万册。这是中国8000多种期刊里当年度月发行量最高纪录。

美国的《读者文摘》创办于1922年，是世界销路最好的杂志之一，每月在世界

127个国家，以39个版本和15种文字，与一亿以上的读者见面。它的第一期发行了3000册，现在它每期在全世界发行的册数超过了2000万册。86年的历史造就了一个庞大的《读者文摘》帝国。而中国的《读者文摘》创办时，美国的《读者文摘》已有59年的历史了，但现在中国这本已改名叫做《读者》的杂志，用27年的时间使自己发展成了一个拥有维、汉、盲文三种文字的版本，同时拥有了一家乡村版子杂志的《读者》杂志社与一本以图摘形式为主的《读者欣赏》杂志，一个庞大的《读者》集团正在形成。

2002年4月，美国《读者文摘》董事长汤姆·瑞德主动要求与中国的《读者》杂志对话，这使彭长城很兴奋，认为是“我们长大了，使美国《读者文摘》看到了力量，因而在精神上平起平坐”。在那次对话中，两个曾是对手的人相互赠送了含有特殊意义的代表各自杂志的邮册。

这是世界发行量最大和中国发行量最大的两本杂志的对话。它们风格极为相似，都以温情和人性见长，但多年来擦肩而过，互不理睬，因而这次对话被中央电视台《让世界了解你》栏目的主持人诸葛虹云称为“不打不成交，惺惺惜惺惺”。两个“竞争对手”的会面，引发了传媒与业界的想象力。有人猜测，美国《读者文摘》是否有其他的考虑？最近，汤姆·瑞德多次来中国，他看到报摊上，人们购买《读者》像美国人买《读者文摘》一样，越发感到好奇与压力。他想知道，如果中文版《读者文摘》进入中国后市场能有多大？也有人揣测，这对曾经为了商标权纠纷打了多年官司的冤家，经过十几年较量，发现谁也打不倒谁了，可能会合作，一起占领市场，共同发展。而中国《读者》赢得美国《读者文摘》的尊重只有一个原因：实力。

《读者》是国内少量的由邮局包发行的杂志之一，从1981年创办后第3期起，就交给邮局包发行。可以说《读者》的发行史就是中国邮政发行史。它的每一步发展都与中国邮政的改革相关。《读者》由20世纪80年代的以订户为基本读者群，到现在的以零售为主要发行方式。与邮局在20世纪90年代开展零售业务相契合，1995年国家市场经济的启动，又使《读者》向东南沿海经济发达地区挺进。《读者》的分印点也由兰州一地增加到武汉、天津、南京、深圳、北京、沈阳、南宁、福州、重庆、成都、贵阳、上海、济南、合肥、长沙等16个城市。

每个月的上半月与下半月，这些分布于全国十多个省市的16个印刷厂，都会在规定的时间里紧急分印着这本杂志。据统计，每月仅为了印《读者》，就将近有6000名工人在为《读者》工作。加上全国16个邮局在为《读者》搞发行，估计每月有一万人左右在为《读者》服务。《读者》每年的销售额将近两亿元，而其中90%用于邮发与印刷，《读者》杂志社仅占得其中很小的一部分利润。一位经济学家算了一笔账，说《读者》杂志至少养活了上万名邮发与印装工人，而这个现象被他们称为“读者经济”。

一般人认为，发行量巨大的数字后面肯定隐藏着一大批工作人员。但事实上，《读者》杂志社发行部只有区区三个人，而她的发行网却铺到了全国所有重点省市区。他们没有自己的发行渠道，却依靠邮局这个国字号，邮发量连年上升，并且创造出了一套巨大高效的发行机制。

而与之相对应的是，《读者》杂志社共有二十几名工作人员。每人年均创利润近100万元，在出版界，这是一个令人吃惊的数字。

中国期刊界权威人士、原新闻出版署期刊司司长张伯海先生在央视进行的一次有关《读者》杂志的电视采访中称：“我见证了《读者》的创办与上升。这是一个值得深思的文化现象。它保持着自己的品位，却不曲高和寡，上百万读者倾心于它。它对世俗趣味很少逢迎，但并未因此遭受冷落，发行量始终坚挺，它在提高读者的同时也在提高自己。因为读者日益增长的需求把它推向不进则退的义无反顾的境地。正因为它具有这样的生命力，才使得它成为能够走上街头的少有的高雅的杂志。”

“《读者》现象”，是一个很有意思的经济文化话题，也是一个神秘的刚刚开始的新故事。

第一卷

《读者》传说

1981—1984

DUZHECHUANSHUO

《读者文摘》创刊号封面

第一章 从前

Long qian

一种关于偶然性的猜想

开始的时候，一切都像是一个“偶然”的想法。

那天，甘肃人民出版社的总编辑曹克己找到胡亚权，对他说：“听说你会办杂志，你就来负责办一本杂志吧！”

事情似乎很简单，就像是一个玩笑。这是1980年的秋天。胡亚权时年36岁，正是血气方刚、浑身都是理想的时候。他想都没有想，就答应了。

一句偶然的话，成了一番事业的开端。

此前的背景是十一届三中全会刚开过，出版业、报刊业经过“文革”十年的沉寂，

原甘肃人民出版社总编辑曹克己，这是位有魄力、有能力、想干一番事业的人

开始复苏。被停办的报刊纷纷恢复。出版社迎来了中国历史上罕见的黄金时期，历经多年的封闭后，中国人似乎都患上了"读书饥渴症"，所有的人都在找书读。据经历过当年盛景的人说，当时好像印什么书都可以卖出去，且供不应求。一些"文革"期间被停的杂志，如《人民文学》、《诗刊》、《大众电影》、《新观察》、《收获》等也陆续"开禁"，而且一开印发行量就很大，有的杂志一期竟可以发行500万份，当时最火的《大众电影》据说发行量接近了千万份，创下了中国杂志发行的最高纪录。

办杂志成了当时出版界寻找生机的新思路。社办刊物其时还是新生事物。北京出版社创办了大型文学杂志《十月》，人民文学出版社创办了《当代》，南方的一些社办杂志也先后创刊。当时的报纸只有两百多种，而杂志也仅有四五百种的样子，几乎办一本就可以火一本。

地处内陆的甘肃出版业则一片安静。

曹克己1980年到甘肃人民出版社任职，这位老报人对出版十分熟悉。这是个有魄力、有能力、想做一番事业的人，而体现此人魄力与个人魅力的是他的独特作风：干出成绩是你的，出了事是我的。他讨厌亲力亲为，一般只告诉你方向，至于怎么做是你的事，与我无关，我只关心结果。这种只专注于方向的领导方略，使他在许多事情上敢于超常规地去运作。于是许多看似不可能的事，在他手里，却往往成就了一番大事业。

《读者文摘》的创世，就来自于这种"偶然"的想法。

他到出版社后，经过一段时间的观察，认为出版社仅靠本版书发展起来困难太大，甘版书在当时的中国图书市场上已处于萎缩状态。于是他提出了一个思路，办刊物与出版敦煌版图书。

恰在此时，从北京来了三个人，想在甘肃办一份叫做《飞碟探索》的杂志。出版界的复兴，吸引着许多人的关注。一些人开始试探着与出版界合作，进入出版领域。但书商的概念还处于萌芽状态，甚至书商自己也没有想明白那会儿如何去拓展自己的渠道。当时出版界最流行的做法就是合作出版。这三个人在北京找不到自己的合作对象，就想到了甘肃。当时的合作简单而且明了。这三个人都是纯粹的飞碟与神秘事物的爱好者，他们当时所能想到的最大的利益是，在北京把稿子编好了，用出版社的刊号出，而他们每期拿走一笔固定的稿费，编辑费800元，稿费800元。

曹克己对这个项目很感兴趣，就拍板出版。

这本当时国内唯一的、后来在国际与国内产生了重大影响的UFO研究杂志，就这样在兰州落脚了。只是《飞碟探索》杂志一开始却不是甘肃人民出版社的，而是合作出版的产物。直到当年那几位UFO爱好者出国，这本杂志才正式成为出版社的。拍板接纳这份杂志的曹克己，计划同期运作一本真正属于出版社的杂志。

办刊物是要人的。深知人才重要的曹克己，听人说胡亚权办过杂志，就找到他。而其时胡亚权正在科技室工作，那会儿他所办的刊物是一份叫做《出版简讯》的铅印内部资料。“听说你办过杂志，我想办一个刊物，你有什么想法？”

“办一个什么刊物呢？”胡亚权问。

曹似乎漫不经心地说：“办什么杂志我不管，具体你自己去想。过半个月，我要听你讲一个方案。”

出生于甘肃武威一个乡村的胡亚权，毕业于兰州大学地质地理系自然地理专业，是个正宗的理工科专业学生。至于他所编的那几页简讯，连个非正规杂志也不能算。但当时的人们似乎忘记了他的专业。大家直觉他是一个聪明博学的年轻人，思想活跃，认识问题有点偏激。可能正是这些东西让曹克己对他“另眼相看”。

胡亚权就在这种“偶然的想法”中，开始了自己对于一本杂志的猜想与策划。但一个人是不可能办成一本杂志的，他找到曹克己要人。曹很干脆：“要谁你自己看着办。你看中谁，我就给你。”

其实胡亚权心里早就有一个合适的人选，这个人与他的相遇也充满了偶然性。此人叫郑元绪，小胡亚权一岁。他们的相遇与相知，起因于一道趣味数学题。郑当时在文教室当编辑，刚从偏远的酒泉调到出版社不久。胡亚权已有8年社龄，在出版社那批年轻人中，属于有点才华又很活跃的人。两人平时见了面也就是点点头而已。只是他们都爱看书，平时总能在资料室里遇见。有一天，胡亚权看到一道趣味数学题，做了几次，觉得很有意思。有时候人的快感是需要人来分享的，而让人分享的方式就是去找一个与你有着相同喜好的人。胡亚权

曹克己对胡亚权说：“办什么杂志我不管，具体你自己去想。过半个月，我要听你讲一个方案。”

就随口问了一句正在看杂志的郑元绪："这道题你能解出几种方式来？"

毕业于清华大学工程物理系的郑元绪，对这些趣味数学题除了兴趣外，还有些不屑。当时那道题是在一个平面上点出四个点，每两点之间，都可以连线，问题是当限定连线只有两种长度时，问这四个点有几种点法？

郑不假思索，立即画出了6种。两个同是理工科毕业的人，因为这道趣味数学题，从精神上相认了，这成了他们交往的开端。半年后，胡亚权写了本名叫《怎样算》的书，交给了郑，要郑元绪给他做责编。通过这本书，两人成了朋友。"老曹想办本杂志，让我找个人，你想不想去干？"胡亚权找到了郑元绪。

郑元绪觉得有些突然。当机会来临的时候，每个人都会想一想这个机会对自己的重要性。郑元绪觉得自己虽然没有办过杂志，但能够办一本自己说

《读者文摘》创始人胡亚权与郑元绪

了算，并且还可以完整地表达自己思想的杂志，还是很有些刺激与挑战性的。郑接受了邀请，尽管这本杂志是个什么样子，对他们来说，还是一个未知数。他们曾经想再找几个各方面知识都不错，又可以找到认同感的人，但当时大家对这本还没有名字、没有想法、没有未来的杂志，觉得有点莫名其妙，因而并不热心。甚至有人觉得他们的想法有点可笑。

郑元绪却觉得人少一点，反而麻烦少一些，干脆先做出来个样子再说。但是办一份什么样的杂志呢？两人一腔的热情开始理性起来。社里对办什么杂志也有些不同的看法。有的人认为应当办一份文学类杂志，但甘肃的创作力量在全国处于弱势，作者力量太弱。加上地处经济与文化边缘的地理心态，办一份原创性的文学杂志对他们来说，难度太大。且当时甘肃已有了一份文学类的杂志，再办一份，似无必要。还有人出主意，建议创办一份科普类杂志，但《飞碟探索》杂志已在筹办，这个想法又给否定了。

胡亚权与郑元绪闷在房子里苦思了几天，却仍无头绪。

接连几天，他们都在胡思乱想中度过。那是一段痛苦与愉快的日子。胡亚权说，我们是在寻找着一本杂志的最初面孔。有时候看到了，有时候却又与它擦身而过，但却又预感到，我们很快就会抓到它，找出它的样子。

几乎失去信心的时候，又一个偶然事件出现了，这个偶然事件，让他们找到了那本杂志最初的面孔。

当时他们没有办公的地点，就在社里的资料室里讨论。这天他们又照例翻动满架的报刊时，胡亚权感到十分不方便："这么多的报刊，不知道有多少人可以看完？"

郑元绪随便搭着话："报刊多了也麻烦，照这样的形势下去，用不了几年，差不多就会有上千种，到时候，人们肯定要有一个选择的过程。那会儿估计人们就只能去选好的了。"

胡亚权说："要是有一本能把所有的精华都选下来的杂志就好了，看一本杂志，就可以把所有重要的东西都看到，这样的杂志……"

他的话没有说完，郑元绪就激动起来："那我们来办一本这样的杂志不就行了吗？"说罢两人击掌大笑。

文摘类的杂志当时在国内已有几家，不能办得与这些杂志雷同成了他们的基本想法。他们设想中的这本文摘类杂志，是包括时事、文学艺术以及自然科学、人文方面的综合类杂志。经过两个多月的准备，他们将创办一本文摘类杂志的报告提交到了社里。甘肃人民出版社经过研究后，批复同意。曹克己对这个设想表示支持，要他们拿出一个刊名与办刊方案，并在3个月内把创刊号先办出来。

为什么是《读者文摘》

一本杂志的起源过程其实更像是某种探险。

办一本杂志，而且是一本自己想象出来的杂志，这种挑战几乎如同历险。胡亚权在兴奋中体验着压力，当时谁也不知道这本杂志的未来是什么，就像不知道一种理想的结局一样。没有结局的事情都具有一种强烈的吸引力，因为一切都是一张白纸，在上面写下什么，就是写下历史。

想法与理念只是一个"筐子"，最终要靠实实在在的东西来把它们给填满。两人最迫切的想法就是迅速找到可以把这种理念表达出来的东西。从虚到实的第一步就是，他们得为这个还没有出世的孩子取一个名字。

取名字对他们来说，不是个难事，两人都有了自己的孩子，并都有过给孩子取名字的经历，但给这本杂志取一个什么样的名字却真让他们犯了难。两个男人绞尽脑汁想了许多名字，但都不太满意。后来他们又在社里公开征集刊名，汇集上来的名字至少有40多个，有“敦煌文摘”、“大众文摘”、“书报文摘”等，但好像都离他们想象中的那个名字太远。对他们来说，取名字其实也就是确定这本杂志的品位与内容的过程。他们想象中的这本杂志至少具备下面一些可能：这是一本能够专门为读者服务的杂志；这本杂志由读者自己来参与创办，是读者自己的一本杂志；而且这本杂志要有一种不同于其他杂志的味道。

什么样的杂志才能代表他们想象中的气质呢？恰逢此时，郑元绪的一个朋友从香港寄来了几本美国的《读者文摘》中文版，像极了他们要创办的那种理想的杂志，尤其是《读者文摘》中的那种平民化风格让他们似乎触摸到了自己想象中的那种刊物的气质。胡亚权当晚将其读完，第一感受就是这本杂志给他们提供了一个可供临摹的蓝本。第二天，胡亚权对郑说：“这个杂志真好。美国人可以办这个杂志，我们为什么就不能也办一本中国的《读者文摘》呢？”

在几十个名字中，出版社讨论的结果竟也出奇的一致，都觉得《读者文摘》这个名字好，而且符合他们所要创办的这本杂志的意图，即“编辑为读者摘文，读者为编辑荐文”这一主旨。大家的一致赞同，成就了一本多年后同样在国际上留下巨大影响的杂志，但也埋下了此后长达十几年的与美国《读者文摘》的商标权纠纷案的种子。

当时的中国内地还没有一个完整的商标权概念，商标权对于中国人还是一个陌生的字眼。20世纪80年代初创办的许多杂志的名称与办刊思想大部分都借鉴于国外杂志。胡亚权在事隔多年后评价这件事时认为：“用这个名字，并没有要借用美国《读者文摘》这个杂志在中国打市场的想法，因为这本杂志在中国的发行量当时不到几百本，还是内部发行。许多读者并不知道有这么一本杂志。如果说借鉴的话，那就是借鉴了美国《读者文摘》的平民化风格。”

当时他们觉得美国《读者文摘》上所倡导的这种文风亲切平和的东西，在中国很少，很像他们所要寻找的表达方式与意味。那些文章都有一种内在的美国式的机智与幽默，而不是中国流行的稍显低俗的笑话与段子，这些幽默反映了人生最本质的东西。这种对于《读者文摘》文风的认同，成为他们在办刊时的基本思路，而这也使他们在编辑风格上找到了共识。这个共识对他们来说相当重要，基本保证了一种风格的完整体现。确立了名字与办刊思想，他们便开始正式筹办创刊号。

1980年12月，社里通知成立丛刊编辑组，正式调胡亚权与郑元绪二人进行此项工作。业务由胡亚权牵头，曹克己直接领导。

一本杂志的轮廓开始清晰起来。

创世记

编辑室设在一栋旧楼上。

环境很差，甚至不能叫做办公室。社里给他们的办公室是三楼大会议室的一个角落。他们搬来柜子，隔出来个小房间。这个隔间大约有6平方米，只够放下两张写字台和两把椅子。这就是他们起初的办公地点。

他们认为，这本杂志的品位不应当太低。胡当时考虑，就是要办一本“高级”的杂志。“高级”这个词是胡亚权的自创，他的想法就是这本杂志不要那些过于低俗、过分言情甚至色情的东西。他们想象中的这本杂志不是那种能迅速火起来，一下子发到好几十万本的那种大发行量的杂志，而是一本耐看、能够“慢热”起来的那种。至于高雅到什么地步，两人心里也没有底，但这成为他们创办这份文摘杂志的一个基本底线。

当时他们并没有明确地意识到，《读者文摘》的文风应当是人性化的。但一时又找不到一些可以代表这种纯新感情的东西，就选用了少量美国《读者文摘》的文章，同时约请译者，翻译国外的精粹文章。

在这个问题上，他们保持着奇异的默契。两人平时商量事情基本上是想到什么，就去做。如果谁提出一个创意来，而另外一位觉得不错，这件事可能会马上实现。而这种思想的磨合有时候就是在一次次对稿子的反复争论中统一的。反对与认同的过程其实也就是寻找这本杂志的灵魂的过程。

许多的理念与想法都是在办刊的过程中渐渐地完整起来的。他们确定将“博采中外，荟萃精华，启迪思想，开阔眼界”16个字作为最初的办刊宗旨。现在看来，这个宗旨仍具有长远的生命力。他们将自己的基本读者群确定为具有高中以上文化程度的青年，同时将大学生作为核心读者群。这个定位在一定程度上保证了杂志的品位与格调。

杂志板块划分为文学艺术、社会科学、自然科学、生活科学等四个方面的内容。他们两人进行了简单分工，胡亚权负责选稿，郑元绪编稿。一切简单到了让人吃惊的地步。没有美术编辑，胡亚权就凭着自己的那点属于业余爱好的绘画功底，自个儿担任了美术编辑。

可以说都是白手起家，办刊物对这两个理科生来说，是平生第一次。一开始，他们就遇到了许多问题，不懂操作，也不了解一本杂志的整体流程。所有的东西对他们来说都是全新的，一切都得从头学起，也就是说，所有的一切都得他们自己去创造。没有资料，他们就

想办法到兰州大学与西北师大图书馆找，又从家里把自己的书与杂志也搬到了办公室。胡亚权先把所有的稿子进行一次初选，然后把自己认为可用的稿子交给郑元绪二次筛选、编辑。这种流水线作业此后成为杂志的基本编辑流程。他们选取了一些能够体现人间亲情与人性化的稿子备用，稿子差不多了的时候，胡亚权就开始组版。

胡亚权此前从来没有接触过版式，但业余爱好绘画使他的素描基础很不错。胡亚权的素描功底据说可以与一些美院的低年级学生一较高下，后来一些美院的学生听说后，一开始不屑一顾，但看了老胡设计的版式与确定的杂志的美术风格后，难以置信。这是后话。

当时的胡亚权对画版式一头雾水，但勇气比才能有时更重要。胡亚权找来一些流行的报纸与杂志，开始研究别人是怎样画的。他与郑元绪一致公认版式画得最好的是在上海出版的《文汇月刊》。这本杂志的版式干净典雅，对图文的摆布恰当舒服。胡亚权把这本杂志拆散，贴在墙上。每天揣摩别人版式的长处与特点。从模仿开始，体会别人的版式，慢慢地形成适合自己的风格与标准。

胡亚权在这种模仿与借鉴中，确立了杂志在内文版式上要体现阅读的方便、充满书卷气，封面的设计要在书亭中十米外就可以辨认出来等要素。可以说，胡亚权在创造《读者文摘》起初的版式时，是把自己当时最痛恨的一些不舒服与杂乱的版式作为“敌人”来进行画版的。他在画版时，力求干净、简洁、不复杂，一切以方便读者阅读为第一要素。他讨厌当时流行的花边，认定简单的线是现代设计的精要，看上去舒服，与文章内容一致。这些原则对于《读者文摘》版式与美术风格的形成起了决定性的作用，其后这些风格都被固定下来，成了《读者文摘》的基本风格。

创刊号编到一半时，才想到应该请人为刊名题字，遂决定请中国佛教协会会长赵朴初先生题写。赵老长期从事佛学研究，擅长书法诗词，在中国文化艺术界享有盛名。他们觉得请赵老题字也与这本杂志的意趣相配。但赵老会不会答应题字，两个人却想都没有想，就决定在郑元绪回北京老家过年时去找他。当时他们都不认识赵老，只知道他住在一个小胡同里。郑元绪经过打听，找到了赵老家。一按门铃，出来一个很精干的年轻人，是赵老的秘书，问他有什么事。郑元绪把情况简单讲了一下，那位至今他都不知道姓什么的秘书说："行，你把信留下来。"然后就把他给打发走了。郑元绪觉得这事有点玄。几天后，没想到那位秘书竟打来电话，说写好了，请他去取。郑元绪骑着自行车就去了。一按门铃，还是那位秘书出来，交给郑元绪一个小信封，叮嘱他们选用。郑元绪打开一看，是两张二指宽的宣纸纸条，字写成一个竖的，一个横的，正是赵老亲笔题写的"读者文摘"，还有印款。郑元绪始终都没有见到过赵老，也没有能够走进那扇大红门。

这4个字如今已成为《读者》商标的重要组成部分。这个刊名后来还发生过一段误会，有的读者看到杂志上赵朴初先生的题字后，误认为赵先生就是杂志的主编。到1982年时，《读者文摘》发行量激增，仍有读者来信说："赵朴初先生办的这份杂志太好了！"为避免误会，遂将印款隐去。此后，一直沿用这幅题字至今。

刊名有了，封面却成了他们的一个难题。20世纪80年代初，好的照片非常难找，尤其是做杂志封面的照片更是少见。当然，用原创性的照片做封面的意识还没有确立起来。最后他们听说出版社一位美编那儿有一组电影演员娜仁花的照片，胡亚权就用这幅照片做了封面。

此前，甘肃人民出版社给甘肃省委宣传部打报告，申请创办《读者文摘》。当时申请一个刊号不像现在这么复杂，半个月后，省委宣传部批复同意《读者文摘》杂志1981年4月起正式创刊，同时面向国内外发行。

《读者文摘》报刊代号为：54—17。当年暂定为双月刊，逢双月出版。

至此，《读者文摘》似乎可以顺利创刊了。但一件意外的事情，却差点使这本杂志在创刊前夭折。

差点夭折的创刊号

事情的起因有点蹊跷。

创刊号编完后，他们决定把当期的重点内容与办刊宗旨在报纸上做个广告，造点声势。广告最后选定在知识分子中影响较大的《光明日报》上刊登。但没有想到，这个广告给这本还未出世的杂志带来了意想不到的影响，使其差一点夭折。3月初，离正式出刊还有半个多月时，甘肃省委宣传部紧急通知他们暂停出刊。胡亚权与郑元绪紧张起来。后来才搞清，有两位领导在《光明日报》上看到了他们刊发的广告，对其中拟发的三篇文章提出质询。这三篇文章分别是反映刘少奇蒙难的《共和国主席之死》、《彭德怀的最后八年》与《省委第一书记》。1980年代初，极左的东西仍有部分存在。这些在当时引起很大反响的文章，仍在相当一部分人心中被视为“异端”。中宣部立即下文，问这本新创办的《读者文摘》有什么背景，怎么一开始就弄这么多敏感的问题？

甘肃省委宣传部领导出于慎重，调去当期稿子审读。之后，又找曹克己谈话，指出另外几篇如《末代皇妃李玉琴》等稿子也有问题。

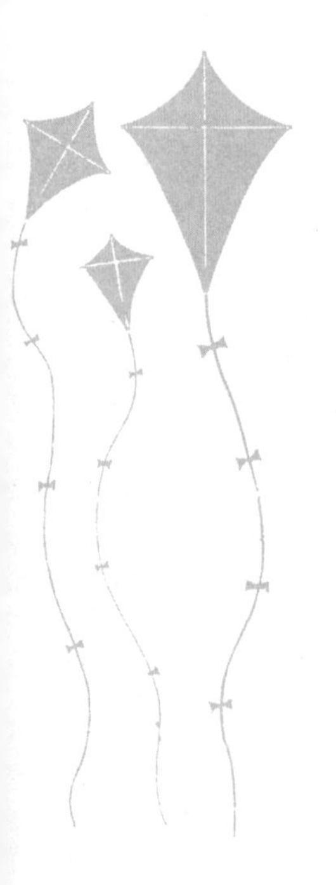

曹克己代表社里作了检讨，把责任承担下来，并表示把有问题的稿子全部换掉，再报批。随即找胡亚权与郑元绪商量，说他们不要有压力，按照要求迅速把稿子抽改掉。之后，他又与胡、郑一起，研讨杂志的方向问题，这次变故对这本杂志来说很重要，可以说是确立了《读者文摘》不以敏感题材去争取读者的办刊方针。

按照杂志预定的创刊日期，当期抽改稿子有点来不及了，手头也没有更好的稿子可以更换。这时候胡亚权读到一篇张贤亮的短篇小说《灵与肉》，这篇小说原发在宁夏的《朔方》上，没有多大的影响。胡亚权觉得这篇小说虽然有些长，有一万多字，对于把精练与简短作为选稿标准的他来说，有些勉为其难，但正好可填补被抽掉的几篇稿子的空白。更重要的是，小说体现了他们对于杂志的定位，就是用真善美的东西来解读人性。后来这篇小说被谢晋改成了名传一时的电影《牧马人》。

首期稿子再次报到省委宣传部，经过审查，同意出版。

这次变故，对于《读者文摘》事关重大，这使它从一开始就形成了远离热点、关心人类最本质的亲情与人性化的办刊特点。虽然一切显得有点阴差阳错。

历经周折，《读者文摘》首期稿件准备完毕，即将面世。出版前，他们将一页页的清样订在一起，不停地翻来翻去，就像即将分娩的母亲，猜测着自己的婴儿是什么模样，来到世上会不会受到冷遇。两个人的心里都有些拿不准，有些不安。

1981年4月，《读者文摘》正式创刊，页码48页，定价3角。

这是20世纪1980年代初国内唯一的一本综合性的文摘杂志。在发刊词与给读者的约稿信中，他们明确提出了“本刊为综合性的文摘杂志，欢迎投寄文摘稿件……对直接从国外刊物摘译的稿件，优先录用”。这封信隐约地表明了他们试图创办一本读者自己的杂志的理念。这种理念的新鲜之处在于，当国内的杂志与读者界限分明的时候，他们开始要与读者一起来创造一种平民风格。这表明了他们的一种态度与立场。他们设想用一种独特的东西来创造一本独特的杂志。

时年胡亚权37岁，郑元绪36岁。《读者文摘》创刊号共印了3万册，按惯例全部交由新华书店发行。当时他们与新华书店是一个系统，但同一系统的书店对这本杂志并不看好。他们到新华书店进行征订时，书店的人却说：“你们甘肃能办出什么杂志？”这种态度激怒了两个一腔热血的年轻人，却又感到无可奈何，因为那会儿是杂志社在求书店。最后那位“对甘肃人不抱希望”的甘肃人，终于同意代销15000册。剩下的15000册，出版社计划给全国所有的县级以上文化馆与各省市大学寄赠。

首期杂志出版后，反响并不像他们所预料的那样好。书店反馈回来的信息也不是那样强烈。但杂志还是在无声无息地发挥着自己的影响力。到了第2期时，他们已有了将近50000名订户。为扩大发行，他们想在第3期时交邮局发行。与在书店的命运一样，邮局对这家后来成为了自己大主顾的杂志，起初并不看好，甚至拒绝杂志在邮局发行。

但兰州邮局那位接待他们的人没想到，仅仅几年后，这本杂志几乎成了邮局全年利润的主要来源。当年度的第3期杂志印了12万册，一部分通过邮局向外卖，一部分继续向县文化馆与大学图书馆寄赠。从一开始，他们在给寄赠单位的信封里都夹上订单，让读者根据自己试看的情况，再决定明年是不是想订阅。这种邮寄产生了很好的效果，许多人看了几期杂志后，就主动寄来钱，要求征订。就是通过这

创刊早期的《读者文摘》杂志阵容，左起郑元绪、胡亚权、彭长城

种形式，杂志到年底竟然有了7万订户。

那会儿，几乎没有人帮他们做发行，一切全靠他们自己。两人几乎把可以想到的办法全用上了，其中最见效果的就是利用“二渠道”书商在北京的势力，帮助打开北京的零售市场。当时书商刚刚浮出水面，还处于半地下状态，但已显出极强的生命力。他们没有邮政系统那种老大作风，知道杂志发得火了，与自己利益相关。仅仅两期后，他们就把杂志铺遍了全北京所有的书报摊。杂志最多时一期可以在北京发到3万到5万多本。

1982年，杂志在出满7期后，发行量达到了14万册。他们把这种现象叫做“慢热”。

两个人的杂志

首期杂志出版了。

胡亚权与郑元绪捧着新出的杂志，来到一个小酒馆，点了几个小菜，要了点散装啤酒。把杂志摊开，两个人反复地看着，内心凝满沉醉。第1期杂志所刊发的内容基本上形成了以人情味与人性见长的文风，但仍有拼盘的感觉。他们面临着诸多难题，首先是编辑部人力太少，编印发可以说全靠他们两人。这本杂志虽只有薄薄的48页，但仅靠他们两人去选稿压力太大，阅读范围的有限也让他们感到难以为继。他们意识到，这本杂志如果只是两个人的智慧结晶的话，可能很快就会成为一种圈子里的读物，唯一的结局就是放弃博大，而选择狭隘。而这绝对不是他们当初创办杂志的初衷。同时他们觉得，让读者参与荐稿，就是要让读者对这本杂志产生认同。这种独特的办刊方式，使得他们从一开始就站在了一个制高点上。

但是读者荐稿既需要选择，也需要引导。大约是到了第3期的时候，读者推荐的稿子就陆续出现了，但与他们理想中的内容相距太远。胡亚权觉得应当有意识地去强化自己的办刊理念，而这就需要他们做出一个“样子”来，以此来汇集一批对这种办刊理念认同的读者来荐稿。

20世纪80年代的中国，一切都开始恢复，被否定的开始平反，人们像一张白纸，几乎什么都可以留下印迹，思想尤为如此。封闭十年的国人面对自己并不熟悉的世界充满了好奇。“文革”十年的文化空白使当时许多人并不知道世界文化为何物。当时介绍海外文化的杂志非常少，偶尔有一两本，也是以文化参考的名义出版。学地理的胡亚权给这十年命名了一个充满地质学色彩的名称——“文化断层”，提出要把这个断层给填平和弥补起来的宏愿。他们判断，介绍海外优秀的世界文化、新知识与新鲜生活，肯定是一个卖点，也是杂志的一个方向。

在第2期，他们集中篇幅介绍西方的优秀文化。这一思路的重大调整，使《读者文摘》在众多的刊物中很快突显出来。杂志上所发的译稿，大部分都是国内首次介绍与发表的。他们还在选择着适合自己的译者队伍。当时有位叫做唐若水的译者，译文

简洁、准确。他们就与之联系，请他翻译文章，直到现在唐若水还是他们的译者。

第1期《读者文摘》刊发了一篇叫做《蠢人的天堂》的译文。后来他们又发表了一篇译文叫《天堂客满》，这篇小文章充满着强烈的美国式机智。文中讲述“假如每个人死后都可以上天堂的话，那么从创世纪到现在，天堂将会出现客满的状况”。最后他认为，如果死后去这样的天堂，那他宁可选择寂静的地狱，因为地狱会让他体味到孤独与思想的声音。

这些散布着独特的人文思考的文章，成为《读者文摘》选择文章的标准。当然并不是所有的文章都与这标准相关。他们所认为的标准也仅只是一种读书直觉。他们相信自己感到新鲜与好奇的东西，也应当是读者所需要的。因为好奇是天性，新鲜是一种直觉。直觉与天性不能传输，却可以共享。

美国一位前总统说：“杂志是主编的影子。”

而对于这样一本两个人的杂志，他们的性格与个人的趣味就成为很重要的因素。胡亚权性格中奇险与突兀的东西居多。他常常会在一句话中，或者是一个感觉中，找到埋藏在很多事物中最重要的那一部分。他善于决断，许多重大的决定有时几乎脱口而出。但这是他的优点，但也可能成为缺点。郑元绪则与他截然不同，考虑问题心细如丝。他对许多事物有一种深刻的理解力与洞察力，两个人决定的某一件事，落实者往往是他。胡亚权有时疏忽了，提醒的往往也是他。

胡亚权大度、直觉、灵性、固执，下笔比言谈

敏捷。

郑元绪理智、平和、深刻，长于口头表述。

这就是他们两个人的性格。而这是不是这本杂志初期的或者将来的性格？1982年1月份，另一位与杂志命运攸关的人前来报到，4年6个月后，他开始担任杂志的副主编，此人就是彭长城。

彭长城到《读者文摘》报到时，看到办公室的一面墙上写着一句话：“世界上许多最美丽的花，往往开在无人知晓的地方。”

《读者》创刊27年来最具影响力的十篇文章

蠢人的天堂

◎ [美]艾·辛格

〔胡亚权荐语〕
这篇寓言讲的是，
人们总想追求永恒的安逸和享乐，
但这种梦想万一成真，
追梦者方知这类所谓的天堂并不完美。
完美的生活原本应当是：
现实、辛劳和真爱的结晶。

某一时，某一处，有一个叫卡狄施的富人。他有一独子名阿特塞。卡狄施家中还有一个远亲孤女，名阿克萨。阿特塞是个身材高大的男孩，黑头发黑眼睛。阿克萨是蓝眼睛金黄头发。两人年纪大约一样。小时候，在一起吃，一起读书，一起玩。长大了之后两人要结婚那是当然的事。

但是等到他们长大，阿特塞忽然病了。那是没人听说过的病；阿特塞自以为是已经死了。

他何以有此想法？好像他曾有一个老保姆，常讲一些有关天堂的故事。她曾告诉他，在天堂里既不需工作也不需读书。在天堂，吃的是野牛肉鲸鱼肉，喝的是上帝为好人所备下的酒，可以睡到很晚再起来，而且没有任何职守。

阿特塞天生懒惰。他怕早起，怕读书。他知道有一天他须接办他父亲的业务，而他不愿意。

既然死是唯一进天堂的路，他决心越早死越好。他一直在想，不久他以为他真的死了。

他的父母当然是很担忧。阿克萨暗中哭泣。一家人竭力说服阿特塞他还活着，但是他不相信。他说："你们为什么不埋葬我？你们知道我是死了。因为你们，我不得到天堂。"

请了许多医生检视阿特塞，都试图说服这孩子他是活着的。他们指出，他在说话，在吃东西。可是不久他很少吃东西，很少讲话了。家人担心他会死。

于绝望中，卡狄施去访问一位伟大的专家，他是以博学多智而著名的，名叫优兹医生。听了阿特塞的病情之后，他对卡狄施说："我答应在8天之内治好你儿子的病，但有一个条件，你必须做我所吩咐的事，无论是如何的怪。"

卡狄施同意了，优兹说他当天就去看阿特塞。卡狄施回家去告诉他的妻子、阿克萨和仆人们，都要依从医生的吩咐行事，不得起疑。

优兹医生到了，被领进阿特塞的屋内。这孩子睡在床上，因断食而瘦削苍白。

医生一看阿特塞便大叫："你们为什么把死人停在屋里？为什么不出殡？"

听了这些话，父母吓得要命。但是阿特塞的脸上绽出了微笑，他说："你们看，我是对的。"

卡狄施夫妇听了医生的话虽然惶惑，可是他们记得卡狄施的诺言，立即筹备丧葬事宜。

医生要求将一个房间准备得像天堂的样子。墙壁挂上白缎，百叶窗关上，窗帘拉密，蜡烛日夜点燃。仆人穿白袍，背上插翅，作天使状。

阿特塞被放进一具开着的棺材，于是举行殡仪。阿特塞快乐得精疲力竭，睡着了。醒来时，他发现自己在一间不认识的屋子里。

"我在哪里？"他问。

"在天堂里，大人。"一个带翅膀的仆人回答。"我饿得要命，"阿特塞说道，"我想吃些鲸鱼肉，喝些圣酒。"

领班的仆人一拍手，一群男女仆人进来，都背上有翅，手捧金盘，上面有鱼有肉，有石榴和柿子、凤梨和桃子，一个白胡须高个子的仆人捧着斟满酒的金杯。

阿特塞狂吃了一顿。吃完了，他说要休息。两个天使给他脱衣，给他洗澡，抱他上床，床上有丝绸的被单和紫绒的帐盖。阿特塞立刻怡然熟睡。

他醒来时，已是早晨，可是和夜里也没有分别。百叶窗是关着的，蜡烛在燃烧着。仆人们一看见他醒了，送来和昨天完全一样的饮食。

阿特塞发问："你们没有牛奶、咖啡、新鲜面包和牛油吗？"

"没有，大人。在天堂总是吃同样食物的。"仆人回答。

"这是白昼，还是黑夜？"阿特塞问。

"在天堂里无所谓昼和夜。"

阿特塞吃了鱼、肉、水果，又喝了酒，但是胃口不像上次好了。吃完后他问："什么时候了？"

"在天堂里时间是不存在的。"仆人回答。

"我现在做什么呢？"阿特塞问。

"大人，在天堂里，无须做任何事。""其他的圣徒们在哪里？"阿特塞问。

"在天堂里每一家有其自己居住的地方。"

"可以去拜访吗？""在天堂里彼此居处距离很远，无从拜访。从一处到另一处要走好几千年。"

"我的家人什么时候来？"阿特塞问。"你父亲还可再活二十年，你母亲再活三十年。他们活着便不能到此地来。"

"阿克萨呢？""她还有五十年好活。"

"我就要孤独这么久吗？""是的，大人。"

阿特塞摇头思索了一阵，随后又问："阿克萨现在预备做什么？"

"目前她正在哀悼你。不过她迟早会忘掉你，遇见另一个年轻人，结婚。活人都是这个样子。"

阿特塞站了起来开始来回踱步。这是好久好久以来他第一次想做点什么事，但是在天堂里无事可做。他怀念他父亲，思念他母亲，渴念阿克萨；他想研读些什么东西，他梦想旅游，他想骑他的马，他想和朋友聊天。

终于他无法掩饰他的悲哀。他对一个仆人说道："我现在明白了，活着不像我所想的那样坏。”

“大人，活着是艰苦的，要读书，要工作，要经管事业。在这里一切轻松。”

“与其坐在此地，我宁愿去砍柴、搬石头。这种情况要维持多久？”

“永无尽期。”“永无尽期待在这儿？”阿特塞急得乱抓头发，“我宁可自杀。”

“死人不能自杀。”

到了第八天，阿特塞绝望到了极点，一个仆人照预先的安排，过去对他说：“大人，原来弄错误了，你并没有死。你必须离开天堂。”

“我还是活着吗？”“是的，你活着，我带你还阳。”

阿特塞喜欢得忘乎所以。仆人蒙上了他的眼睛，在房屋的长廊上来回走了几趟，然后带他到他家人等候的房间，打开他遮眼的布。

是晴朗的天气，阳光射进敞着的窗户。外面的花园里，好鸟时鸣，蜜蜂嗡嗡。他快乐得亲吻他的双亲和阿克萨。

他对阿克萨说：“你还爱我吗？”“是的，我爱你，阿特塞。我不能忘记你。”“果然如此，我们就该结婚了。”

不久，婚礼举行了。优兹医生是上宾。乐师奏乐，宾客自远方来，都给新娘新郎带来精美的礼物。庆祝了七天七夜。

阿特塞与阿克萨极为幸福，白头偕老。阿特塞不再懒惰，在当地成为最勤奋的商人。

婚礼之后阿特塞才发现优兹医生治疗他的经过，原来他是住进了“蠢人的天堂”。后来他和阿克萨时常把优兹医生的神奇治疗法讲给他们的子孙听，以这样的一句话作结束：“天堂究竟是个什么样子，当然没有人知道。”

刊于1981年第1期

第二章 平民立场

pingminlichang

《读者文摘》的面具

曾经有人打赌，说不看刊名，他就可以从一堆杂志中把《读者文摘》挑出来。另一个人不信，便把一本《读者文摘》混到一堆杂志里面，隐去刊名让他挑。但最后那个人还是一下子把它挑了出来。输了的那个人很惊讶，说："你凭什么说它就是《读者文摘》？"

那个人说："这还不容易，《读者文摘》20多年都是一张脸。这张脸谁不认识呀？"

这张脸其实并不特别，它放在一堆新鲜时尚的杂志里，显得有些土，甚至有些落寞。它的特别之处，可能就在于你走到任何地方，只要一看到那张封面，不用看刊名，就知道是这本杂志。

许多人认识《读者文摘》杂志就是从这张脸开始的。

因为她很像一个人，几十年来都是那种不变的样子，所以也就成了人们判断她的一个标志。

杂志封面的重要性他们很早就认识到了。20世纪80年代初的杂志业界自由而喧闹，模仿与借鉴成为主流的动作，国外的流行杂志做什么，国内几乎会在瞬间复制。20世纪年代的杂志版式的流行是满版“大出血”，很亮很鲜，也很刺眼，但就是让人找不到与杂志本身相关的那种气质。胡亚权理想中的《读者文摘》的封面，模糊而又神秘，无法看清。在他的潜意识里，封面就像一个人，这个人的思想与他的灵魂都应当是唯一的。那张脸的出现也应当与这种思想契合。让人一看到那张脸，就会说，哦，就是这家伙。只是这个家伙长得什么样子呢？

最大的难题是封面照片难找，中国还没有完整的封面照片概念，最好的图片可能就是广告图片。第2期用了摄影家刘立宾为挂历拍的一幅小品。到了第3期，技穷的胡亚权只好用了一张柯达公司的广告片子做成了封面，那个为胶片公司做广告的女孩子很灿烂，但商业味道十足。封底则还是挂历的图片。第一年杂志的封面，除了拼凑，可以说就是在等待中，寻找着自己最后的模样。胡亚权觉得自己没有一种创造的感觉，风格也更无从谈起。创刊初期的5期杂志的封面主要是根据作品定设计风格，呈现着粗糙的即兴式的情趣。杂志放在书摊上，与一堆各种各样的美人头挤在一起，只不过又多了一个美人头而已。

一直到了1983年胡亚权才开始勾勒出了一个基本轮廓：四处大胆留白，中间放图，刊名压在图上方。

他设计这种风格的意图，源自于对内容的准确把握。随着对内容的基本定位，他心中的封面也慢慢成形。他觉得《读者文摘》应当在优雅中透出某种高贵，它很独特，也很知性。与人们想象中的生活理想贴近，又与世俗距离遥远。此后，《读者文摘》杂志封面所有的变化也都是在这个基础上推演发展的。胡在解释这张脸的创意时说，人人都有一张自己的脸，《读者文摘》的脸应当是这个样子。这张脸可能不漂亮，但她就是这样一本杂志，就像是一个人，你可以说她不好看，但不可能改变她的脸。一个人一生不可能有第二张脸，《读者文摘》也不能有第二张脸。即使你要变，也最多是整整容，偶尔把眼皮拉拉，把眼袋给去掉，但你不能变得让人认不出你，把你当成另外一个人，那就不是你了。

胡亚权认为创造《读者文摘》美术形式的过程，就像是在做一件雕塑作品。有了脸孔后，你还得配以合适的身材，包括衣服的选择与搭配。你不能太胖，也不能太高，你可以不漂亮，但要让人看上去舒服，还要不累，还要让人说，这就是你。

这样才是一篇完整的东西。在这种奇怪的理论指导下，一些让人觉得不可思议的"规矩"开始形成了。他给这本杂志的美术设计确定下了一些基本的规章。这些规章直到今天仍在使用，成了读者认可的传统。而这种传统是体现在一切以读者方便为第一要素的前提下开始的。

《读者文摘》从1985年开始，使用统一的三栏制，每栏是14个字，一律用新5号字。胡亚权认为，中国的杂志有一种传统，那就是基本上都采取双栏制版，每栏22个字，最原始的是单栏，44个字。但这是不科学的。他研究后认为，单栏看上去要摇头，双栏不适合设计文章，图摆布起来难度很大。而三栏是最科学的，不用转脑袋，只需转眼球。

这种理论让人觉得不可思议，但他却坚持说这都是经过科学论证的。一切出之考证的做事方式，使他在编杂志中形成了喜欢用试验来检验他不能确定的东西的习惯。1984年1月，他们看到一篇《能不能把鸡蛋竖起来》的稿子，觉得很好玩，但又将信将疑，就说试试，如果能竖起来，就把这篇稿子发掉。他们就拿了个鸡蛋，开始在桌子上进行试验，花费了半个小时，鸡蛋真的竖了起来。胡在给这篇文章配图时，还拍了张照片配发出来，表示这件事是真的。而在一篇讲述掌纹诊病的文章中，胡亚权甚至把自己的手掌心在复印机上复印下来，放到文章中做插图。

胡亚权给杂志确立的另外一个美术原则，就是规定杂志只用宋体、楷体、仿宋体、黑体四种字体。谙熟中国毛笔字的他，固执地认为这几种字体是中国的传统字体，书卷气较浓，与杂志气质相符。他极力排斥张扬浮躁的美术感觉，并且坚决拒绝新锐杂志的广告化风格。他认为更要远离的还有一些不成熟杂志的报纸化风格。他像个传统的老人一样，看守着自己的这块园地，并极力希望染上他所钟情的中国传统文人的个人化理想的味道。

从1982年开始，胡想出了新的办法，请当时在国内有影响的画家配插图。每期几乎都有20幅以上的插图量，这在当时国内刊物成为异端。因为所有的时尚杂志都使用大量的照片，黑白配图已像弃妇般备受冷遇。胡则坚信自己的正确。杂志上少量的插图起初是他画的或复制的，显得有些稚嫩与可笑。但他认为好的配图可提升杂志的品位。1983年时，杂志要发一篇叫做《找对象》的文章，他请连环画《山乡巨变》的作者贺有直为这篇文章配图。这位中国连环画界的权威接到邀请后，画了十多幅，让他们选用。

高燕当时是北京东城区文化馆一位广告画师，他的画风西化，表现人物简洁、传神。胡亚权偶尔看到他画的一幅儿童画，就四处打电话找到他，请他给杂志配插图。高燕此后成为《读者文摘》最重要的插图作者之一，杂志上有上百幅插图就是由他画的。后来，这位中央工艺美术学院的教授出版了一本插图集，其中有一半以上作品是给《读者文摘》的插图。除高燕外，画家施大畏、卢延光、陈延、张守义、冷冰川等人，这些如今在中国画界非常有影响的人物，当年都为《读者文摘》配过插图。

1982年7月，从西北师大美术系毕业的高海军到杂志社报到，担任专职的美术编辑。1983年，高海军正式接触版式，开始完善《读者文摘》的美术风格。

越保守越有力量

《读者文摘》的编辑模式，从一开始就体现着令人不可思议的谨慎与保守。

首期的一些栏目创立后，一直沿用至今，超过20年。从这个方面你就可以嘲笑这是一本保守的杂志。但是你又不能否定，许多读了这本杂志几十年的读者，一直认可这些栏目。

说到保守，胡亚权还可以给你列举出比他们更为保守的杂志。美国老牌杂志《纽约客》创办75年，但她的创办人哈罗德古怪地坚持着《纽约客》令人绝望的传统法宝。他从来不允许在上面发一个下流的字眼，而且坚持把任何色情的东西都删掉。坚守着杂志确立的理想一直到今天，《纽约客》对美国的文化和精神生活产生了深远的影响。他在解释这种影响的时候，用了7个字："越保守越有力量。"

《读者文摘》杂志在首期推出的《文苑》这一栏目，从创办到现在，将近300期，几乎一成不变地出现在杂志上。每期在杂志的第4页上，你都可以固定地看到它。这个栏目的初衷是选择好看与凝聚着意趣的文艺作品，它所刊发的文章，大部分都有一个曲折的故事，蕴含着发人深思的道理，或者是哲理味很浓的有关人生的各种道德价值的判断。这个数十年都保持相同风格的栏目，被读者推举为他们最欣赏的栏目之首。

这种始终如一的看似保守的做法，成了许多人几十年不变的一种阅读爱好，正如郑元绪所说："杂志在塑造着读者。"

一些栏目在岁月中固定下来，甚至在杂志上的页码位置也被固定下来。杂志越变越简单，也越变越方便。胡亚权对此的解释是，读我们的杂志是最省力的，同时也是最方便的。老读者最喜欢我们的一个栏目《漫画与幽默》，他们一般拿到手后不看其他的，而是一下翻到第24页，直接去看。因为这个栏目一直固定在这个位置。

至于其他一些栏目，如那些补白式的话语，他们后来命名为《意林》的栏目，当时只不过因为在文章编排过程中，有些小空白需要填补。像最经典的"送人玫瑰，手有余香"这句现在被人到处引用的话，就是这样填上的。这些充满哲理的小块文章与语录，受到读者的空前欢迎，于是他们就把这作为一个栏目固定了下来。

这些渐渐形成的办刊理念，还包括了他们对于文章的思索性的要求。他们确认，好文章要给人一种巨大的想象空间与思索的冲动。他们反对那些什么都说到了的文章，于是对文章进行删节就成了必要的手段。可以说，他们的文章都倡导朴素的作风，并且留有空白。

作为地处西北偏远地区的两个年轻人，对于世界的渴求超越了当时的地域。他们在杂志中提倡的包容性就隐藏了他们的野心。这就使《读者文摘》从一开始就体现出了巨大的空间感。他们的理由是，过去国门未开时，人们都有些盲目排外，但国门一开，却又对自己失去了信心。这两种情绪都是不正确的。所以他们提倡一种不卑不亢的态度。他们理想中的杂志应当是：用华人的思想去接触世界。

最为重要的是，早先确立的以介绍国外优秀文化、宣扬人性的选择方式，可以说表现了他们惊人的预见力。这两个经历过"文革"以及苦难的人，认为不能让生活得太沉重的人们再在一本杂志里沉重下去了。这本杂志至少要让读者找到一种理想的人生，包括精神的胜利。他们坚持给读者提供一个精神上的乌托邦的理想，最终得到了认可。民间曾有评论认为："这是一本没有痛苦的杂志，她所宣扬的只是人生最美好的一面，而不是坏的一面。人们从这本杂志上感受不到痛苦，因为她所宣扬的是积极的人生与美好的未来。她主要给人以希望与启迪。"

尽管20世纪90年代中期，一部分知识分子批评这是一本温情的小资情调的杂志，是一本让人们相信乌托邦的杂志。但胡亚权面对此种批评却很坦然："他说得当然对，我们就是这样一本杂志，他批评的正是我们成功的东西。宣扬人性中美好的东西如果是错误，那么这个世界上宣传什么东西是对的？"

主编的实习期应当有多长

准确地说彭长城只能算是第四个来《读者文摘》报到的编辑，他来之前，另一位编辑刚刚调离。但彭长城却因为各种原因，成了待在这个杂志社时间最长的一个人。

他从1982年5月开始到《读者文摘》杂志一直工作至今。身上有着浓厚诗人气质的彭长城，此前在轴承厂做过工人，1977年考上了兰州大学历史系，是又一位非中文专业毕业后来到这里的编辑。

彭长城报到当天，胡亚权给他一摞自己初选出来的稿子，让他选稿。选稿对于一本文摘性杂志的编辑是一门基本的必修课。他还拿了几期杂志，要彭先研读。

彭长城的知性与偶尔的悲天悯人气质使他在选稿中总是能一下达到知性的边缘。他很快找到并靠近了这本杂志的某些表达方式，因为这本杂志中的某些东西与他的想象力相契合，他很快融入到了这本杂志中。彭长城最初的工作是做辅发编辑，就是修改与压缩稿件，学习各种编辑方法。这样的工作持续到7月份，他才进入到正常的编辑工作中，每期参与选稿与编稿。

青年彭长城

彭长城说:"独立办一期杂志,其实是对自己综合能力的一次考验。我编这本杂志的时候,刚开始遇到的难题是这部分的稿子多了,而另外栏目的稿子却不够。这种失重会使你对自己的个人爱好保持足够的警惕,会减少由于个人趣味带来的不平衡。这时我开始体会到,其实一个编辑就是当期主编,需要全面的拼盘与整合能力。每个编辑都是这本杂志的主编。"这就是他们确立的一种新的编辑流程。这种流程一直坚持到了今天。

在《读者》要想获得一个主发的位置,确实是件艰难的事情。新分配到《读者》杂志的编辑,有4个人在辅发的位置上干满了3年,甚至4年。他们的学历都是本科以上,但实习期反而更长。胡亚权说:"我们要的不是一个编辑,而是一个主编。你说一个主编的实习期要多长?"

两个《读者文摘》

《读者文摘》在中国的悄然面世,对于美国的那家同名杂志来说,是一个很大的"刺激"。

一直关注中国期刊市场的美国《读者文摘》,终于在1982年底找到了借口。他们悄然拉开了两家杂志长

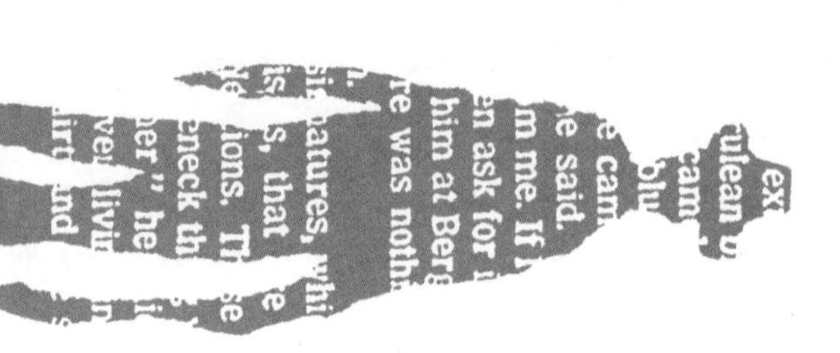

达12年之久的争战。美国《读者文摘》于1965年创办了《读者文摘》中文版本，在香港发行十多万册，在内地大约有上千册的发行量。但其志并不在此。他们的目标是对十多亿中国读者的争夺。让他们没料到的是，在遥远的中国甘肃，竟然出现了一家同名杂志，这本杂志可说是占尽了天时、地利与人和，这对一直把中国内地当成重大潜在市场的美国《读者文摘》，是一个重大冲击。

如何使中国的这家杂志不成为影响自己未来发展的障碍，美国《读者文摘》决定用法律来解决此事，并试图以此置这家尚在襁褓中的杂志于死地。一贯会熟练运用各种法律手段的美国人，这次在中国却遇到了难题。

1982年初，美国《读者文摘》远东公司经理部韦克菲尔德致信中国出版工作者协会副主席许力以，请求许力以先生帮助他们，责令甘肃人民出版社停止使用《读者文摘》中文名。当时中国还没有参加国际版权公约。官方的态度是，报刊同名是一个世

界性的现象，如何进行处理，在中国是新事，也是一件难事。

韦克菲尔德的信由中国出版工作者协会秘书处转交给《读者文摘》编辑部。在当时的大多数国人看来，韦克菲尔德的要求是无理的，甚至是荒唐可笑的：美国有了*READER′S DIGEST*，有了中文版《读者文摘》，为什么中国就不能有自己的《读者文摘》？于是编辑部回信，礼貌而坚决地拒绝了对方的要求。面对中方的回答，美国人不

以为然，却找不到适当的法律来解决此事。中方与美方的第一次交手就这样结束，双方的心里都知道，真正的争战才刚刚开始。1982年8月，第五届全国人民代表大会常务委员会第24次会议，通过了《中华人民共和国商标法》，这是中国历史上第一次以法律的形式确认和保护商标。这项法律的出台，并没有引起更多的关注。在人们的观念中，商标只是一些烟酒的标志，怎么可能会与一本杂志的名字相关呢？

但远在大洋彼岸的美国《读者文摘》协会（READER′S DIGEST ASSOCIATION）却敏锐地捕捉到了这一信息，以最快的速度为其《读者文摘》中文版杂志的注册向中国提出了

申请。《商标法》规定，经商标局核定注册的标示为注册商标，注册人享有专有权，受法律保护，其他人不得使用注册商标相似或相近似的商标，授予注册商标依据申请在先的原则，而不论是否首先使用以及影响力如何。这条中国法律的出台使中方与美方的交战正式拉开了序幕。1982年12月30日，中国工商总局把美国的《读者文摘》中文版，作为第63类使用商品（期刊、书籍）给予注册，同时发给第168794号商标注册证，有效期10年。

美国方面在悄无声息中占了先机，同时也为下一步与中方《读者文摘》商标纠纷定下了基调。而此时中方的《读者文摘》与当时国内的许多杂志一样，并没有意识到这个新颁布的、于1983年3月正式生效的《中华人民共和国商标法》会同自己的杂志发生什么联系。

后来得知，美方申请时，国家有关商标管理部门曾打电话通知甘肃方面。但那时机构混乱，通讯落后，究竟是何人接了电话，不得而知，这成了一件永久的憾事。

10多年后那场官司的种子，就这样埋下了。

第三章 是这样

shizheyang

价值22元的读书奖

一本杂志拥有的读者群对她来说至关重要。杂志办到第三年时，《读者文摘》已拥有了150万本的发行量。编辑部时常收到各种各样的读者来信，表扬与批评，读者的声音虽然无外乎两种；但有一种却是可怕的，那就是时常有来信称，你们的杂志办得不如以前。这时候他们也迫切想了解一下《读者文摘》在公众读者中的真正看法。于是《读者文摘》第一届阅读奖应时而生。题目全部出自前三年的《读者文摘》所刊发的文章中。奖品是价值仅22元钱的一部《辞海》，但这对当时许多读者已有足够的诱惑力了。

这个纯粹是一本杂志自己发动的阅读奖，却成为当年度轰动一时的新闻。

据说，在北京形成了两个交换答题的“市场”，一个是海淀区，一个是王府井。在这些自发答题的人群中，大部分是一些大中学校的学生与一些参加自考的人。北大的一位教授给他们来信，说：“……一些学生最近常问我一些很奇怪的问题，题目很新鲜，有的具有相当的难度，我都有些回答不上来，后来才知道这些学生正在集体答你们的题……”这位教授随信也答了一份，但可惜的是，他并没有全部答对。

一个多月后，开始陆续收到一些读者寄回的答卷。到年底，他们共收到92046份答卷，答案全部正确的15120人。这个独一无二的奖，使他们有了另外一扇了解读者的窗户。

这次阅读奖的发起，对《读者文摘》是一次整体宣传包装，扩大了《读者文摘》的影响力。但最重要的收获是，他们真正摸准了读者的阅读倾向。

此后这个奖成为《读者文摘》的惯例奖，他们每隔3到4年就举办一次，到现在已办了6届，而奖品似乎总是离不开词典类的东西。先是《辞海》，到了最后奖励最高的一次也只是一本《简明大不列颠词典》与一套合订本。许多读者不是冲着奖品来的。这6届阅读奖至少吸引了中国大约100万读者参加，最少的一次是9万人。他们请了十几个大学生专门拆信。他们每次附一份读者调查表，有些读者可能对答题没有兴趣，而是把表填完寄回来。

《读者文摘》的阅读奖，成为许多读者自我进行测试与自学的一次机会。作家肖复兴认为，《读者文摘》正是依靠她的影响力，在读者中发动了一次又一次的读书运动。许多人通过活动，又重新开始了读书。这是一件功德无量的事。

通过这个奖，《读者文摘》杂志发现了上百个自己的铁杆读者。那些铁杆读者保存着从创刊至今的全部《读者文摘》，有一位姓胡的先生甚至保存着好几个分印点的不同版本的同期杂志。胡亚权认为，应当让《读者文摘》的铁杆读者得到一种殊荣。他们最新的计划是，“寻找《读者文摘》铁杆读者”，并让公证处对这些读者进行公证。

当然，他们也找到了自己与读者间沟通的最佳点。

《读者文摘》第三届阅读奖开奖仪式

《读者文摘》第一届阅读奖，曹克己莅临会场与获奖者座谈

与张明敏相关的音乐事件

封三在一本杂志中是一个不太会让人记住的版位，因为它通常都与所谓的广告之类的不重要的内容相连，而对于《读者文摘》的读者来说，它却是杂志组成的一个重要标识。

在这块版面上，每期会刊发一首流行歌曲的词与曲。一些学生会固定把封三撕下，夹在自己的某个本子里。有个学生从中学开始，把自己所能看到的每期杂志上的歌曲都收集了下来。现在他是一位普通的音乐教师，每个月他会教给大家一首新歌，而歌曲就来源于每期的《读者文摘》。

一位音乐家写一篇中国20年间的音乐方面的论文，找资料非常困难。别人建议说，你可以找《读者文摘》的合订本。他找来一看，大呼："简直就是中国20年间一部简明音乐史嘛！"他最后写来信，建议把歌曲收集下来，出一本歌曲集。

代表一种事物的历史对于封三来说，确实有些言重了，但有一点却是不容忽视的，那就是这些歌曲可以说是20年间所有引起过社会影响的歌曲的一个档案。

这个档案最初的起源与张明敏有关。1983年，中央电视台开办第一届春节联欢晚会。晚会轰动了整个中国，而与晚会一起轰动中国的包括张明敏的那首《我的中国心》。那是港台地区首位歌手在中央电视台露面。中国门户刚刚打开，任何外来的新声音都会引起强烈的认同。人们的爱国心与强国梦开始涨升。在这种背景下出台的《我的中国心》，几乎感动了整个中国。当晚坐在各自家中的黑白电视前观看节目的胡亚权与郑元绪，也被感动了。两人决定把这首歌曲抄下来，发到下期杂志上。

这个无意中的感受成全了一个新的栏目。

但要找到这首歌曲的曲谱与歌词却非常难。他们连夜给相熟的朋友打电话，看有谁把这首歌录下来了。当时录像机在中国还是很稀有的，能有录音机的也很少。打了一晚上电话，才听说西北师大音乐系的一位教师录下来了。于是他们就找到他，请他记谱、记词。大年初二，他们把东西拿到后，却发现其中有一句歌词听不清（主要是“梦萦”两个字），可能记错了。第一届春节联欢晚会没有打字幕，这就给他们带来了麻烦。郑元绪后来给中央电视台打电话，那位负责此事的导演也说不清楚。最后他们决定先按照录音发表。

1983年2月，《我的中国心》在杂志上发表。《读者文摘》可能是在中国最早发表这首歌曲的杂志。出刊后，许多报刊纷纷转载，有的读者还专门为了这首歌来买这期杂志，那期杂志很快脱销。许多学校为了组织学生学唱，还专门来电话，请求寄杂志。有很长时间，那句错误的词被人们唱了许久，至今有的人仍然认为《读者文摘》上发表的是对的。这首歌引起的轰动，使他们大受启发。他们觉得有必要再登一些优美的歌曲。后来陆续间隔着发了几期后，读者反应很好，还有人主动写信荐歌。编辑部商量了一下，觉得杂志应当把这个栏目固定下来。当时他们决定发表的歌曲的标准是，旋律要优美，要

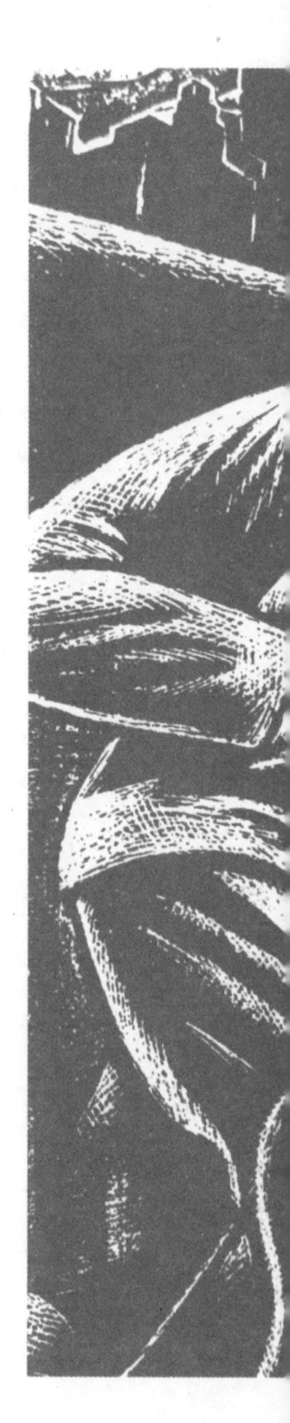

有可流传性、经典性与普及性。

到了1984年，台湾的校园歌曲风行一时，又是《读者文摘》首家开始推介，发表宣传了大量的校园歌曲，与所选的港台作家的文章相辅相成，受到了许多学生的欢迎。1985年后，这个栏目交给了编辑李一郎。李一郎是个中规中矩的人，他喜欢编发艺术性较强、有历史感的老歌。编年史的形式开始形成，这种爱好与取舍使《读者文摘》选取的歌曲在某种程度上形成了新的特色。

清查《读者文摘》“精神污染”事件始末

杂志影响力的日盛，也使他们成为被关注的焦点。1983年10月，杂志再次遇到麻烦，比起刚创办时的那次风波，这次则要严重得多。

甘肃省委宣传部通知他们，杂志先暂时停刊，听候处理。省委紧急召见甘肃人民出版社总编辑曹克己，才知道杂志社被人告了，而且惊动了当时的中共中央总书记胡耀邦。

1983年初，全国正在整顿出版界的精神污染问题。中央某高级内参上发表了一个专题材料，题为《甘肃〈读者文摘〉以大量篇幅宣扬资产阶级思想》。这个材料列举了杂志创刊以来的三大“有问题”的文章。一是杂志上发表的一篇关于法国总统戴高乐的政治生涯的文章，讲述戴高乐总统主张欧洲复兴与反对美国的故事。此材料认为，文章把戴高乐写得比共产党员还好。第二大问题是说《读者文摘》在1982年第9期的封底上转载了美国《芝加哥论坛报》组织的一次评选总统的民意调查，这个调查评出了美国历史上最佳与最差总统各十名。这个排名在美国1948年和1962年都曾经搞过，在这次评选中，尼克松成了最差总统。此材料却给了《读者文摘》一顶“大帽子”，说尼克松是促成中美建交的主要人物，刊载这篇文章会损害中美关系。

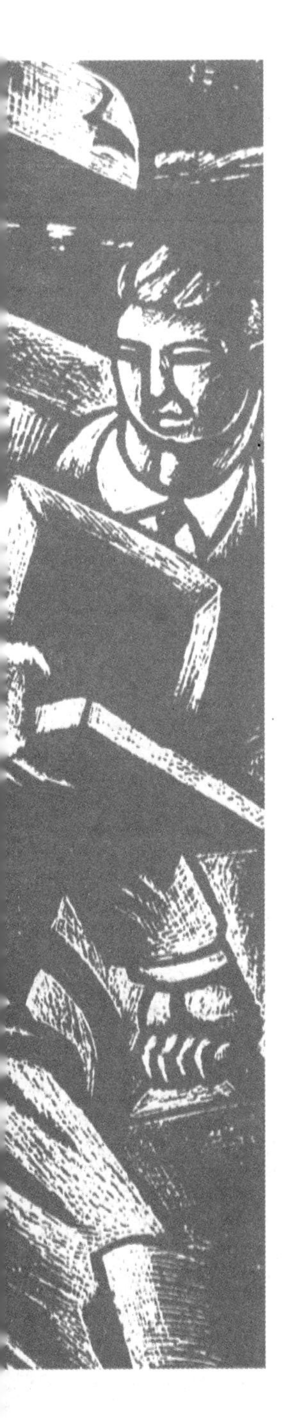

而第三个“罪状”则认为，《读者文摘》之所以能迅速引起人们的关注，并取得很大的发行量，主要就是杂志的办刊方针脱离了政治，其所宣扬的一些人性化与国外的东西，有自由化思想的倾向，是一个宣扬“资产阶级的东西”的阵地。

这个材料写得火力很猛，大有把《读者文摘》置于死地而后快的意图。在当时清查“精神污染”的背景下，抛出这样一篇东西，使《读者文摘》很可能成为一个“靶子”或者典型。胡耀邦看到这个内参后，提笔批示给当时的甘肃省委书记李子奇，让其过问此事。李子奇正在北京学习，他当即要求甘肃省委宣传部调查解决。

省委宣传部觉得问题严重。《读者文摘》是省内唯一一份发行量超过100万份的杂志，省里对这本杂志也很重视。为了慎重，当时的省委宣传部部长聂大江，决定组织一个专家组，请大家对这本杂志进行全面评判。

《读者文摘》再次面临风雨，工作停顿了下来。编辑部空气紧张，他们自信没有什么重大的问题，可是结果会是什么，谁也无法预料。而更让他们寒心的是，据说这个文件是由一封揭发信引起的，而信恰恰是社里的某位领导写的。这位领导不太赞成《读者文摘》的办刊方针，把它看成是一本“有问题的杂志”，于是授意部下，在每期杂志出来后，专门收集杂志上他们所认为的问题，把这些归纳整理出一份报告，递了上去。身为出版社总编辑的曹克己身处漩涡的中心。见惯了各种风雨的曹克己摊开已出版的20多期杂志，仔细对照检查被指称的问题。

编辑部的压力大到了极点。曹克己在全社会议上表态，说：“如果这本杂志真的像他们所说的那样，出了重大问题，我负主要责任。”私下里，他又找到胡亚权，说：“你们年轻娃娃不懂事，出了大的问题由我负责任；就是别人说错了，没有什么问题，你们也要自己提高业务水平。”同时要求他们不要有什么负担，把下期稿子编好，随时准备出刊。

10天后，省委宣传部部长聂大江召集了一批高校的教授与甘肃省内的文化人，组成一个小组，对《读者文摘》的问题进行清查。兰州大学教授柯扬先生与西北师大的甘棠寿教授分任正副组长。聂部长要求他们用3到5天的时间，把创刊号到当时为止的杂志全部看一遍，看究竟是什么问题，再向中央报批。

柯扬先生对《读者文摘》一直抱有好感。他对那个材料的行文非常反感，但又不知道省委的态度。于是他就问聂大江部长：“在查这本杂志的时候，要不要坚持我党一贯

的实事求是的原则？”聂部长说：“当然要坚持，有什么问题，说什么问题！”柯扬这才表示愿意承担这个任务。柯扬先生带着几个人，住在一个小招待所里，进行全封闭的审查。出版社拿来了两套很全的杂志，大家分头进行审读。富于正义感的柯扬教授对这种无中生有的做法深恶痛绝。他在回顾当时的情况时说：“如果专门找问题，这个杂志肯定就完了，因为欲加之罪，何患无辞？”他觉得应当本着实事求是与积极的态度对这本杂志进行审读。

他找来了甘教授商量。两人商量的结果，是先拿出个审查材料的框架，即把基调定下来。他们认为，先把成绩讲足，问题也要说清楚，第一块是创办以来的成绩，第二块是创办过程中发生的问题，第三块则是关于今后办好《读者文摘》的一些建议。他认为应当把重点放在第三块上。甘先生说：“大合吾意。”最后又把全小组的人召集在一起，大家也都同意这种说法。

调子定下后，他们在审查的过程中，反而发现了材料中断章取义的问题。那份材料把杂志内互相无关的东西放到一起，而且上纲太高。经过3天的审查，最后他们形成了一个报告，这个报告肯定了杂志的成绩。当然也指出了三四条问题，如对国外的某些政治家的评价“引用的是原文，因为没有处理，有些偏高的倾向；有的文章超过了当时人们的接受度”。还有一条意见是，一些漫画与小品没有什么意思，可要可不要。结论则是，应当珍惜这本杂志的存在。审查小组最重要的一条结论是：同意让《读者文摘》针对上述问题进行整改，改进上面这些所谓的“问题”，还是可以办好这个杂志的。这个报告的潜台词是杂志不能停刊，相反要更好地办下去。报告呈给了聂部长。

3天后，柯扬给聂部长打电话，问他的意见，聂部长哈哈大笑，说：“我们当然尊重你们的审查意见。”柯扬悄悄地把意见又告诉了胡亚权。胡亚权出了一口长气。当时出版社也成立了一个工作组，总编辑曹克己与当时的社党委书记马谦卿都是一个态度：找出错误原因，全力保住杂志。

甘肃省委宣传部经过慎重考虑，决定继续办好这本杂志。10月中旬，甘肃人民出版社接到省委宣传部的通知，杂志于第11期恢复。当年参与此事的许多工作人员，到现在都说自己挽救了杂志，他们把这当成了一种“荣誉”。但这件事却给大家的心里埋下了一个阴影。

10月25日，1983年第10期与第11期合刊出版，《读者文摘》杂志再次艰难起航。

胡亚权离去

在经历过一场风波后，1984年，《读者文摘》开始重新变阵，强化自己的真善美的基调，远离所谓的潮流，不追风，不发表那些经不起推敲却又能轰动一时的文章。一句话，不在风口浪尖上跳舞，不做弄潮儿。

《读者文摘》的每一步变革，似乎都是在外力的巨大推动下开始进行的。这似乎又是一个悖论。在这次调整中，他们开始把视角由外转向内，在加强选发海外译文的同时，大量介绍港台地区的一些流行作家的文章，制造杂志新的"视点"。1984年第3期，他们以《沙漠中的仙人掌》为题，首先介绍了台湾女作家三毛，以后几年又陆续刊登了她的代表作。此后他们还介绍了琼瑶、刘墉等人的作品，是当时国内最早推介他们的杂志之一。但他们的选择有时候有着明显的偏颇，如在当年国内争议最大的诗人汪国真的问题上，《读者文摘》的推荐与介绍起到了推波助澜的作用。《读者文摘》至少刊发了汪国真的各种作品十几篇，他的诗歌作品大量地被读者抄到自己的笔记本上。当后期人们对汪国真谤毁最多的时候，他们还是坚持发表汪的作品。

伴随着杂志内容的变阵，人事上也发生了一个重大变动。到年底时，曹克己找到胡亚权，讲社里想调他到甘肃少儿出版社当领导。胡亚权对这个决定感到很突然，也能理解，只是要他突然离开自己一手参与创办起来的杂志，对他来说滋味复杂。

那几天一向很活跃的他沉默了。郑元绪对他的调离也感到很突然。近4年来，两人形影不离，坦坦荡荡，就像一对亲兄弟。而且这份事业对他们来说，是共同的。现在突然要让一个人离去，等于撕开了这个整体的一块。郑元绪是个重感情的人，那几天大家都竭力不去说这件事，都在默默地做着自己的事，像怕碰疼了某一块伤口。1984年第12期发稿后，胡亚权的使命似乎结束了。

郑元绪、彭长城、高海军几个人在一家叫做“景阳楼”的地方，为老胡送行。“景阳楼”是兰州城里的一家古店，此店为一山东人所开，取义为当年武松过冈的故事。以前，编辑部时常来这里小聚，今天却得为分离而举杯了。胡亚权竭力作一副无事状，一直闷着头在那里喝酒，一杯接一杯，酒喝得痛快，也带着种悲壮。虽然胡亚权此后还将与大家在一栋楼上办公，但他觉得自己与这本杂志的命运一下子隔开了很远，眼睛一直湿着。到最后离开的时候，郑元绪问他还有什么要交代的，他一再叮嘱高海军：“坚持竖三排，轻易不要改。”高海军郑重应诺。 胡亚权于1985年初调离《读者文摘》，出任甘肃少儿出版社总编辑。

是年，《读者文摘》杂志发行量达到了182万册。

《今日中国》英文版的封面人物胡亚权。老胡的招牌动作，深邃的目光从镜片后射出。这样与人对话，他保持了一生

卷外

乡绅的历史

对胡亚权一生影响最大的是故乡。

每个人都有自己的故乡，但故乡对于胡亚权来说，却并不仅仅是一种回忆中的历史，而是他的精神成长史。他的故乡在甘肃武威，古称凉州。

凉州，这个名字对于许多人来说，是一种想象力的延伸与诗歌历史的镜像。看到这个名字，犹如看到一种传说。许多人一生也没有到过这个曾在很小时候的诗歌中发现的地域。但这里的黄土与风沙孕育了他。每个人都会在多年后回顾历史，而历史对于每个人来说，都有着不同的书写方式。我注意到，当人们谈及《读者文摘》的某些所谓的隐秘时，胡亚权的解释是："请你们沿着丝绸之路去走一走，去看看敦煌，看看阳关，看看古道……回来后，你们就会得出结论。"

去过的人很多，但得出结论的人是谁？他把一种东西的成长归结

于历史与一块地域，而把心灵的成长作为自己的一种积累。而这块故乡，就是西北。

西北是什么？是我们在遥远时刻对于一块地方的猜想，还是一首诗在我们内心想象的伸展？对许多的人来说，西北也许仅是个人想象力的文化代码。在这块显得过分遥远的“西域”，有无数的人把这儿当成了个人理想与野心施展时的跑马场。每个曾经涉足此地的人，都想告诉我们他们所谓发现的西北。于是，我们就活在他们认为的西北里。这使庞大神奇的西北有了许多的带有个人色彩的文本。几乎每个看到西北的人都想把自己认为的西北留下来。

西北如果剔除了这些额外的东西，还会剩下些什么呢？那个隐在诗歌与历史中的凉州，在汉时就弥漫着一种历史的大气象。国家与朝代，争夺与纷乱，共同在揉搓着凉州的历史。而丝绸之路的开通，除了驼铃响彻古道外，我们还能看到些什么？距凉州100多公里外的隋炀帝举办的60国国际大会的地方，叫做张掖。更早些的800年前，凉州的边缘上曾建过一座为被俘的古罗马战俘所建的古城，那座城市叫做骊靬，现在叫永昌县。民风流俗就这样碎裂着、成长着、弥漫着，文化的东西开始积淀下来。更重要的是，对于文化的理解也留存了下来。

尽管随着边防的前移，凉州成为内陆，开始进入了长久的沉默期，但一种文化的东西却间或闪烁在民间的田间地头。西北人是些什么样子的一族呢？

他们可以永远笑着去过一种艰难的日子。他们可以一个人看着远处的太阳一天天发呆。那些诗意的东西永远地搁在每个孤独的心灵深处。西北人的孤独是永远的文化上的孤独。这种孤独如同种子，无法预知它们会埋在哪颗心灵里，等待发芽。

胡亚权出生时，西北仍然居在历史中，只是过去的辉煌开始被风沙掩盖。凉州再也没有放肆的诗人执剑西行，原来的历史前沿成为内陆。敦煌已被一位叫做斯坦因的探险家盗掠过两次，一门新的举世显学刚在国外兴起。敦煌即将成为举世瞩目的一个艺术中心。1944年清明节，胡亚权出生在凉州城边上一个叫做双树沟的普通农户家里。那时候，这个城市已改名叫做武威县。

此时，美国《读者文摘》已创办20多年，中国几乎没有多少人知道这本杂志。没有人会知道，这个小男孩30年后会与中国的一本与之同名的杂志的命运相关。

胡家是个耕读世家。佛教有一句话：凡事随缘皆有味。人生在世，总似有冥冥上苍授予某种缘分。而胡亚权认为，对他来说，便是与书之缘。

胡亚权自小喜爱读书，这样的孩子在农村讨人喜欢。四五岁时，他的叔叔就把他放在肩上，教他背《三字经》、《百家姓》，那时候胡亚权不识字，也不解其意，只是背，觉得文字有着一种令人生津的味道。在中国的许多读书者中，"有种先结婚后谈恋爱的读书症"。即在不懂得的时候，开始接触并记住了那些"圣言"，许多东西就这样被积累起来了，尽管不懂，但那些储存在记忆中的东西，却在等待着被某一天理解的时候。

胡亚权的读书方式杂乱而且无序，遇到什么书读什么书，这种杂览使他像一块海绵，把许多东西都吸收了进去。在中学时，他竟然已读完了王云五先生的"万有文库"。这种杂览使他的综合知识比同年龄的学生高出一大截。

他无法解释自己为什么喜欢读书，遇到什么书，他都期待去读完它。多年后，胡亚权认为这可能是一种"病"读书癖。

此外，这个农民的孩子竟然还喜欢绘画。这种爱好对他来说，也是一种不可思议的举动。他觉得如果有原因，可能就是好奇吧。村里人家在做家具时，会在家具上刷涂各种图案，这些图案让他十分着迷。但喜欢是要付出代价的，即便一毛多钱的纸笔，在当时的农村也是件奢侈品。

他家的院子修在黄土地上，在黄土上画画，不用纸笔。很多次磨破手指，自己也不觉得痛。上到小学三年级，母亲看他画得仔细，就

给他买了一张四开大小的白纸，让他去画一张画。胡亚权欣喜不已，于是到小学旁边的庙里临拓一张古代壁画的局部，那是两只梅花鹿。

这可能是胡亚权最早的一幅“作品”。30年后，他返回老家，竟然在家里的土墙上看到那幅临摹画，是母亲贴的，总不让别人取下来。

他的命运总是充满着某种阴差阳错，处于一种“误会”状态中。他对于自己的未来也总是处于一种即兴式的选择中，他从来没有设计过自己。但他相信，一个人一生总是在为某件事情而活着，尽管你不可能知道那是件什么事。但他知道，自己一生都在向着某个目标行进。

中学毕业，要报考志愿。心高气傲的他决定只报北大与清华大学的物理系，因为他

只对这两个学校感兴趣。但报考志愿时，规定要选3个，填完了两个志愿，还空了一个格子，老师说，填满它。但选择什么专业呢？当时他想，要选就选一个好玩的专业。他发现兰州大学有个专业是地理系，那时候他不太了解地理系是什么系，只觉得这专业好，可以游山玩水，就"游戏"似的选了兰大地理系。

发榜后，他没想到，自己被这个专业录取了。等到知道这个系并不只是游山玩水后，他后悔了，但他已无力改变这个结果，只好顺其自然。在学校4年，他读了大量书，兰州大学馆藏了许多世界名著及各种孤稀珍本，只要能读书也是对这个选择的一种补偿。出黑板报、绘画，组织各种沙龙式的活动等，他用这些特别技能交换了到兰州大学图书馆书库自由看书的特权。

1968年大学毕业后，当时的"最高指示"是到基层去，接受工农兵再教育，目的地是5385部队安西农场。戈壁滩上，四野苍茫，人迹罕至，当天的报纸要几天后才能收到，大学生学员们要靠听收音机收听新闻。胡亚权被分配在农场的二连，闲不住，就鼓捣着与大家一起办起一张油印小报。他们从很远的县城买来油印机纱网和一小盒油墨，找来一个竹片，用刀修平。有一位陕西来的大学生从行李中找出钢版和铁笔。一个小型的印刷厂便诞生了。每当有重大新闻，"最高指示"，晚8时新闻联播开始，全班就一起上，有人监听，有人记录，有人刻版，有人裁纸，有人印刷。第二天天一亮，二连出的号外便分送到全农场方圆几公里的其他几个连队，真有点像报纸样儿。胡亚权担负的是印刷工序，用文件夹将蜡纸与纱网固定，下面放一块窗子上拆下来的玻璃片，油墨均匀地刮过纱网，一张清晰的印刷品就出来了，品质不亚于油印机所印。

这些基本的锻炼，似乎就是某种前期的准备。人的一生，有时你偶尔回头看一眼，许多以前做过的事情，是不是正在成为你现在从事的某种职业的前期训练？

而在这个农场的七连，郑元绪也在劳动锻炼，但两人从未谋面。

1970年，大学生们再次分配，胡亚权到了金塔县农村毛泽东思想宣传队，郑元绪到了酒泉县农村毛泽东思想宣传队，同在一个地区，他们仍未见过面。

又是一年半，1971年8月，胡亚权被调到甘肃省毛主席著作出版办公室，简称“毛著办”。当时出版社只出毛主席著作。对胡亚权的调动算是非常照顾，因为他的同班同学兼妻子在兰州大学印刷厂工作。郑元绪则被留在了酒泉县工业交通局，7年后才调到甘肃人民出版社。

这就是胡亚权与郑元绪人生的两次大的“偶然”。

人的一生真的与偶然相关吗？

胡亚权认为自己的一生正是偶然的结果。

他到出版社后，先是被分到了新华书店去卖书，而他曾经参与创办小报的经历，使“偶然”出现“多米诺效应”。总编室听说他曾出过小报，就把他调去编辑社里的一份内部刊物《出版简讯》。这是胡亚权办的第一份“杂志”。另外由此引申出的新机遇是，曹克己同样因为“听说”他此前的经历，而授命他参与创办《读者文摘》杂志。

直到今天，我对胡亚权仍然很不了解。他不善言谈，但说出话来总是一语中的，时有妙论。比如有一回他问我，一个人什么时候才有了思想，不等我回答，他已说出自己的见解：当两岁小孩子会说“不”的时候。这是他从小孙子那里学习到的。

他可以一边与别人聊天，一边写他的文章报告，构思不乱。他性格耿直，不说假话。年轻时有点目中无人，也开罪了一部分人，甚至

《读者文摘》组成的历史。每张封面都代表一种表情。那是这个时代的表情吗

影响了仕途。别人说他“专爱犯上”，老胡答曰，还有一句重要补充，“绝不作乱”。

这里要说一段轶事。我与广东德生电器公司总经理梁伟因慰问边防军而相识，给他看了这本书一部分初稿，没想到他连夜驱车从广州赶到深圳，告诉我一个有关老胡的故事，故事叫“汤加王国”。

老胡的夫人是兰大职工，从20世纪70年代起，他们就住在兰大一字楼。那是一座筒子楼，一家一间住房，门口用砖头垒一个土台算是厨房，厕所公用。楼上住的几乎全是讲师。二楼有5家近邻因孩子们的往来而关系密切。这5家人的孩子们可以自由选择睡觉的地方，大年三十，5家人聚在一块儿，带上各自的饭菜，一块儿放鞭炮守岁。有一回，其中一家的朱正佑教授生病住院，大家轮番看护，当他从死神那边返回时，昏迷之中说“我是汤加国王”。此后，他们开始把这个称号固定下来。奉朱先生为国王，朱夫人程昌钧教授为王后，马教授、戴教授夫妻，刘教授、封教授夫妻被封为物理大臣、化学大臣，胡亚权、邝淑文夫妻被封为宣传大臣，兰大组织部秦家凤是军属，她和丈夫被封为国防大臣。孩子们有王子、公主之封号，且有自制证明。这几家人后来都陆续离开了兰州，有的孩子已出国深造，留在国内的也都已成家立业，都颇有出息。每年过春节，他们总要电话拜年，回忆那些艰难岁月中的好日子。

老胡谈起往事时，一声叹息：那个年代的人可爱啊……

《读者》创刊27年来最具影响力的十篇文章

假如生活欺骗了你

◎ [俄]普希金

〔胡亚权荐语〕
这首普希金的小诗是从上大学时的抄本上摘登的。没想到通过《读者》永久地根植在许多人的心田里。当人们失意时，这几行诗句定会给他们力量和勇气，因为生命和幸福的本质就是苦乐共存。

假如生活欺骗了你
不要悲伤，不要心急！
忧郁的日子里需要镇静：
相信吧！快乐的日子将会来临。
心永远向往着未来；
现在却常是忧郁：
一切都是瞬息，
一切都会将过去；
而那过去了的，
就会成为亲切的怀念。

刊于1981年第4期

《读者》创刊27年来最具影响力的十篇文章

如能再活一辈子

◎ [美]埃尔玛·邦贝克

〔胡亚权荐语〕
如何再活一辈子，确是每个人都想过的问题；
如何提高生活质量，则又是更多人正在想的问题。
这篇文字揭示的是一种《读者》所倡导的生活态度。
一位幽默作家答复了最难回答的问题。

日前有人问我，如果我能从头再活一辈子，可有什么地方愿加改变？

没有，我回答说。但是我随后又想：如果我从头再活一辈子，我会少说多听。我会请朋友们来家吃饭，哪怕地毯有污痕，沙发褪了色。我会好整以暇地静聆爷爷回忆他年轻时的一切。

我决不再坚持夏天关闭汽车窗子，只为了我的头发刚做好，刚喷过发胶。

我会点完那支雕成玫瑰的红粉蜡烛，而不让它自己慢慢熔化。

我会像孩子们一样地坐在草地上而不怕草把衣服弄脏。我会在看电视时少哭少笑些，而在观察人生时多哭多笑些。我会多分担一些我丈夫的责任。

我会有病就躺在床上，不妄想事事非我不可。我会在买任何东西时，不再只因其合用、耐脏、担保用一辈子不坏。

怀胎九月，我不再恨不得早点分娩，而愿时时刻刻地深入了解我体内的生长，是我帮助上苍创造奇迹的唯一机会。

孩子猛吻我的时候，我会永远不说："慢些，先去洗手好吃饭。"

我会更多说我爱你……更多说我抱歉……但如果能再活一辈子，我会抓住每一分钟……仔细地看，看得真切……而且深深体验人生，永远不放弃。

刊于1982年第1期

第二卷

我们尝试了什么

1985-1994

WOMENCHANGSHILESHENME

1985-1994

DUZHE
读者
2007
14

第四章 人性至上

“真善美”主义

《读者文摘》创办5年，初期的扩张已经完成。她的读者达到了创纪录的180万，其后开始了一个漫长的平稳期。郑元绪面临的现状是，国内的许多杂志经过短暂的高速发展后，市场进入饱和期。杂志定位的重复性与内容的互相重叠、模仿，创意的匮乏使报刊竞争力下降。许多杂志发行量急剧下降。《读者文摘》杂志在“打开世界窗口”方面已无多少优势可言。郑元绪思索再三，确定刊物的主要思路就是开掘生活、展现人性，把杂志做深，强化《读者》的风格，试图找到属于杂志本身的力度与气质。

郑元绪坚持认为，创刊之初就确立下来的“真善美”主义就是他们理想的出路。他们唯一要做的就是，如何使“真善美”这个主题不断更新，找到新的表达方式。

而这正是编辑部需要强化的一个编辑思想。当然，“真善美”已被滥用到沦为“土”和“陈旧”的地步。许多人一提到这三个字就有些好笑，并且怀疑这样的理念会不会再有人接受。郑元绪认为，什么东西都可能过时，但这三个字所蕴藏的东西却永不过时。“真善美”之所以会引起反感甚至排斥，被当成虚假的东西，在于对这种人性理念的陈旧理解。“真善美”也需要用新的方式去解读。最后他们确定下来的编辑方针是，在故事性与可读性中，寻找到这种体现着人性光芒的东西。他们当时重点在《文苑》与《人世间》这两个栏目间，大量发表此类文章。这些文章都有一个特点，就是在极其曲折的故事中蕴藏着感人至深的东西。

编辑在来稿中发现了一篇翻译文章：《一碗清汤荞麦面》。

这篇由一位叫铃木立夫的日本作家写的文章，讲述了一个真实的故事：开在北海道的一家夫妻面馆里来了母子三人，他们要攒钱还清一家之主因撞人而欠下的赔偿金，老板娘热情地施舍给他们一碗清汤荞麦面。此后每年除夕的这一天，他们母子三人都会到面馆来吃一碗清汤荞麦面，而店主夫妻对他们非常热情、尊重。每年的除夕都会为他们预留下桌椅，连续14年。14年后，这家人再次来到北海道，每人要了一碗清汤荞麦面。那位母亲告诉老板，是这碗面支持他们一直活了下来，现在他们已还清了债务，并且挺过了生活中最艰难的时光。

编辑们被文章中的淳朴的人类之情触动。文章刊出后，他们收到了上千封信。青海的一位读者来信说她从中找到了生活下去的智慧与勇气，她也开了一家面馆，名字也叫“清汤荞麦面馆”。这篇文章所蕴藏的朴素的力量让人动容，那是一种触及灵魂的力量，会在人的内心深处留下痕迹，至今还有人来信谈起这篇文章对他们的影响。这种力量正是他们所渴望与寻找的，他们认为这就是《读者文摘》身上最重要的气质与个性，他们所追求的那种平淡的力量，都被这篇朴实的文章给包括了。

《读者文摘》这一阶段发表了中国历史上许多名人的传奇与爱国故事。当然他们的

选择体现了独特的视角，编辑们倾向于推介饱含人格精髓的东西，避免以说教的方式去阐述这些事件。

历史是由“人性”建立起来的，这是他们对于历史的一种解释。

《读者文摘》从1985年到1989年间，共发表了上百篇浸透着爱国主义血液的文章。许多读者是在潜意识中接受这种变化的。那些体现着人格力量与人性光芒的文章，与译介的讲述人性理念的故事几乎浑然一体。郑元绪认为，思想的影响可能只是把一滴水放到了一条流动的江流中，一滴水起不了决定性的作用，但这条江绝对是由无数滴水组成的，而他们的努力就是加进“一滴水”。

只比读者领先一步

郑元绪认为，思想是办刊的灵魂。只有思想可以引领着读者向前走。你的思想如果走不到读者的前面，那么你必将在读者的选择中掉队，最后被超越与遗弃。

办杂志最重要的是你宣扬什么，摒弃什么，都要有种“蓄意性”的行为指导，这样才能保证你的想法可以得到最大的贯彻。这种“蓄意性”其实也就是一本杂志的定位。

当社会进入转型期时，人们的思想极度浮躁，似乎人人都可以干成一切，世界就是自己的，思想的肤浅令人触目惊心。彭长城偶然看到散文家周涛写的《一个人一生只能做一件事情》，文章说：

> 一个放弃了初衷的人，在茫茫人世间，在每日每时的变化和流动中，他有选择的自由。但他的内心说不定是凌乱的。当然还有一些人，他们当初来到世上，就不曾抱有初衷，而只想凑热闹，现在热闹完了，也就该到别的地方凑新的热闹去了，社会永远不会只在一个地方热闹……

左起：彭长城、胡亚权、张力、张永钟、高海军、郑元绪

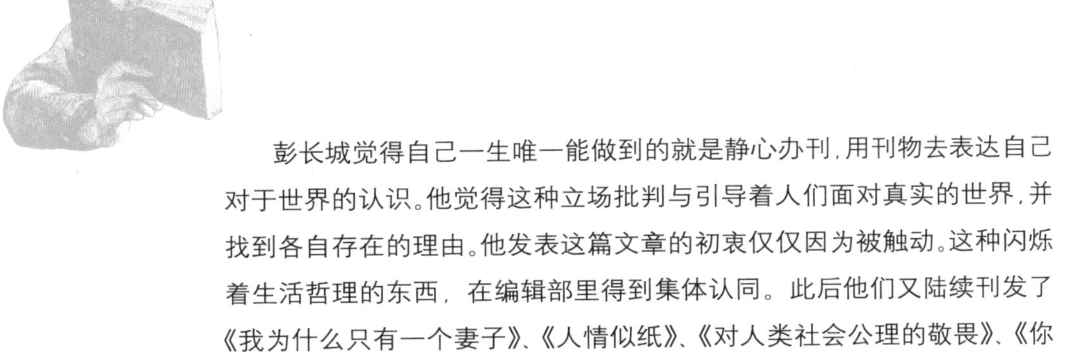

彭长城觉得自己一生唯一能做到的就是静心办刊，用刊物去表达自己对于世界的认识。他觉得这种立场批判与引导着人们面对真实的世界，并找到各自存在的理由。他发表这篇文章的初衷仅仅因为被触动。这种闪烁着生活哲理的东西，在编辑部里得到集体认同。此后他们又陆续刊发了《我为什么只有一个妻子》、《人情似纸》、《对人类社会公理的敬畏》、《你必须生活在今天》、《何必追赶时代》等闪烁着人类朴素思想智慧和哲理的文章。

他们曾经发表过一篇文章，叫做《所有的青藤树都倒了》。文章写得一般，但里面的一句话——“所有的青藤树都倒了，唯有我站着”——却使他们受到触动，为这句话，他们把那篇文章给发表了。

编辑们更多的时候，坚信一句话的力量。有时候，人们可能会为了一句话，而改变自己的生活与思想状态，甚至一生的命运。

台湾报刊有一篇文章只有四句话，讲一个老者去要饭，外国观光者在拍照，“我”写了一纸牌子立在老者面前：“请尊重人权，勿拍照。”这几行字，仅是一段补白，郑元绪把它放在一个显眼的位置上。他认为这四句话代表了一种人格精神，这正是他们所要体现的刊物的力量的象征。他们希望自己所宣扬的人性的东西，像这四句话一样，可以“故意地”突出出来。

办刊的过程其实也是一种找寻自己精神内核的过程。郑元绪时常把其中的某些文章作为自己精神的某一种状态，甚至当成自己解释人生的代言。他一直推崇的一篇文章叫做《生活是美好的吗》。这是一篇影评，讲述意大利的一部叫做《老枪》的电影。作者认为，完整的生活固然美好，而残缺的生活更有价值，正是充满艰辛和曲折，充满幸福和痛苦的生活，才是值得人回忆与向往的，才使我们对生命充满眷恋。这句话让他又一次触摸到了杂志的灵魂。他认为，这就是他们所追求的东西。

她不太完美，但她却历经人生的每一个层面。

她不是所有人的面孔，但她却是所有人的灵魂。

郑元绪另一个“阳谋”是强调《读者文摘》的服务性功能。他认为，所有给《读者文摘》荐稿的人，都应当享受到一种待遇：比如你发现了一篇好稿件，你可以通过打电话、电报，也可以写一封信告诉编辑部，这篇稿子在什么地方就行了，我就可以找出来，不管是不是适合本刊。他亲自撰写的稿约，标题就叫《只要你方便》。最大的方便交给读者，最大的困难留给自己。他的逻辑是，当你花了10倍的精力而只比别人高出了1/10，你就赢了。输赢就在那1/10。

创刊初期，他们发表了一篇叫做《中国的四大》的资料。里面关于中医的"四诊"应当是"望闻问切"，他们错发成了"望闻扣切"。后《北京晚报》的夜大学版摘发了这篇文章，虽然没有说是从《读者文摘》上摘发的，但郑元绪看了后，却觉得如坐针毡，当时打长途电话很不方便，他就专门发了封电报纠正此事。后来负责夜大学版的韩天雨先生专门来信，说此篇稿件发表后，就发现错了。没有想到你们会对兄弟报刊的事这么认真，你们的杂志肯定会有大的发展的。

郑元绪与韩先生因此成为朋友。

郑元绪的理由是：任何事情都是有回报的，你对别人认真，别人也会对你负责。

这句话在3年后得到了验证。1985年，时任《北京晚报》副总编的韩天雨给郑元绪打来电话，说他们准备给中国期刊界做件事，以晚报的名义搞一次当时中国最大的"好刊"评选活动。

这次评选活动是按照5个年龄段和知识阶层来统计票数的：18到30岁中等文化水平，30到60岁中等文化水平，18岁以下中小学生，大学以上文化水平，60岁以上老年读者。这次评选收到了读者寄来的推荐表有5000张，推荐出366份杂志，评出推荐票数列前40名的杂志为最佳杂志。统计结果，出现一个有趣的现象：除60岁以上的老年人外，其余4个读者群投票最多的杂志均为《读者文摘》。

一如既往，《读者文摘》杂志就评选结果发表了自己低调的声明："盛名之下，其实难副……"

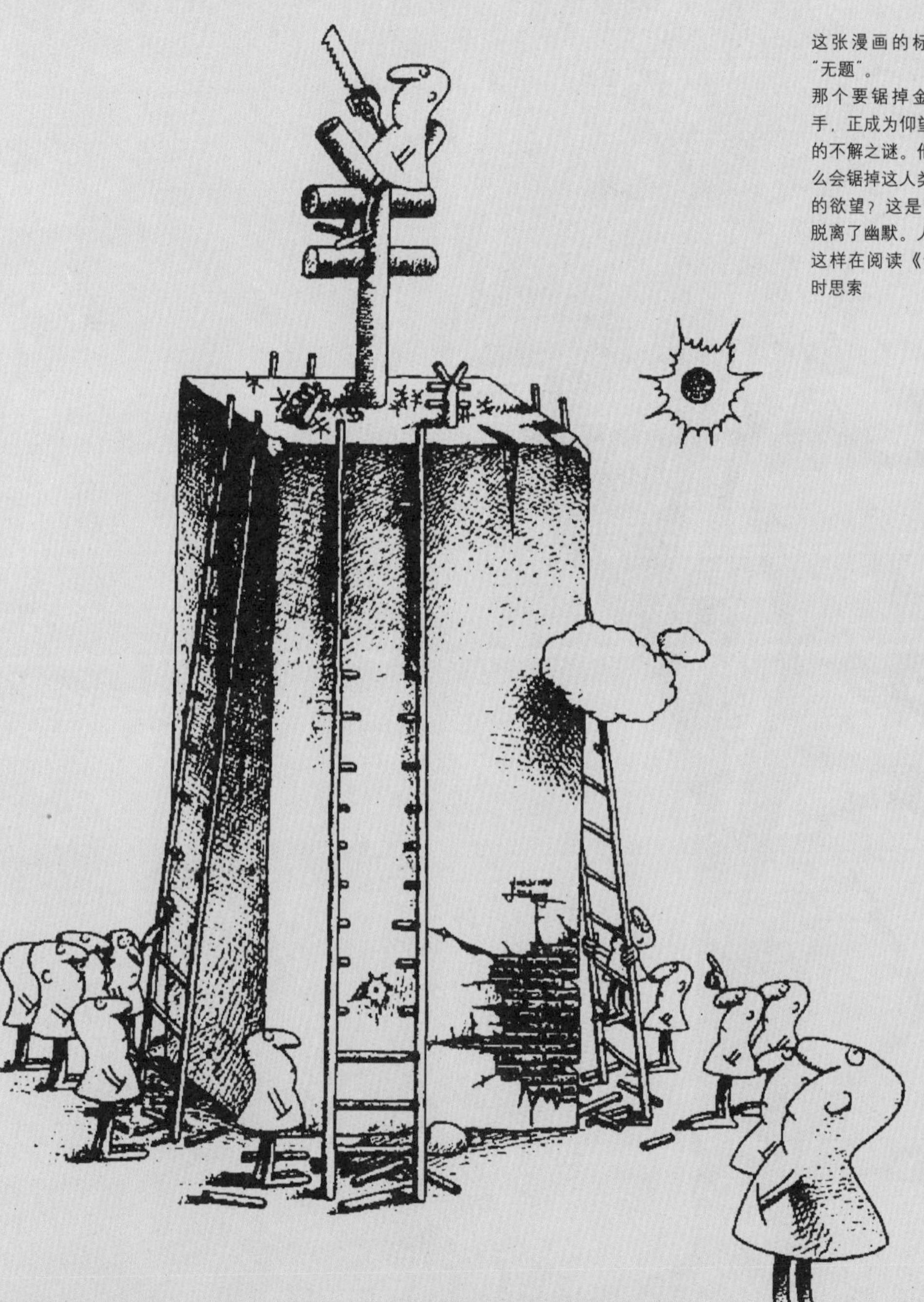

这张漫画的标题为"无题"。

那个要锯掉金钱的手，正成为仰望者们的不解之谜。他为什么会锯掉这人类原初的欲望？这是哲学，脱离了幽默。人们就这样在阅读《读者》时思索

42 万张选票

1988 年年初，《读者文摘》首次评选上一年度的十佳文章，以此来把握读者的阅读兴味。起初，他们认为这样的评选不会引起大的关注，但出乎意料的是读者的反应空前热烈，而且像是一个“运动”。

在这次评选的过程中，编辑们与读者有了一次短兵相接式的认识与理解。这是一群认真而又挑剔的读者，但他们的热情足以让《读者文摘》感到骄傲。在加拿大的留学生邢舒在这次评选即将结束的时候来信：“当我接到国内亲友寄来的杂志时，已到1988 年元月下旬，我连夜浏览了去年全年的文章，选出了十篇，盼着能够按时寄达……”这次收到的评选表中，有上千份寄自海外。一部分读者是在出国前带的书中就有《读者文摘》合订本，而另一部分则是让家里人将杂志寄给他们的。

杂志社共收回了评选表42 万张，数量之多与范围之广，再次证明了《读者文摘》已有了广泛的读者基础，他们所追求的基本读者开始稳定下来。

郑元绪为了了解编辑与读者喜好的差异和距离，在内部又进行了一次评选，选出了编辑部认为的十佳文章。结果，他们选出的结果与读者选出的结果 70%重合。那年度的《人性的弱点》、《花钱买欢乐》、《上帝变了》、《没有人注意我》等 10 篇文章入选十佳。

这些入选的文章传达着一些朴素然而又全新的生活理念与价值取向，在当时引起争议的《花钱买欢乐》便是如此。这个故事讲述了快乐的重要性，警示人们不要成为金钱的奴隶。这种全新的追求生命快乐的态度，几乎是对当时社会生活态度的反动。

这次评选十佳文章的活动，同时开启了《读者文摘》发展史上很重要的一个行动。

许多读者同时也把不满传达给了他们，批评集中在杂志的发行问题上。读者反映，《读者文摘》在各地的发行时间偏迟，通常都到每月的中下旬，甚至过月才能收到。一位广东读者诙谐地在评选表上批注：“潮州读者收到 1987 年 12 期的时间是 1988 年元月 10 日，看来非得送你们一架飞机不可了。”

读者不满的心情跃然纸上。

彭长城在与印刷厂、邮局打交道的过程中，对这个问题看得十分透彻。当时的发行全部依赖于兰州市邮局，他们的订户遍布全国除台湾省外的所有省市区，同时有上千份的国外发行量。如此巨量的印刷全部集中在兰州市新华印刷厂，光印刷每期就得 20 多天时间。当时有一个统计，一本杂志从兰州运往广东省要用10天时间，而到达西藏则要20多天。也就是说，一本杂志从印发到读者手里要用40多天时间。必须改变这种一家印刷厂、一家邮局印发的局面。但当时的情况是，由于新华印刷厂与他们是同一个系统，按照地方保护主义，肥水当然不能外流。他们早在1985年，就不间断地向主管部门打报告，要求到外地分印，但每次都是空谷回音。

分印的胜利

分印对于1987年前的中国期刊界来说，还是个新生事物。此前，欧美等西方国家，早在20世纪60年代初就开始采用卫星传版与异地同步印刷、同步发行技术，保证了全国各地读者可以在同一时间阅读到自己喜爱的报刊。

郑元绪1987年10月份去武汉开会时，听到与会的《故事会》、《半月谈》等几家发行过百万的杂志，都在计划或者即将开始进行分印。他会后抽空去当地的印刷厂参观时，又吃惊地发现，那些工厂出的价位都比兰州低好多，印制质量也显然能够得到保证。考察完后，他觉得分印已成为迫在眉睫的大事。他向主持工作的张九超总编辑与主编周顿力陈利弊，请求出版社支持他们分印。

不料他们再次呈送的要求分印的报告，却引发了一场风波，印刷厂的工人"上访"，要求给个说法，还有的扬言要"揍"他们。当然更多的人是来他们

这儿说情。他们的理由几乎让郑元绪与彭长城无言以对：不就是一家“公家”的杂志吗？在哪儿印在哪儿发你又能得多少钱？

他们这样做确实不可能得到一分钱的利益。《读者文摘》杂志1988年前已开始每年向社里上交200万至500万元的纯利润。而杂志社的所有员工到年底时只会得到与全社其他职工一样的近千元奖金而已。郑元绪说：“我们是在为荣誉而战，荣誉就是我们的奖金。”但上级主管部门还是把他们所认为的这份“荣誉奖金”也给取消了，明确答复：为了安定团结，不同意分印。

市场原则在上级的意旨面前往往不堪一击，而市场却是无情的，当你拒绝它的时候，它可能会迅速地远离你。1987年年底的时候，杂志的发行量创纪录地掉了下来，由180万掉到了140万。

这本杂志作为甘肃省的一张“名片”，没有人敢承担她走向衰退的后果。

郑元绪愤怒了，他再次代表编辑部向上级主管部门报告，甚至找人“说情”。印刷厂态度坚决，似乎《读者文摘》在本厂印制是天经地义的事情，他们印了《读者文摘》这么多年，造就了杂志的发展。郑元绪也深知印刷厂的苦衷——业务萎缩，工人下岗，他们把印刷《读者文摘》当成命根子。但作为一个老朋友，他不得不对厂长直言相告：“杂志目前已掉了下来，而原因已经很明确，这样下去对双方都没有利益可言。”

厂方勉强同意了。1988年年初，《读者文摘》杂志决定从4月开始，在武汉设立分印点。当时分出去的这一块起初确定的条件有些苛刻，武汉分印点只负责在两湖两广发行，其余的部分还是由兰州印刷厂与邮局负责印发。

这件事对武汉邮局来说，也是一次大胆的创新。武汉邮局接到这份20多万册的订单后，面临的也是一次蜕变。老体制显然不太适合《读者文摘》杂志提出的要求，但又不想失去这个潜在的大客户。一腔雄心的王思旺经理，借此成立了一个新的报刊发行公司。他们组织了一支车队，专门负责运送当期的杂志。为保证这本杂志在规定的时间内递达邻省的城市，王思旺甚至亲自带着卡车去外地送货。

经过几个月的强力渗透，两湖两广的读者都可以在3天内看到《读者文摘》，比全国其他省份要提前4天看到。武汉邮局还向自己掌控的书报摊渗透，3个月后，武汉邮政系统发行就达到了创纪录的30万份，除了固定订户外，他们自己创造了近10万份的发行量。

由市场引发的新的"麻烦"紧接着就来了。

武汉邮政系统一直按照他们指定的范围进行发行，不敢涉足其他相邻省份。但自1988年第10期开始，湖南与湖北等地的市场发行量迅速下降，有的地区干脆一份不要。他们觉得奇怪，一调查才发现，这些市场上早就铺满了当期杂志，并且比他们上市还要早3天。杂志是从兰州邮局发过来的。

一场悄然的竞争在不动声色中开始了。

兰州邮局方面发现这两块地方的订阅量超过他们的预料，出于对市场的抢占与挤压武汉邮局的发行空间的考虑，一向慢条斯理的兰州邮局这次的反应之快，出乎所有人的预料。他们集中人力与运力，在很短的时间内抢印出来，又在很短的时间内向两湖两广这两个"失地"渗透。这种渗透是强有力的，因为许多书报摊此前都是他们的老客户，他们稍一让折扣，丢失的客户就被他们"接"了回来。

这种局面持续了两个多月，有十几个地区的发行都被兰州邮局夺了回来。武汉邮局忍不住了，跑到兰州找杂志社寻求"公道"，彭长城把他们两家的人招到一起，开始谈判。一开始谈判就不太公正，当了许多年老大哥的兰州邮局根本就不把这个小弟弟看在眼里，他们认为这样的区域划分根本就不合理，有违市场规律，谁的实力大，谁就应当占有更多的市场份额。

分印的结果就是让他们两家都明白了市场的重要性。

王思旺是个血性汉子，他愤然说道："既然如此，那咱们就在市场上见吧！"

两家不欢而散。杂志社乐得"坐山观虎斗"。

王思旺回到武汉后，开始大规模地向省外拓展。市场区划的限制一旦被突破，许多规则就将被重新改写。武汉邮局大举向外进攻，兰州邮局也不示弱，他们互相在对方的腹地进行超常规的批量发行。兰州邮局与印刷厂商定，把以前要用20天才能出齐的杂志，缩短到了半个月。邮局更是把自己的发行期缩短到5天时间，他们改变自己的发行

策略，每期先是大量向武汉邮局所掌控范围的邻省进行合围式的发行，而且速度快得惊人。之后才在自己所辖范围内开始邮发。兰州邮局的杂志逼到了武汉邮局的腹地武汉市，但武汉邮发的杂志也开始逼到了当时兰州邮局发行的关键点：北京与天津。

这种竞争一开始就无法控制。两家相互“绞杀”的结果是，双方的“失地”大量被收回，但相邻最近的省的发行日期却加长了。兰州邮局依靠自己的力量发行全国的速度整体缓慢的矛盾日益突出。但危机毕竟还是被他们表面的努力给抹平了。当年度，他们各自所负担的发行上升了4%。武汉邮局的邮发量当年也上升到40万份。

首战的结果使当年度的杂志月发行总量上升到了190万份。竞争也使许多事情变得简单了。印刷厂主动要求他们提高发稿速度，稿子弄好后，厂方会主动派人来取，以争取时间。为了让边远地区可以在当月见到杂志，他们将出刊日期提前到了每月1日。

曹克己的笑容总这样耐人寻味。这位老人谈及为什么会选胡、郑这两个理科生办《读者》时，他说："一是想试验一种新的方法，看理科生的直觉与文科生会有什么不同，再一点就是想寻找一种新的有别于其他刊物的思想方法。"

分印使杂志社认识到，提高发行量并不只是质量的问题。杂志社决定由彭长城主理发行与印刷事务。

彭长城对当时的市场进行了调查后意识到，很显然一家分印厂并不能解决全国许多省市同步上市的问题，要解决这个问题，按照区域划分，他们至少还得再有7到8家分厂才能达到对于市场的一次性覆盖。但他们想再次设厂的愿望遭到了坚决的反对。

面临巨大市场压力的兰州新华印刷厂再次站到自己的利益上来说话了。他们认为武汉这家厂已对他们造成了巨大的压力与损失，现在再要分出去一块，对他们来说不能接受。工厂派人来到出版社说情，还不断到上级主管部门去"上访"。编辑部面临非正常的压力，对于"稳定就是一切"的大局来说，主管领导当然不希望他们再到外面设分印点。他们的理由很简单：甘肃这么穷，你们为什么还要把这么点可以赢利的事放到外省，什么意思？

杂志社只好再次放弃了进一步扩大发行的机会，他们耐心地等待着新的时机。

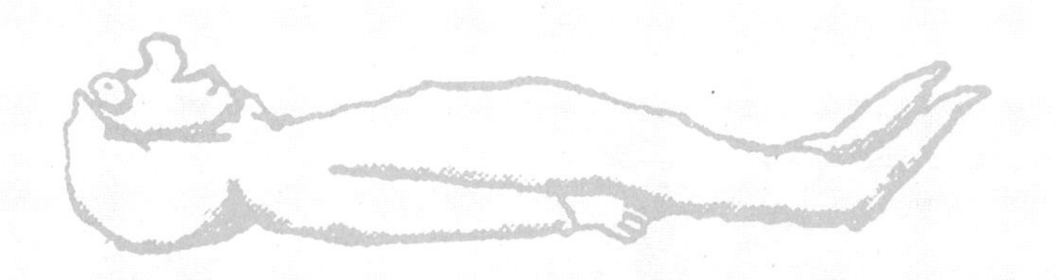

“教父”去世

曹克己病重。

郑元绪听说时，他已经住院了。有消息说他患的肝癌已进入了晚期，时间无多了。编辑部一片怅然。曹克己是《读者文摘》的精神支撑。在编辑们的回忆中，曹克己是一位与他们一样爱玩、爱闹的普通人。

出版社有段时间流行打克朗球，几乎打疯了。许多人每次工间休息时，都会想法把球杆抢到自己的手里，有时打得兴致高了，就忘掉了上班。曹克己也爱玩这种游戏，但又对这种作风很不以为然，指示出版社抓作风纪律，规定上班时间不准打球。然而，坚持了没有几天，他先坚持不住了，觉得技痒。当时《读者文摘》编辑部里有一个案子，他就跑到那里，从别人手里“抢”过杆子来，说：“把门关上，咱们打一局。”

另外一个相关的段子是，他与当时还在出版社当编辑的张正敏打球，张没有打进去，说自己的杆子不好。曹故作严肃地说：“你不会生娃娃，还怪炕边子？”张羞红了脸，周围的人哄堂大笑。他是个很会利用一切机会拉近与群众距离的人。这个段子张正敏记了很长时间，她说曹在她的心里一下子近了许多。这种偶尔的粗俗对曹克己来说，极为少见，但他总是用得恰到好处。

这个时常操着一口陕西话的人，让人难以忘怀的是他异于常人的胆识。客观地讲，

郑元绪前去医院探望曹克己。曹克己去世后，他的名字被收入中国出版家列传，其评语中说："他对《读者文摘》的创办与发展起到了决定性作用……"

没有曹克己可能就不会有这本杂志，可能也不会发现胡亚权、郑元绪。在他的眼里，没有资历之分，也没有什么学历之分，他不会在意年纪、背景，更不会因为关系而去做某件事情。在他这里，重要的是你的思想有无价值，你的能力够不够强。

多年后，谈到为什么要选胡亚权与郑元绪这两个理科生来办这本杂志的时候，他讲了这样一个观点："一份刊物是编辑自身素质的综合体现，要使刊物有自己的特色，使自己确立的办刊宗旨得以执行，必须选择得力的人选。这是一个十分关键的问题，当时我们考虑，这本杂志如果要找学文科的人来办，很可能会使刊物走到一般化的老路上去。因此，我们大胆启用了两个知识面较广、思维方法较新、常常不囿于世俗观念的理科毕业的大学生来当编辑。有两个意思，一是想试验一种新的方法，看理科生的直觉与文科生会有什么不同，再一点就是想寻找一种新的有别于其他刊物的思想方法。看来这两个试验都成功了。"

另外一件让社里所有人都为之感动的是他对于属下的保护。在他的手下干活，你可能得到的责备是最少的，而得到的帮助是最多的。而当上面的压力来临的时候，他会沉着地说这是他的过错，与手下人无关。

敢于负责任是一个领导的基本道德，这句话据说是他的口头禅。为这句话他付出了代价：有次《读者文摘》杂志出现"重大错误"，他被押到街上去游行；当有人对杂志指责，有关部门对杂志进行审查时，他的回答是"把关不严，责任在我"。他的另外一句口头禅是："这个杂志要给中国的读者留下点什么。"他给中国的读者留下的是一本杂志。

胡亚权与郑元绪相约来到了曹克己的病房。曹克己因为化疗满头白发几乎掉光，虚弱地躺在病床上。两人心中酸楚，许多事情开始成为伤感的理由。这本杂志把他们的命运连到了一起，也让他们在精神上达到了某种默契。曹克己认真地审视着他们，长久长久地不说话，那双眼睛似乎至今还留在他们的记忆里。

1988年8月31日，曹克己病逝。

送别的那天，甘肃文化界的人几乎全来了。参加操办葬礼的李一郎说，这是他见到过的最隆重、人数最多的一次追悼会。那天共有上千人来为曹克己送行，花圈放满了整个殡仪馆，叠放着，绵延到了操场上。许多人都是自发地前来送行。彭长城此时正在南京联系分印事宜，他把事务处理完毕后，乘最早一班火车返回兰州，直接赶到了追悼会现场。醒目之处，张挂着一幅巨大挽联，上书8个大字："老曹去矣，文摘痛哭。"

曹克己被收入中国出版家列传，其评语中说："他对《读者文摘》的创办与发展起到了决定性的作用……"

编辑部破例在自己的杂志上，为自己的总编辑发了一篇悼念文章。这则由郑元绪执笔的文章最后一句说："您的生命将在未竟的事业中得到延续……"

《读者》创刊27年来最具影响力的十篇文章

母亲的账单

◎ 乃粒

〔胡亚权荐语〕
中国人十分讲究孝道。这篇文字说明，外国人亦然。如果你漂泊在外，读过这篇文章后，一定会提起笔来，立刻给父母写信请安。

小彼得是一个商人的儿子。有时他得便到他爸爸做生意的商店里去瞧瞧。店里每天都有一些收款和付款的账单要经办。彼得往往受遣把这些账单送往邮局寄走。他渐渐觉着自己似乎也已成了一个小商人。

有一次，他忽然想出了一个主意：开一张收款账单寄给他妈妈，索取他每天帮妈妈做点事的报酬。

某天，妈妈发现在她的餐盘旁边放着一份账单，上面写着：

母亲欠她儿子彼得如下款项：

为取回生活用品 20芬尼

为把信件送往邮局 10芬尼

为在花园里帮助大人干活 20芬尼

为他一直是个听话的好孩子 10芬尼

共计：60芬尼

彼得的母亲收下了这份账单并仔细地看了一遍，她什么话也没有说。

晚上，小彼得在他的餐盘旁边找到了他所索取的60芬尼报酬。正当小彼得如愿以偿，要把这笔钱收进自己口袋时，突然发现在餐盘旁边还放着一份给他的账单。

他把账单展开读了起来：

彼得欠他的母亲如下款项：

为在她家里过的十年幸福生活　　0芬尼

为他十年中的吃喝　　0芬尼

为在他生病时的护理　　0芬尼

为他一直有个慈爱的母亲　　0芬尼

共计：　0芬尼

小彼得读着读着，感到羞愧万分！过了一会儿，他怀着一颗怦怦直跳的心蹑手蹑脚地走近母亲，将小脸蛋藏进了妈妈的怀里，小心翼翼地把那60芬尼塞进了她的围裙口袋。

刊于1983年第10期

第五章
抚摸人类心灵的最深处

能够聆听与传达智者之言是一种幸福

王锡恩先生，任职香港中文大学。他在休假期间，来游西北。看完了敦煌，走完了新疆，又专程来到了兰州，来看他的下一个景点：《读者文摘》编辑部。彭长城邀他到自己家中小坐，他欣然应允。喝着兰州啤酒，就着几碟小菜，王先生熟练地与彭长城探讨着杂志上登载的文章。

王先生是5年前在内地发现这本杂志的，此后为购买这本杂志，隔月要过一次罗湖桥到深圳。他说："香港有许多中文杂志，但可供文化人看的并不多。" 他以前阅读美国的《读者文摘》中文版，但自从看到这本杂志后，他就不再看美刊了。

他看这本杂志已有5年。这本杂志对他来说，有些神秘。他觉得在遥远的西北竟然有这样一本杂志，这令他很奇怪，便产生了要见识一下这些人的想法。他想知道，编辑部里汇集着什么样子的人，是谁编出来这么一本杂志。

他的愿望得到了满足。

他看到的这些人与他一样普通，普通得散在人群里，就会像气泡般消失。这是一群恪守着群体本位价值观的人，除了每三年一次的阅读奖评奖活动外，他们几乎从来没有组织或者参加过任何社会活动，也正因为如此，读者称他们为“隐士”，说他们是“以出世的精神做着入世的工作”。

许多读者来信要求他们介绍一下自己，这愿望一直没有得到满足。杂志社对编辑部形象策划是有一定想法的。当时的《女友》等新锐杂志，每次都公开编辑面目，以此来拉近与读者的距离。许多人也建议《读者文摘》照办。但郑元绪认为，作为《读者文摘》这样的杂志，不适宜于这样做。还是不以个人名义去面世，而以整体形象出现在读者面前为好。

1988年2月，新闻出版局规定，要求实行主编与编辑负责制。杂志版权页上首次出现了下列名字：主编周顿（兼），副主编郑元绪、彭长城。

在郑元绪的设想里，能够让读者感受到在杂志的背后站着一群智者已足够。而这种低调反而使读者对编辑部产生了极大的好奇。许多读者像王先生那样，专程来到这里看望他们。后来问得多了，就不得不简单地介绍一下。

郑元绪说："编辑部里7个人全是光头，没有一位女士。"

这种介绍让郑元绪认识到，没有女性的编辑部是一个多么单调的地方。他觉得应当有一位女性编辑，因为女性的直觉可能会

编辑部在成立20周年时的合影

读者参观杂志社，面前这些就是那些低调、神秘的办刊人

直接影响与丰富编辑部的整体感受，使其更加完整。1988年，《读者文摘》接收自己的第一位女编辑，她叫刘英坤。

刘英坤原是中国人民警官大学外语系英语专业的学生。此前她无论如何也想不到自己会到这样一个与自己的专业没有丝毫联系的地方工作。

刘英坤是个敏感的女性，从小到大一直都很顺利。这个幸运的人从小感性多于理智。她很喜欢"局外人"三个字，她举例说，如果有一群小朋友在跳皮筋，那她肯定就是那个旁观的人。这是她的人生角度，也是她对待事情的看法。

1988年她从中国人民警官大学毕业，省公安厅准备接收她，这是一个对许多人来说可望不可即的单位。刘英坤却对这种"已知的生活"很恐惧，任性与对事物的直觉使她有了放弃的想法。最后，父亲把她推荐到了在出版社的朋友张九超那里。张看了她的简历后说："可以让她先到编辑部试试……"

刘英坤在学校时就喜欢看《读者文摘》，加上西语系的影响，这本略带洋味的杂志早就成了她心目中一块"神"似的地方，能到这里来工作当然是一件让她心动的事。

她在寒假时来到编辑部探察。刘英坤说："我一进门，就被那一堆堆稿件、报纸与杂志给震住了……"

刘英坤在解释当年为什么要来《读者文摘》时，用了一句话作为回答："能够聆听与传达智者之言是一种幸福。"这是她对于这本杂志的理解，也是她个人对于一种编辑方式的理解。

一稿三酬

一位读者看到杂志请读者荐稿的启事后，就把一些自己喜欢的文章推荐给了他们。偶尔，有一篇稿子给用了。10天后，他收到《读者文摘》杂志寄来的200多元钱。钱来得让他有些出乎意料，就打电话问是不是寄错了。编辑部的人问明了情况，告诉他没有寄错，这是他应得的推荐费。

给杂志推荐自己喜欢的文章，能够让更多的人都看到，还可以得到稿费，而且看来标准还不太低。这可是件有意思的事，这位读者的兴趣来了。他只要遇到自己喜欢的文章，就会寄给杂志社。这位读者14年来，共寄了将近上千篇文章，虽然只用了仅10多篇。他无疑是一个《读者文摘》的铁杆读者。他的名字叫李建。

早期《读者文摘》杂志社工作人员。年轻的面孔与灿烂的笑脸，与异于工作状的各式表情。显然这是按摄影师要求摆拍出的一张“生动的照片”。但至少，图片上的灿烂令人温暖李建在给编辑部的来信中解释自己的动机时说："那几百元稿酬对我来说，并不重要，重要的是你们对读者的尊重。每个人都是有自己的价值的。"

能够感到价值的还有另外两方：一个是作者，再一个就是首发这篇文章的杂志。

一篇稿子有三份酬劳，这种独特的稿酬制度，是《读者文摘》杂志首创。

在制定这个规则的时候，他们立足一个"制高点"，就是依照国际惯例对版权与稿酬进行一次性了结。而现在在国内通行的办法是，先把作者的文章发表后，再进行追索式的寄稿酬。有的寄不到，就干脆放弃。还有的，你不要，我也就不寄。

郑元绪觉得，《读者文摘》作为一本杂志，除了要在风格上表现出一种兼容四海的气度外，还要在具体做法上向国际惯例靠拢，在版权问题上也应走到世界的前列。

开始时《读者文摘》的稿酬全部都由出版社的财务核发，稿酬每次都得由专人去盯，就这样，不时仍有延迟半年才发出去的现象发生，加上杂志的发行量日渐增大，通联工作跟不上。郑元绪决定把稿酬这一块从出版社拿回来，由专人负责。1991年5月，张正敏调入编辑部，专门负责通联工作。张正敏是个性格外向的人，她的热心与正直就是她干好这项工作的动力。她接手后在半个月内改变的就是杂志的稿酬寄达问题，她给自己定的期限是，在半个月内，让作者、出版者、推荐者都可以收到稿酬。

他们的稿费标准在当时的国内处于一个较高水平，略高于国家规定的标准，三酬相加起来，大致相当于原作稿酬。

这个规定的执行，使一些作者感到相当的意外。作家肖复兴给他们来信说："我的许多篇文章被转载，自己看到了，打电话去索要，对方有时候不是推就是不理睬，《读者文摘》作为一家大刊，表现出了非凡的气度，钱是一方面，但让作者体会到的尊重却是让人难以忘记的。我在你们杂志上转载过许多篇文章，几乎每篇刚发表10多天，就会收到你们的稿费，可以说是在国内杂志里寄稿费最快的了。"

当然，张正敏还做着一件琐碎的事情，即每天回复大量的读者来信，凡是有关事宜都可以从张正敏这儿得到一个回答。张的宽容与热情使她与读者的沟通成为一种兴趣与爱好。当一种工作成为一种兴趣的时候，这种工作就变得更有意义了。

此举也使他们赢得了读者的信任，他们每期杂志上的40多篇稿件绝大部分是从几千封读者荐稿中选出的。每年都有全国各地的几万名读者在自愿充当他们的业余编辑，他们的推荐稿以及各种意见、创意，无形中形成了一个覆盖全国的信息网络，通过它，这个仅有十多个人的编辑部得以从几百种报纸、几千种期刊中博采精华。

这一双向性机制打破了读者与杂志之间难以沟通的单向关系。它使编辑成了读者，也使读者成了编辑。

就是这些看上去有些单调但却有效的做法，保证了这本杂志的成功运营。

发行的命运

1988年，一个新的危机悄然出现了。这个危机某种程度上帮他们打破了僵局。

这年，全国出现罕见的纸荒，许多报刊因为缺纸而无法按时印刷。原料紧缺的中国造纸业开始失控，纸价出现让人吃惊的狂涨。《读者文摘》每期用纸总量约130多吨，全年为1560吨，所需胶印书刊卷筒纸，货源十分紧缺。武汉分印点的开印，并没有完全缓解兰州印点的压力；兰州印点的用纸总量虽然减少，但供应紧张的状况并没有完全缓解。

《读者》杂志宣传秀

从1988年第4期开始，杂志用纸不断告急，到了第6期，矛盾终于爆发，当期所印杂志用纸短缺一半。出版社紧急宣布停印与压缩其他出版物，全力支持《读者文摘》正常出版发行。但仍时常出现纸源中断，几乎无法开印的困难局面。每期都有上百吨的纸张从外地运到兰州，然后再印好，再发行到外地，这种重复的运输，不但加大了成本，更致命的是影响到了杂志的正常发行。增加分印点再次被提上议程。

这个分印点他们选在了南京。华东地区是《读者文摘》发行量较为集中的地区之一，而南京分印点将辐射到华东地区的六省一市（江苏、浙江、福建、安徽、山东、江西和上海），委托南京邮局负责发行。

编辑部草拟好报告，紧急呈送到了有关部门。但一位领导说："越是这样的时候，越是要支持本地的企业发展嘛！"此事再次不了了之。

到了第二年，纸价继续上涨，这次杂志社再也顾不了那么多了。他们一方面打报告，一方面再次决定分印。这次他们在天津设立了分印点，主要辐射河北与东北、北京。这次强行分印竟然出乎意料的顺利。当然这个新设立的分印点还是与兰州、武汉有条件地进行了分工，各自划地发行。

这次分印与邮发的改变刺激了体制内的竞争。1989年，当天津分印点开印的时候，这种竞争的压力开始强化了，加上当时全国各地的一些大型杂志都陆续分印，报刊的市场化竞争在邮局引起了裂变。因为发行费的一大块都在邮局方面，你发得越多，那你得的利益越多。利益成为市场最直接的手段，天津分印点1989年一开始分印，印数就上升了10多万份，他们开始把杂志向零售这一块渗透。邮局自身的优势很快凸显了出来，当年新增的10多万份杂志几乎全部发往零售。

印数上升最快的还是武汉分印点，1988年分印时他们只有28万份，经过两年多的努力，已上升到了154万份，是三地中发行量上升最快的，超过了当年的"老大"兰州邮局。

这个装帧朴素的合订本，一期就卖了50多万册

在台湾参展的《读者》杂志

彭长城此时已把一大部分精力放到了发行与印制上。当市场化出现的时候，市场便开始给你上课了。市场可以说是最好的老师，逼着你学会各种生存与发展的手段。当时在杂志社并没有意识到发行与印刷的重要性，每次出现问题，也只是派个人去处理一下，一种完整的发行理念并没有形成，也没有引起足够的重视。

彭长城也沉浸在这种即兴式的管理中。

但市场开始逼着他逐渐向发行与印刷管理方面转型，尽管他的兴趣还在编辑工作上。那时候他已意识到，整体集约化经营对于杂志的重要性。他在寻找着一种内容与市场相接的方式。当时许多读者来信，要求提供当年度的合订本，同时建议出版杂志的精华本。彭长城与郑元绪商量后，开始进行合订本的编辑工作，1988年度的合订本很受欢迎，当年订出去30万套。

但误区仍然存在，初印的精装本过厚，价格较贵，阅读也不方便。彭长城把合订本改成了上下两册，采用软包装，使印刷成本一次性降到了最低，定价也大幅下降，发行量随之明显上升。

这个"意外"开启了《读者文摘》杂志的下一个发展目标，出版合订本、精华本和丛书三个副产品系列。其实，编书的事在胡亚权离开之前就有过规划，胡亚权、郑元绪二人编过一本《人生格言》，开本独特，多次再版，后来因人手紧张而暂时搁置下来。大规模地编辑《读者文摘》丛书则始于1989年。这套丛书大约出版了6本，连续印刷3次，发行达到十几万册。

杂志的独立思想

1989年，期刊界的新一轮竞争与淘汰又开始了，而且这种淘汰是排山倒海式的。纯文学期刊被挤向边缘，短短的几年，一些发行量上百万的杂志开始成倍地向下掉。一大批当年叱咤风云的杂志如《黄金时代》、《中国青年》、《大众电影》、《山西青年》等，被迫怅然退出第一阵营。

当时的《读者文摘》正处于长达7年的徘徊期中，印数一直在150万册左右。这时候调整办刊方向，借风使力，似已到了选择的关头。

那段时间，编辑部里争吵得也很激烈，各种声音不一，要求跟潮流的声音占了上风。郑元绪对这些声音却保持沉默。他认为，《读者文摘》是一本“冰点”杂志，他们的基本办刊方针是以宣扬“真善美”为基点的，这个基点任何时候都不能变。争议的结果是确立下了“要关注、不要追逐”的思路，坚持在特色上下功夫。这个方向的确对杂志至关重要，事实上当时许多杂志都在这种跟风中失去了自己。

郑元绪认为，一本杂志最重要的就是要有独立思想。只有独立的思想才可以保持一本杂志的高贵品质。浮躁是杂志最大的敌人。郑元绪有时候的直觉与果决让许多人觉得不可思议。明星热遍整个中国的时候，他却对此不屑一顾。他们把目光对准在一些“冷新闻”上。母爱是个非常陈旧的话题。1988年他们发表了一篇关于普通女工康忠琦倾家荡产携子治病、历经艰辛带子上学的故事，这篇可以说是观点陈旧的文章，却仍让许多读者动容流泪。他们收到了上千封读者来信，还有人捐款捐物。

郑元绪坚信，人性的力量是永恒的。

这种日积月累式的东西，使他形成了一套独特的办刊思想。他为此总结出了几条，戏称为“四不哲学”。

是年，他应邀去武汉参加一个期刊会议，在会上，面对着许多杂志的老总，郑元绪谈了自己办刊的“四不哲学”。

一是读者的意见不要全听。

这句话对于许多把读者当成上帝的杂志来说，有些冒险。他在解释这个问题时说，对待读者的声音，“要一个耳朵进一个耳朵出”。每个提意见的人，都有自己的立场，都有自己的阅读倾向。你听了他的意见，可能就把另外一部分读者给丢了。但对于读者的声音你又不能不听，这就有一个如何听取其中有价值意见的问题。

其二，兄弟报刊的经验不要全学。

此语一出，全场大哗，因为会议的主旨就是交流介绍经验，这不是唱反调吗？郑元绪解释说，每个杂志都有自己独特的成功经验，彼此交流，开启思路，是件好事，但把别人的经验照搬回家，无疑是件蠢事，企图在一家杂志上集众家经验之大成，更是行不通的。每个刊物都有自己的办刊方针，有自己特定的读者群和作者队伍，这就决定了要有自己的特色，特色就是刊物的生命。一家刊物的成功做法，放到另外一家刊物上，也许会导致失败。

其三，潮流不要全跟。

潮流大家都跟过，不跟可能要吃亏，但跟了吃亏更大。

我们的策略是，永远只领先读者一步，不能没有距离，但也不能与读者的距离拉得太大。离得太远了，就像一块磁铁一样，会失去吸引力。但也不能没有距离，没有距离就意味着迎合。一本一味迎合读者和潮流的杂志，不会长久，也不会走得太远。

其四，则有点不合“时宜”了：受到上级批评时，不要慌了神。

这句话一出，与会的老总们立即心领神会。哪家老总不是从“批评中成长起来的”？事后郑元绪解释说：他的原意是把真正的问题找出来，而不能自己乱了阵脚，把优秀的东西给“整顿”掉了。

这“四不哲学”让那些办刊多年的老总大呼为“实话”，此后在期刊界流传多时。

而对于《读者文摘》内涵更深的体悟则是在郑元绪离开杂志后。旁观者的立场使他能够清醒地去认识这本杂志，他重新构织了这本杂志的理想状态：

我们的刊物，应当是一位永远长不大的孩子。

不要有一副成熟的面孔，不要有一套娴熟的路数，要有孩子气，要有轻快而纷乱的脚步。

让读者总是以新鲜而吃惊的表情翻看每一期。

去触动读者内心深处和最敏感的神经，让他沉溺，让他怀疑，让他冲动，让他愤怒。只是不要让他平静得无动于衷。

这样，杂志就有了自己鲜活的生命。

7年蛰伏

《读者文摘》杂志创刊3年后，达到了自己的第一个高峰——发行184万份。此后连续7年，发行数一直稳定在150万—200万份之间，直至1991年开始第二次飞跃。郑元绪认为，这7年是《读者文摘》发展史上至关重要的阶段，他把它叫做“7年蛰伏”。7年间，杂志独特的人文色彩、深刻的人性关怀、平和而内敛的文人气质，与读者间那种不可言说的心灵沟通日趋成熟，就像连绵的毛毛细雨，不断地温润着读者的土地。《读者文摘》这棵昂然挺立的大树，把自己的根须不停地下伸、扩展，同大地结为一体。树冠依旧，而庞大的根系却在构筑着未来。杂志在一天天走向成熟。

办刊人也在走向成熟。长于思索的郑元绪博采众长，逐渐形成了较为独特而明晰的办刊思想。他关于大众文化刊物追求“大俗大雅”的文章在《新闻出版报》上刊登了整整一版，在业界引起强烈反响：“舍弃完美、追求特色”的观点，“坚持个性立场”的鲜明态度，以“不动声色的力量” 征服读者的阐述，以及对人性关怀三个层次的理解，无不鲜活地展现出《读者文摘》的编辑群体在办刊理念上正在走出一条属于自己的道路。郑元绪在一篇名为《名牌期刊的基本特征》的论文中认为，“名牌创造历史”，“名牌期刊不以成败论英雄”。他宣称：创造一份“名牌期刊”决不是对办刊人的普遍要求，而只是少数有志者的理想和目标。这一全新的声音明确地传递着《读者文摘》傲视未来期刊天下的野心，也传递了这个群体的共同志向。

1988年，《读者文摘》首次举办了全国文摘期刊研讨会。之后，郑元绪又出席过多次期刊交流研讨会，广泛传播办刊思想，扩大影响。挟《读者文摘》的重大影响力，郑元绪凭借自己良好的思辨和阐述能力，在一段时间内成为众多文化类期刊会议的中心，《读者文摘》自然就成为人们永不衰减的兴趣和话题。在1991年文化类期刊会议上，郑元绪介绍了《读者文摘》含蓄、内敛的文人气质，提出“距离产生神秘，神秘产生崇拜”。一时间，“距离”、“神秘”、“崇拜”成了会场内外的关键词。

思想是能够相互渗透和补充的。在《读者文摘》编辑部，办刊思想的探讨伴随着每一期杂志、每一篇文章进行。而一月一度的内部评刊会，开得深刻而随意，严肃而风趣，简直成了同仁们期盼的“节目”。思想就这样一点一滴地产生，又马上落实到实践中去。郑元绪满足于

这个集体。他知道，作为个人，也许每位编辑都不是最出色的；但作为群体，必须是最优秀的，否则一切梦想都是纸上谈兵。他提出编辑部的办事准则：要做事倍功半（而不是事半功倍）的事；能做十分，决不做九分九；默默耕耘，不问收获……总而言之，在杂志上倡导的东西，首先自己要做到。这些都是郑元绪欣赏的作风和态度，他试图把这些都变成每个人的行动准则。

童话大王郑渊洁有一次对郑元绪说："你的杂志和我的童话一样，都是鸦片……"郑元绪一时琢磨不透他的深层意味。但在其后的办刊生涯中，他确实觉得办刊人和刊物已经"你中有我"地纠结在了一起，甚至真的"走火入魔"了。否则，就不会有编辑们对青海湖一行刻骨铭心的回忆：全体编辑手脚相迭地摊放在草地上接受阳光的沐浴，又一同跪拜那深不可测的湖水。那一刻，不知每个人心中在叨念着什么。郑元绪说，那是他一生中同上苍最亲密的接触，上苍告诉他：做下去！我看着你们。

走火入魔的何止是编辑们。1992年秋，在一次行业期刊会议上，某刊物的一位女主编结识了郑元绪，一见如故。几天的会期变成了两人对十余年《读者文摘》的细致回顾，每一期、每一篇，时而动情，时而拊掌大笑……她说刊物直刺内心，使她昼夜不宁。当郑元绪乘车第一批离会时，她到站送行。她久久地站着，直到列车启动的那一刻，突然扑向窗口，追随着列车奔跑，泪流满面地大声呼喊："我受不了了！我再也不看《读者文摘》了！"郑元绪不知她还会不会读自己的刊物，更不知这本小小的杂志究竟搅动着多少人的心。但他清楚地知道，作为被刊物浸渍了十几年的办刊人，已经不可救药地走上了一条不归路。同时，他非常理智而清醒地意识到：《读者文摘》不可抗拒地崛起了，它注定会成为一个媒体巨人。

7年蛰伏，一朝惊天。自1991年起，《读者文摘》开始第二次跃升，3年间，期发量又翻了一番。

这种软幽默式的哲思漫画，成为读者追捧的重要气质

200万册神话

1990年，《读者文摘》发行量达到198万册，距离200万一步之遥。但200万是个大坎，冲过去，则标志着新的开始。

这时一个机会出现了。全国首届期刊展览将于9月份开展。这次展示会将汇集近3000多种杂志参展，包括全国所有的重要期刊。

接到通知的时候，已到了8月底，只剩下了几天时间。编辑们觉得这对杂志是个重要的推广机会。但如何宣传才有效？刘英坤出主意："干脆挑选十多封读者来信，代表十多种不同的职业与层次的读者进行一次编者与读者的对话。用读者的话来评价杂志，再用编者的话来回答读者，制成一盘录音带，在现场播放，既是一种交流也是一种宣传。"这个方案获得了大家的赞同。

稿子写好了，却忘了找人录音。郑元绪说："干脆我们自己来录好了，这样反而更真实。"两人关在办公室里，录了半夜，还配上音乐作背景，一切弄得挺正规。第二天一放，大家觉得还挺不错，尤其是郑元绪的声音，一口正宗的京腔，一板一眼地挺像回事。

9月6日，在中国工艺美术馆广场的上空，巨大的彩色气球悬挂起4条宣传期刊的飘带，其中一条上醒目地写着："《读者文摘》——生活、求知、友爱、创造。"

《读者文摘》受欢迎的程度出乎大家的意料。《读者文摘》的销售台前显得十分热闹，有的询问订阅办法，有的索要宣传品，争相购买精华本与各期刊物，开馆不到一个小时，就售出了1000多本合订本与各种丛书。工作人员打电话找郑元绪："不行了，快来吧，读者在嚷着要见编辑部的人。"

排队购买《读者文摘》的人群成为展会上的风景。下午，有几位读者送来一个花篮，花篮代表着三个人，小纸条上写着她们的名字。来人不善表达自己的感情，又怕打扰他们的工作，坐也没有坐，与郑元绪拍了张合影，便离开了。当晚，中央电视台报道展览会时，重点报道了《读者文摘》的情况。第二天，台前的人更是水泄不通，保安手拉着手维持秩序，发行部的人员忙得十分开心，仅用了两天，5000本期刊、3000本精华本和6400本丛书就销售一空。

9月6日，新闻出版署主办的期刊“整体设计奖”和“印刷质量奖”揭晓，《读者文摘》杂志独占两个二等奖。这次大展出于某种原因，只公布了这两个技术奖项，由权威机构测评的最佳期刊奖未能公布。据悉，《读者文摘》以高分稳居榜首。

9月7日，《读者文摘》座谈会在北京和平宾馆进行。新闻出版署期刊司司长张伯海先生说：“我们一直盯着《读者文摘》，现在她的读者、声望、名誉都有了，下步如何？”

这位对中国期刊界非常熟悉的司长，认为“美国《读者文摘》培养了一代人，中国的《读者文摘》应当以自己的实力，去影响一代中国人”。编辑们全部参加了这次座谈会。他们坐在那里，感受到了一本杂志的力量，也感到了一本杂志的未来。中宣部李炎副部长拍着甘肃省人民出版社副总编辑郭耀中的肩膀，恳切地说：“全国的读者都盯着《读者文摘》，一定要办好，拜托了。”

这次展览成了《读者文摘》的一次“形象秀”。做秀对编辑们来说是第一次，但这对他们来说却是最好的肯定。他们得到的另外一个收益其实是潜在的，紧接着全国的报刊征订会于10月份开始，《读者文摘》面临着新年度订户的考验。

《读者文摘》于1991年第1期，印数达到了创纪录的214万册，跃居当年度中国期刊发行量排行第四名。它的前面只有《半月谈》(402 万册)、《农民文摘》(359 万册)、《第二课堂》(324 万册) 三本杂志。

十年

1991 年第 1 期，彭长城代表《读者文摘》编辑部撰写了一篇卷首语，题为《十年》。他写道："《读者文摘》创刊整十年了。十年，出刊 117 期，登载长短文章近万篇，累计印数亿册……在下一个十年，将是她跨世纪的十年，我们期待着《读者文摘》能再在她的下一个纪念日，创造一个新的纪录。"

这就是《读者文摘》的十年志贺？

它简单得就像是一个总结。当然对于 1991 年的甘肃省来说，却是一件了不起的大事。1 月 5 日，甘肃省委宣传部为《读者文摘》举行庆祝会，会上，编辑们坐在了显要的位置上，他们是主编王维新，副主编郑元绪、彭长城，编辑李一郎、袁勤怀、孙永旭、刘英坤、张正敏，美术编辑高海军，编务孙玉明，他们代表着《读者文摘》的一段历史。

那天会后举行的晚宴上，郑元绪邀来了胡亚权，这个结果是他应当

在展会上为热心读者签名

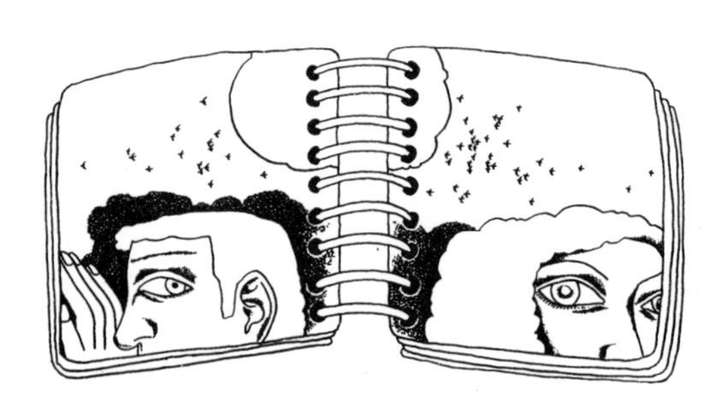

分享的。他们早已年过不惑了。

真的过了不惑之年了吗？一本杂志总要找到一些属于自己的历史细节。《读者文摘》刊发了一则启事，他们想要寻找创刊十年来读者与这本杂志的故事，倾听读者对他们的感受与反应。

这则小小的“《读者文摘》十年”征文启事，像在平静的水里投下了一块石头。这本与精神相关的杂志十年中留下的是些什么样子的故事呢？

湖北宜昌建筑开发公司的尹鹏程先生说：“明天，我将要去美国求学。夜很深了，妻重新打开箱子，默默地将那5大本手工订在一起的《读者文摘》放进去。我们在大学里相识，是这本杂志将我们连在一起的。那时我们常将自己对于杂志上某篇文章的心得写下来，交给对方，这就是我们的情书。毕业了，我们手捧着订在一起的36本《读者文摘》结婚了，杂志作证，这就是我们的3年。5年过去，我回到了家，妻拿出厚厚5本杂志，我把那5本杂志拿出来，10大本装订在一起的《读者文摘》，使我们又依偎在一起。我们像往常一样，从第一页开始读起……”

故事写得十分优美，典型的《读者文摘》风格，典型的《读者文摘》故事，离奇却又温暖。

每个读者似乎从《读者文摘》身上都可以找出属于自己的故事。一个叫郑燕鸿的服刑人员写来了一封信：“今天，是你诞生10周年，有那么多人迟怯地嗫嚅着，要我

雕塑《黄河母亲》是兰州的象征（1987）

代表他们写点什么。我只想说，在多年的铁窗生涯中，你一直是我们忠实的朋友。每月，都是我的奶奶来看我；每次，我什么都不要，我只托她给我捎来一本《读者文摘》。今年2月的一天，奶奶第一次没有将你带来，说是邮递丢了。我的心里像丢了什么。是呀，我什么都丢了，难道就连自己当作慰藉的杂志也会丢了吗？往后的一个星期里，我们突然全掉进沉默里，内心一种空落与记挂，生生的难受。

“谁知第三个星期二，奶奶冒着风雨来了，专门送来了那本封面是提琴手的你。我的心几乎跃了出来，但随之又不禁内心愧疚，奶奶是在汉口跑了七八家书摊才得到的，70多岁的老人了，容易吗？”

“这个世界上，除了奶奶是我最后的精神依附，剩下的就是你了……”

随着信来的，还有十几个人签在一张监狱信纸上的赠言。其中一位叫张颖的小伙子写道：“你是我不会背叛的朋友。”

这又是一个让编辑们没有想到的故事与功能。他们开始每期都给那所监狱寄赠杂志，直到很多人都离开监狱了，他们还在寄。

还有一个叫王国玫的读者的故事，几乎是他们一篇文章的模仿版。不同的是一个发生在日本，一个发生在中国青海。这位小姑娘在路上拾到了一本刊有《一碗清汤荞麦面》的那期杂志：

我第一遍读完了，脑海中出现了娘儿仨由共吃一碗饭到后来一人一碗的画面；第二次读出了老板的慈善和老板每次多加一把荞麦面给那位还清债务者的勇气和力量；文章太吸引人了，我又读了一遍，然而这次的感觉和前两次的完全不同，我读懂了老板生意兴隆和回头顾客不绝的生意经。我以这篇文章为师，改变了经营方式。酿皮是西北的特有小吃，酿皮的风味只可意会不能言传。有的人顿顿吃酿皮，久吃不换口味。山里人家生活困难，酿皮是孩子最馋的食物，父母难得给5角钱尝个鲜，我由原来一个大碟改为两个小碟，或一个鸡蛋一小碟，这样招徕了许多小顾客，有的小孩隔三差五就来一回。一个月下来，我的收入增加了不少，那本《读者文摘》被识字的顾客翻成稀巴烂。

有好几次，我看见一个十五六岁的孩子一进门先望一望桌子上，然后望望我，才坐下来吃酿皮。我感到奇怪，问他："还有什么事吗？"他才怯怯地说："大姐，你还有《读者文摘》吗？

我为了看书才来吃酿皮的。”我呆住了，虽然我很喜欢那期的杂志，但没奢望过再得到一本，因为在这近乎封闭且邮路不通的山村里是根本买不到的，想不到他是为了看书才来吃酿皮的，我说：“下周一你再来吧，那会儿肯定会有的。”

我决定去一趟县城，多买几本杂志。走了5个多小时到了县城，终于在一个小邮局里购买到了两本杂志，后来又在一个旧书摊上买了6本往年的旧《读者文摘》，我把买来的杂志全部摆到了酿皮馆的小桌上，我的顾客越来越多，生意也越来越兴隆。

我听人说，抽烟上瘾后，一天不抽便茶饭不思，像丢了魂似的，我不知道抽烟上瘾是什么滋味，但我知道不看《读者文摘》是什么滋味了。

为了月月可以得到杂志，我经常去县城买书，每次走5小时的路算什么，我得到了它就像得到了无形的财富……

这些就是《读者文摘》十年的基本读者。这次征文举办了一年，共收到了12417篇文章。参与的读者之多再次超出他们的所料。这些读者群呈现着一种奇怪的格局，他们中间有老年人，也有青年人，职业更是五花八门，除了农民，还有高级知识分子、政府部长，但更多的是一些学生。

《读者文摘》似乎成了一种生活用品，但它是用来充实精神房间的。

第六章 心灵鸡汤

xinlingjitang

人是需要文字的抚摸与慰藉的

彭长城流泪了。

他坐在编辑部最里面的一角，那个角落里的光线不好，昏暗的情调似乎挺适合于某种情绪。他的眼角悄然湿润，一篇文章触动了他。那篇文章是刘再复的《大河的苦恼》：“河水在不断地向前流动着，流动着，他竭力要挣脱什么，但却什么也无法放弃……”他激动地向大家念着，眼圈又红了，几位编辑不动声色地看着他。大家已经习惯了彭长城这种激动，文章肯定在某个地方碰疼了他。

彭长城喜好这种很具感染力的短文，他常常能从这些文章中找到自己的情感。能够从别人的文章里找到自己，这是一种很难的境界，因为那至少需要共鸣。

敏感而又好奇，外表粗糙掩饰不住内心的伤感，激情与矛盾的心理组成了彭长城的审美观。他是个可塑性极强的人。在每月一次的会上表现更多的是一个快乐的性情中人。他可以对着编辑们大声去吼，以声音的大小来争取发言的权利，维持个人的立场，同时又会被一些精美的文章所感染。郑元绪则不动声色地听着，间或点拨几句，当然更重要的是准备着最后的即兴发言，这些发言可能就是下期的主题。

最容易表露情感的当然是刘英坤了。这位当时编辑部年龄最小的编辑也是唯一的女编辑，做了一年辅发编辑后，就开始独立发稿了，这种锻炼使她对编辑工作有了更感性的认识。她觉得做一个文摘杂志的编辑，首先必须是一个好读者。一个特殊的好读者，要具备比所有的人先去发现一些新的东西的能力，加工与思想过滤后，再传达到读者手里。

有人认为，文摘编辑是在所有的编辑行列里，最被人看不起的，并且也是一个不受尊重的行业。因为你不就是一把剪刀一瓶糨糊吗？但刘英坤对此很不以为然，她反驳这种说法："考验文摘编辑的不是一把剪刀与一瓶糨糊，而是掌握剪刀的思想与方法。到

编辑部是一个欢乐的集体（1986）

最后，考验的是文化与功力，还有认识世界的方式与心灵的重量。”

她爱看读者来信，她从这些信里发现了一个秘密：人是需要文字进行抚摸与慰藉的。而你靠什么给读者这些东西呢？一个完全没有得到过的人是没有给予想法的。她反对那种无原则的牺牲与奉献，她理想中的文字是可以让人感受到力量与滋养的。当那些文字打动自己的时候，她坚信同样可以打动别人。

而她在从事编辑的过程中，得到的最深教益是：人活在世上，一定要用健康的心态面对人生。这是一篇文章教会了她这种能力。那篇文章叫《放风筝的那一天》，故事写到了一家人。作者描述那一天：“只觉得时光停住了，风和日丽，一片灿烂。我想，每个人都已浑然忘我，孩子忘了吵嘴和打架，父母忘了家事与尊严，天堂也许就是这样……后来，我们再没有提起过那一天的快乐与幸福，但我一直把它放在心灵最深处，我以为大家把这一天忘记了。转眼过去了十年，二战刚刚结束，柏家的小儿子从战场上归来，他在战俘营里待过。一双忧伤的眼睛看着我，他说：‘喂，你记得吗？我

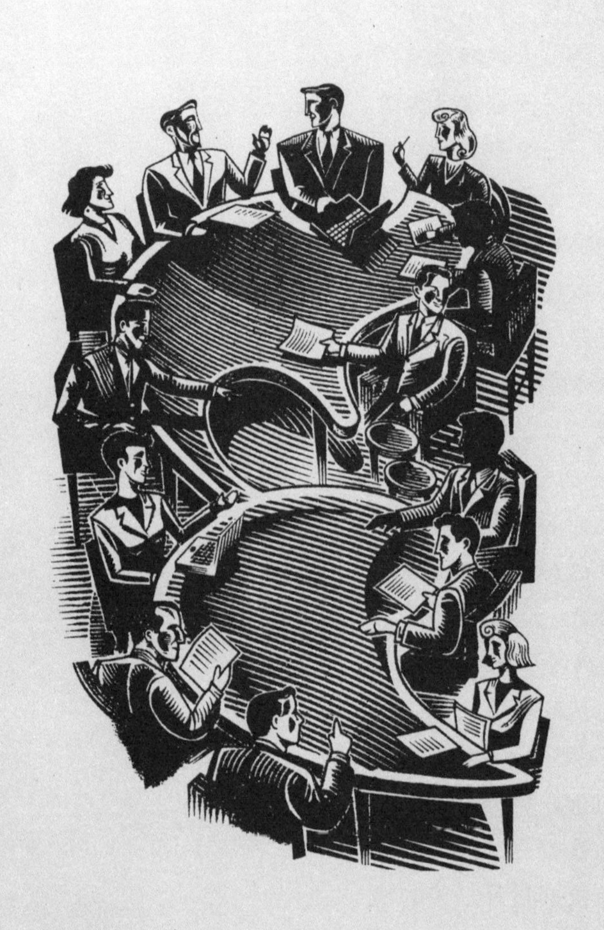

在战俘营里，每逢情况不好的时候，我就常想到那一天，你还记得我们一起放风筝的日子吗？’冬天来了，柏先生去世，我去看望柏太太，我想她一定会失声大哭的，可是她却抬起头来，面带微笑：‘我刚才在想，好心的人，那一天，他真是兴高采烈，你还记得我们放风筝的日子吗？’”这种朴素的真理式的东西成了她的偏爱，这篇作品中的观点与想法就这样慢慢地去影响着她，不同就这样显示出来。

当我们习惯用某种既定的标准去看待人生或者生活时，《读者文摘》通常的做法总是委婉地提醒，他们很少反对什么，当然也不会轻易地去肯定。当社会都在流行一种好人标准的时候，他们精心地选上一篇叫做《好人与坏人》的文章，来告诉你坏人其实并不坏，好人也不是我们所想象与定义的那种人。当然他们推崇的好人标准是一个真正活着的人，而不是那种没有乐趣、没有梦想与缺点的人。

这种敏感与选择成了一个内心的标准，每个人做编辑时体会最深的一点可能就是不会去再扮什么全能的教师爷，他们与读者一样是一群生活真理的接受者。他们坚信一点，《读者文摘》不仅应当教会人思考的参考方法，更重要的是教会你如何去生活。而这种“教”更多的时候是一种传达，是一种顿悟和对心灵的渗透。

刘英坤至今仍坚持认为，她所理解的《读者文摘》以及她的实践，就是用这样一种东西，在悄然地改变着人们的认识与想法，同时教会人快乐的原则。

刘英坤敏感而智慧地说：“痛苦与幸福是需要能力才能体会到的。”她甚至极端地认为，在这一点上没有相当的敏感，是不配去做编辑的。她举例说，有篇文章讲到“反对那种苦孩子心理”，文章认为能够给世界带来爱的人，往往是从小就沐浴着爱的人。这种敏感的心质使她发排的稿子带着一种健康的状态。

编辑李一郎的老派与正统使他起着一种中和的作用。这位来自甘肃秦安的编辑，保持着一种对于“规矩”的奇怪的热情，社里的红白喜事与各种活动，一般都是由他去主持。办事中规中矩，熟谙人情礼往。这种对于“过去”的热情影响到他的编辑思想，他喜欢大喜大悲、让人惊心落泪的文章，一些包括《焦裕禄》之类的文章，都是在他的坚持下刊发的，每次都可以收到大量的读者来信。回馈者都是一些从文字中感受到力量与激情的人。

袁勤怀是个即兴的人，对各种题材的平衡与把握更多地出于天然激情。他可以一边用陕西土话痛骂“狗日的小日本”，一边选编出“我一定让老鬼子们下不了台”之类的稿件。李剑冰，这位北大中文系的毕业生，

则对哲理性的文章及社会重大问题总是抱着极大的热情。

杂志就由这样几种不同的性格组合起来了。但那些一致的思想，一致的风格，那种重要的气质，是如何形成的呢？

一本杂志是由什么人办的，就会告诉你什么样的思想。

变脸

高海军认为自己是个“自然人”。自然是一种精神状态，当然也可能涉及对于艺术的看法。

高海军对于《读者文摘》美术风格的认识就是“自然”，这是他对《读者文摘》美术风格的一种基本定位。

美术编辑面对的是“点线面”，但最后比试的还是个人的直觉与感受。胡亚权凭着自己粗浅的美术功底与独特的认识，开创了《读者文摘》的初级形态。高海军喜欢的，则是德国《明星》杂志简约的美术风格。

这种简洁体现到版面上时，就是一种朴素的留白与大胆的空间。当时许多杂志都喜欢用一种花边线条把文章给圈起来，这种花哨的做法成为报刊界的流俗，高海军对此深恶痛绝。他认为花边干扰文字，线条对于文字应当建立在帮助阅读上。干净的直线是最能体现这种力量的手段。他给自己定了一个原则：坚决不用花边。

对于版式细节的处理，他有着自己的认识。如他认为，标题的字也是有气质的，选择某种字体代表着对于某篇文章的认知：黑体咄咄逼人，楷体有亲和力，宋体理性，仿宋体秀气。这些字体的气质使他将自己对每篇文章的处理达到了一种和谐，并加强了阅读上的舒适感。

他用4期到5期的时间，强化杂志阅读上的纯净，从最纯净处传达最丰富的设计语言。

俄国现代绘画创始人康定斯基说："平面是活的，是有呼吸的，可以说平面具备了产生情感的部件……"而简洁可能是这种平面的设计进入理性的最好的体现。高海军的重要实践是在设计版式时，先认真地通读全文。文字与美术是不能分开的，只有文字与美术的完美结合，才是完整的版式设计。很大程度上，文字的力量要用版式来体现，有时候文字所不能表达的东西要靠版式来完成。高海军认为自己画版式时，其实是在画"读后感"。

高海军另外一个重要的贡献是对封面形式的最后确定。《读者文摘》的封面在胡亚权时代已有一个基本的雏形，但风格并没有形成。在1985年初，高海军拿出的方案自然符合他简洁的思想。他主张大胆用白。他认为白是一种空间，包容性强，可以衬托照片。确立了白色后，高海军又设想用照片或者油画来替代美人头，同时用黑线将图片框住，最后杂志名压在上面。这种白底边框的形式，有种独特的朴素，新出的封面放在报刊亭后，在一大堆花花绿绿的杂志中，一眼就可以看到。而正方形套名字的风格，成为《读者文摘》杂志的封面的组成部分，同时也成为一种标识。

至此，《读者文摘》的一种基本封面形式开始形成，延续到今天。这张独特的脸开始成为《读者文摘》的标准脸型，四方四正，中规中矩，像极了儒雅的中国绅士。

灿烂的插图

文学和绘画的缘分很深，文不离画，画不离文，这是中国文学和中国绘画的传统，诗情画意，图文并茂，中国将书籍称为图书。插图的运用对于一直追求书卷气的《读者文摘》，正好是一种有意思的传承。

《读者文摘》团结了一大批插图画家，许多画家也以给《读者文摘》画插图为荣。

版画家陈延的作品充溢着当时国内少见的西洋味，刀法新锐。高海军请他配插图，画稿弄完了，觉得不太满意，退回去请他重画，一连三次。最后陈延觉得很吃惊，同时对于杂志的认识也在这种磨合中达到了一致。此后再给杂志配图时，基本上一遍就过，

因为那些图就是杂志想要的。

西安美院的一位老师写信告诉他们："里面的一些图因为'太高级'了，许多学生就常买来作为自己的参考。"

郑元绪在一次开会时，遇到著名画家张守义先生，就约他给杂志插图，张先生画来了两幅。稿子寄来了，高海军却认为其中一幅与内容有些出入，而且也代表不了他的水平，遂弃而未用。

大家毕竟是大家，张守义至今仍对《读者》杂志赞赏有加。

在出版社长期专职从事书籍装帧艺术设计的插图画家王书朋总结给《读者文摘》配

插图的经历时说："黑白插图，尤其是配文插图，放在字里行间，本身就有它的美学价值。在密密麻麻的铅字的灰色调中，空出一块白，里面有几根线条，几块黑，抛开内容不谈，这种形式本身就很美。所以作插图时，一定要考虑文字的存在，铅字也是组成画面的因素。在组织画面时，不一定把灰色调画得那么多，那么满，否则就适得其反，给人感觉都很慌，透不过气来。"

这话很专业，道出了《读者文摘》图文相配的某种味道。1991年，《读者文摘》创刊十年，高海军发现，给《读者文摘》长期配图的画家刚好十位，于是他们决定为这十位画家出版一本插图集，这也是国内首册一本杂志为插图画家所出的集子。这十位画家是：黄英浩、陈延、王书朋、高燕、卢延光、杜凤宝、俞晓夫、王可伟、华其敏、冷冰川。

集子出来后，一直喜欢着这些插图的作家贾平凹写来一篇文章：

《读者》新老主编在插图艺术展上（陈绍泉、中国期刊协会会长张伯海、胡亚权、彭长城）

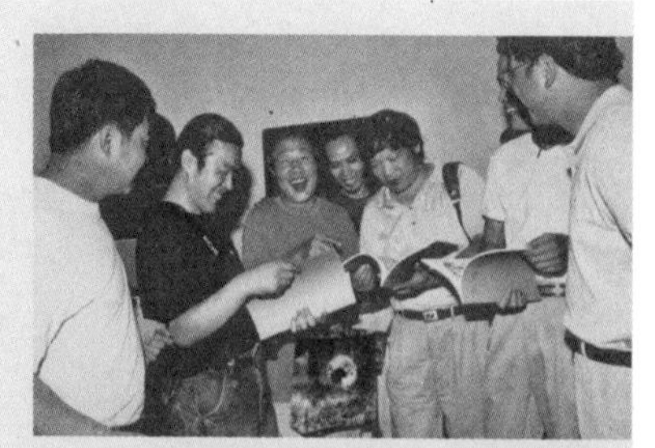

2003 年《读者》第二届插图艺术邀请展

2003 年《读者》第二届插图艺术展研讨会

2003 年《读者》第二届插图艺术邀请展开幕式

> 我们在读文章时，总免不了常就读了文章里的插图，恰如此，总使我们读着一种灿烂。为什么呢？插图对于画家来说，是应出版者所邀为文章而作，或许“雕虫小技”如文学家的一张留言条，但不是文章的附庸、图解和说明，不是的，绝对不是。看文章看累了，应换换视角，或者看得兴起，感到文学已装不下自己的享受，如言之不尽则歌，歌之不尽则舞，就看着恰恰相反在这里的插图，为跳跃、为变化、为升华，想象越是浸淫，我们的阅读经验里常就坠为“嗒然遗其身”了……

这就是这本插图集出版的意义吗？十人插图，十位了不起的人物，《读者文摘》插图画家的作品汇集出版，充满了对插图艺术的理解和对画家工作的答谢之情，而于我们读者，则又有了一次欣赏和收藏的机会，实在是好啊。

此书出版后先后两次再版，发行近万册，成为许多读者与美院学生珍藏学习的范本。

1992 年 3 月，《读者文摘》十人插图展在兰州举办，更是开了一本杂志举办插图展的先河。

《读者》创刊27年来最具影响力的十篇文章

一个人一生只能做一件事

◎ 周涛

〔胡亚权荐语〕

“一个人一生只能做一件事”，既是真理，也是一种教示。
我们有年轻的诸多幻想是对的，人类没有幻想就无法进步，
可是具体的每一个人应当明白，踏实地从事一种工作，
并做得永远兴致盎然和有价值，是最值得提倡的一种品德。

“一个人一生只能做一件事。”这句既非至理也不出名的话是谁说的？

是我。有一天我和几位客人聊天，谈起了不少的作家已经弃了笔，去做能赚钱的生意。他们说，你呢？你怎么看？

我就回答了这句话。

是的，人各有志，人一辈子只能做一件事。弃了笔的作家，也许是值得羡慕，但我以为未尝不值得怜悯，因为他这样做就已经承认他一生没有力量完成文学这件事。一个放弃了初衷的人，在茫茫人世间，在每日每时的变化和运动中，他有选择的自由，但他的内心说不定是凌乱的。当然还有一些人，他们当初来到世上，就不曾抱有初衷，而只想凑热闹。现在热闹凑完了，也就该到别的地方凑新的热闹去了，社会永远不会只在一个地方热闹。

这种人一生在世，就压根儿没打算去做好任何一件事，而只想在所有能引起他兴奋的事中捞好处，压根儿不想能奉献什么。

这一切都发生在“文学失去了轰动效应”之后。失去了轰动，它已不再是社会热闹的焦点，于是，热衷于谈论《百年孤独》的人们，忍受不了哪怕只有十年的寂寞，大势已去，真是“无处话凄凉”。但是，剩下的，并非淘汰的，恰似朱老总、陈老总在南昌起义之后带队伍所经历的情状。那些坚韧的、抱业守志、初衷不改的真作家们却像冷静的雪峰那样，清醒地俯瞰着世上的一切，他们看着雪水在春天纷纷离去而并不感到忧伤或孤独，相反，他们感到轻松和欢愉。

雪水自有它该去的地方。雪峰却并不会因此“贫雪”。

有一座名叫博格达的雪峰就坐落在离我不远的位置，我喜欢远远地凝望它。它是蓝的，一种坚硬有质感的蓝。这种独特的蓝使它和天空的蓝区分开来，使我的肉眼能够看清它高耸于天空傲岸的轮廓。在阳光炽热而强烈的溅射中，它蒸腾着力量和光芒，默然无语，缓缓呼吸，有如一位无所不知的伟大神灵。

你如果心态宁静地久久凝视着它，兴许会听见它的声音，听懂它的话语呢！

“喧嚣的大势已去，崇尚创造的时候已经来了。”

这声音在我心里久久回荡、深深弥漫，一直渗入血液和骨髓。我感动、感激。我心里说：“我的神，你算看透了我了。”

多年来，我做的所有的事其实都在为做一件事做准备，所以，那些所有的事都不算事。

多年来，我东突西进、杀伐征战，仿佛有点儿战果，而实际上是我始终没有摸到那件事的边缘。

多年来，我居于喧嚣的闹市，各种叫卖声嘈杂，起哄和讨价还价的叫声震耳欲聋；真诚的声音是微弱的，它还没有离开口唇就被可怕的声浪淹没得无声无息。

我也受到过扰乱，产生过疑问。这时候我就来到一视野空旷的地方，独自凝视那座博格达峰。它仿佛能够医治我的灵魂。因为我信任它。渐渐地我就平静下来，在它的那种严峻崇高目光的俯视下，反省自己，物欲的骚动又会平息下去。我想，博格达呀，你一生中究竟做了多少事呢？你仿佛什么也没做，连一步也没挪动过，你一生所做的事不过就是屹立着，永远也不垮下去。你俯视着人们，冷冷地看人们争来斗去，生老病死；一代人的利害智愚随他们的肉体埋进土里，下一代人又重新开始那老一套。他们忙忙碌碌，终生忧烦，似乎有永远做不完的事，临死，到彻底休息的时候一想，原来什么也没做。——笛声响了，时间到了。

所以人们老是想着："要是能够重活一回多好……"重活一回的话，你愿意干什么？

"干文学！"我说，"假如我有这才能。"

如果苍天不赋予我文学才能呢？

"那我只好……当一个问心无愧的中国公民。"

刊于 1989 年第 7 期

第七章
中美《读者文摘》刊名纠纷内幕

《读者文摘》输掉的是什么

影响《读者文摘》发展史上至关重要的一件事，终于发生了。

美国《读者文摘》方面一直在寻找着与中国《读者文摘》交手的理由。沉默4年后，他们以新的策略开始发难，以《读者文摘》曾大量转载过他们的文章为由，要求中方停止转载美方《读者文摘》上的文章，赔偿侵权的损失。美方在提出版权问题的同时，对中方《读者文摘》商标的合法性提出质疑。他们致函中国国家商标局及中方《读者文摘》，认为中方《读者文摘》商标不合法，必须停刊，并将所有的订户名单交给美国《读者文摘》协会，如不停刊和交出订户名单，他们将提出巨额赔款要求。

美国方面的咄咄逼人，使中方感到巨大的压力。对此，有关部门建议低调处理，同时要求他们在短期内拿出应对措施。20世纪80年代中期后，改革开放以不可逆转的态势在古老的中国大地上推进。越来越多的国际互访，越来越频繁的商业活动，使中国人开始自觉不自觉甚至生硬地运用起法律来，上法庭不再是令人难堪的事。这无疑是迈向现代文明的重要一步。

中方《读者文摘》迈向这一步却用了9年。1989年9月，为了避开纠纷，又不引起更名带来的震动。甘肃人民出版社以《读者文摘月刊》注册，用增加“月刊”两字以区别美方《读者文摘》。根据中国《商标法》第19条规定，对初步审定的商标，自公告之日起3个月内，任何人均可提出异议，无异议或裁定异议不能成立的，始予核准注册，发给商标注册证，并予以公告。不知是一时疏漏还是出于其他考虑，美国《读者文摘》协会3个月内没有对此事作出反应，“读者文摘月刊”正式成为注册商标。

这是中方《读者文摘》的第一次改名。由于封面的刊名只悄悄地增加了“月刊”两个字，许多读者并未察觉。既然刊名已获得注册，也没有人提出异议，应当不会出现什么问题了。

但事情远没有人们想象的那样简单。我国《商标法》第5章第27条还规定：对已注册的商标有争议的，可以自此商标核准之日起一年内，向商标评审委员会申请裁定。美国《读者文摘》协会没有放弃继续追究此事。他们委托麦坚拿律师行，于1990年6月20日，也就是《读者文摘月刊》注册9个月之后，给《读者文摘月刊》发来传真：

> 本行的委托人是《读者文摘》商标所有人，注册编号为168794，现随信附上《商标注册证》副本，供你社参考。
>
> 本行委托人在该公司出版物上使用上述商标已有多年，使用范围遍及世界多个国家。本行委托人的这个商标，已经在中国产生良好的信誉。
>
> 本行注意到，你社在中国出版发行一本载有《读者文摘》商标的杂志，鉴于本行委托人已为上述商标注册，并建立起信誉，你社的行为对本行委托人的刊物构成了侵犯，本行委托人有权据此控告你社。不过，如非不得已，本行委托人不愿诉诸诉讼行动，本行受命要求你们遵守下列各条：
>
> 立即停止与你社该份杂志的出版、发行或销售有关的一切活动，包括停止使用本行代理人的中文商标《读者文摘》，并交给本行一份承诺……

7月12日，《读者文摘月刊》杂志社将商标注册证副本连同回信一起答复麦坚拿律师行，并请他们转告美国《读者文摘》协会：中方的《读者文摘月刊》已在中国国家工商行政管理局注册，编号为361532，有效期从1989年9月20日起到1999年9月19日止。

1990年8月24日，距离中国《读者文摘月刊》商标提出争议的最后期限只有27天——这是一个《读者文摘月刊》及其读者都该牢牢记住的日子，美国《读者文摘》协会致信中国国家商标评审委员会，说：

美国《读者文摘》协会早在1982年就在中国申请并获得了《读者文摘》商标的注册，我们协会使用上述中英文商标已有多年，使用范围遍及世界多个国家，已在中国以及世界各地建立起了良好的信誉，其驰名度也是国际间颇高的。我们最近诧异地发现中国的甘肃省有一家杂志竟然也使用《读者文摘》。对方是甘肃人民出版社，他们向我们出示了其最近也在中国商标局获得注册的《读者文摘月刊》商标，公告号是361532。

我们认为，商标局不应当核准361532号的商标注册，因该商标与我们早已注册在先的《读者文摘》商标是在相同商品上的相同商标，依中国商标法第11条规定是应予以驳回的，虽然对方的商标中加有“月刊”两字，但“月刊”二字作为商品名称用在杂志上，虽作为特例允许，但应当属于非专用权的范围，“月刊”两字不具备显著性。

因此，我们认为，商标局批准361532号《读者文摘月刊》商标是不正确的，是违反商标法规定的。由于我们事先没有订阅商标公告，未能及时知道这个情况，也未能及时对甘肃人民出

版社的这个商标提出异议。我们现在根据商标法第20条，对《读者文摘月刊》提出争议，请商标评审委员会依照商标法有关规定及巴黎公约保护驰名商标之条款，早日作出撤销361532号商标的决定，以确保我公司早已注册在先之《读者文摘》商标的专用权。并由中国专利代理(香港)有限公司代理，以其注册的第168794号《读者文摘》商标，对《读者文摘月刊》杂志社注册的第361532号《读者文摘月刊》商标提出争议。

很快，国家工商行政管理局商标评审委员会受理了此项争议，于1991年3月6日，把商标争议裁定申请书转给《读者文摘月刊》杂志社。按规定，杂志社必须在1991年4月26日之前作出书面答辩，提交商标评审委员会。

美国方面这次要一次性地解决这个拖延多年的问题了，而真正引发这次事件爆发的只有一个原因：中方的《读者文摘月刊》影响越来越大，如果听任中方的《读者文摘月刊》照此速度发展下去，那么即使中国开放报刊专营，对于美国方面的《读者文摘》来说，也是一个不利的事情。

新的一轮争战开始了，中方《读者文摘月刊》似乎已无路可退。1991年4月1日，《读者文摘月刊》杂志社将书面答辩提交国家商标评审委员会，答辩书认为，美国方面的《申请书》的陈述不能成立，理由是：

一、根据有关规定，杂志的刊名可以作为商标登记注册。美国《读者文摘》亚洲中文版以《读者文摘》中文刊名注册，我刊以《读者文摘月刊》中文名注册，两个刊名从字数到含义都有显著的区别，不能视为相同商标。杂志可以有不同刊期(季刊、月刊等)；同一杂志在不同的发展阶段，刊期也可以有变化，因此“月刊”并不是所有杂志的普遍属性，它同其他中文字共同组成的刊名，就应属于专用权范围。换言之，一份刊名为《读者文摘》的杂志，它的刊期是自定的，可变的(也可不变)，但一份刊名为《读者文摘月刊》的杂志，从名称上就限定了刊期的不变性。因此，“月刊”具备显著性。

二、美国《读者文摘》协会出版多种文字版的《读者文摘》杂志，在文化、出版界有一定的知名度，但这并不表明每一种文字在每个地区都具有知名度……亚洲中文版于1966年创刊，在香港地区发行10万份以下，在我国大陆，每期仅内部控制发行几百册，影响甚微。因此，笼统地谈美国《读者文摘》亚洲中文版及其商标的“驰名度”是不恰当的。

三、我社出版的《读者文摘月刊》杂志自1981年创刊，十多年来在我国各界读者特别是知

识阶层中建立了良好的信誉，在社会上产生了很大的影响。目前发行量已达到230万册。《读者文摘月刊》已成为我国书刊界和广大读者十分熟悉的杂志。

四、本刊于1981年4月创刊，当时我国商标法尚未制定和公布。但依据国家有关规定，在期刊管理部门履行了一切审批、登记手续。商标局接受申请，经过审查给予注册，是无可非议的。《读者文摘月刊》是靠自己的质量和信誉取得发展。它与美国《读者文摘》亚洲中文版杂志刊名不同，字体不同，开本不同，是无法混淆的。如果说它对于一种在我国只内部控制订阅几百册的杂志造成侵害，就更没有道理了。综上所述，我们认为，国家商标局核准注册361532号商标《读者文摘月刊》是正确的，应予以维护。

信件往来，双方互不相让，陷入僵局。

《读者文摘》商标值多少钱

1992年，中国加入《伯尔尼保护文学和艺术作品公约》和《世界版权条约》，作为一个负责任的大国，对敏感的知识产权的保护提高到了前所未有的高度。而此时，国家商标评审委员会仍未对争议作出最后裁决。

漫长的诉讼以及为此所耗去的精力，使郑元绪心力交瘁，他清楚事情的严重性。当年他去京办理《读者文摘月刊》商标申请时，就觉得获准比较勉强。那里面也许包含了商标局里的热心读者对于杂志的偏爱。而当他起草答辩书时，更感到了答辩理由的软弱无力。

他预感现在到了最后解决杂志名称问题的时候了。越是接近一个答案，他的心里就越是有种隐痛。许多专家也在他进行咨询时，明确地告诉他，照目前的形势，中方《读者文摘月刊》败诉的可能性极大，结果极可能是在国家商标局裁定侵权后被迫改名。

一连好多天，郑元绪心绪不宁。他时常一个人爬到后山上，望着山下细成一条线的黄河发呆。随着漫长的纠纷中涉及的各种法律关系，郑元绪几乎是被强逼着学了一遍各种相关的法律。郑元绪痛感当初对于法律意识的淡薄，随着与美国人打交道，他感受最深的是美方对于相关知识产权和商标的强烈保护意识，以及作为国际大刊的风度与一个

“杂志帝国”对于杂志理念的阐述。

郑元绪至今把这当成一个“很好的学习机会”。

他认为这次纠纷某种程度上决定了《读者文摘月刊》由一个地区小刊向一个国家大刊，继而向一个国际大刊进展的发展方向。对于《读者文摘月刊》杂志来说，这是一个关键时刻。

一个新的想法渐渐在他的心中萌生，并一天天地清晰起来。

杂志社为这场商标纠纷花费了大量的精力，正常的编辑工作已经受到影响。再这么耗下去，已没有必要。两个刊名属于相近商标，一俟裁定撤销《读者文摘月刊》的商标注册，便立即处于侵权地位，杂志社将极为被动。而且，即使仲裁结果是《读者文摘月刊》这一商标得以保留，也只能注定《读者文摘月刊》成为一家国内大刊的地位，却没法走出国门。而这对于一本正在走向国际的大刊来说，将是一个短视的行为。美国的《读者文摘》中文版早就在几乎所有有华人的国家与地区取得注册商标，海外书刊市场不可能容纳中方的《读者文摘月刊》。为什么不能把这个阴影和包袱干脆甩掉，而获得新生呢？郑元绪似乎已下定了某种决心。选择是一种痛苦，更是一种战略的重新制定，因为你的选择关系到你的未来。但这个决断太突然了，太让人难以接受。对于这样一项事关《读者文摘月刊》未来的大事，他必须慎而又慎。

他与彭长城交换了意见，两人一拍即合。他还找到了胡亚权，两人都明白，他们放弃了的这个名字蕴含了当年的激情与创业的冲动。胡亚权作为一个“旁观者”，似乎已因多年离去，而变得理智和冷静。

“刊名要改了。”

“改了也好。”

“我想只保留‘读者’两个字，简明大气，与原来的名字也有一种承接。”

“这名字不错。”

10月下旬的一个下午，一间不大的会议室里，甘肃人民出版社的领导和编辑们坐在一起开会，宣布《读者文摘月刊》杂志即将更名的决定，安排更名前后的各项准备工作。

会开到晚上10点多，社里决定主动放弃现有名称，1994年启用新刊名。

对编辑们来说，意味着与12年来朝夕相伴的名字告别。对读者来说，更无异于一场地震。谁也不曾想到，一本杂志刊名的背后，竟会有如此复杂的故事。

作出征集新刊名的决定时，离最后的期限似乎还有一年的时间，但郑元绪却觉出一种紧迫。

改名

《读者文摘月刊》壮士断腕的举动，得到了各级主管部门的同意与支持。改名已成为必然，但又是一种不得不慎之又慎的行为。如何让这次退场成为一次新的“上场预演”，不影响杂志十几年来形成的品牌，不让读者在这场改名风波中产生混乱的感觉，成为这次改名的最重要的前提。

郑元绪清醒地认识到，中国出版界与外部世界在知识产权，特别是商标保护意识上，不在一个层次。一大批的牺牲者将换来一种秩序的诞生。《读者文摘月刊》改名只不过是这种秩序的开始。

开始就是一种典范。在中国如此多的期刊面临着相同问题的时候，《读者文摘月刊》的主动改名，还有可能产生一种新的效应：《读者文摘月刊》作为一份负责任的大刊，开始主动与国际接轨。

那时的中国正需要这样的一个范例。精明的郑元绪开始运筹这次改名。前期的宣传定位对这次改名至关重要。但选择什么样的媒体来做这件事呢？

此时已到1月下旬，国家商标局通过有关方面与郑元绪取得了联系，告诉他仲裁不能再拖下去了，希望我方主动改名，仲裁便会自动撤销。为了保护这本刊物，上上下下都在尽力。甘肃相关方面在此之前已完成了程序上的准备，更名已是水到渠成了。

《读者文摘月刊》三月号、四月号连续两期刊发征名启事。这则启事立即在读者中引起极大震荡。书信雪片般飞向编辑部，到4月底已超过10万封，邮局为此每天专门派一辆邮车来送信。编辑部的几部电话也成为读者热线，同时，第3期、第4期、第5期的发行量持续上涨，第5期超过350万份。一本杂志因为改名，竟然刺激了发行量，

中央电视台《观察与思考》栏目组在兰州采访《读者文摘》更名事件

这种怪异的现象在期刊发行史上绝无仅有。

许多读者听到改名消息时的第一感觉是有些不相信。他们不能接受这本与自己相伴了十几年的杂志突然间改名。郑元绪与他的编辑们第一次见识自己的读者，他们对一本杂志的热爱让编辑部的人手足无措，那种态度几乎有些“专横”，甚至到了“不讲理”的地步。

一位东北汉子给编辑部打来加急电报，上面赫然9个大字：“誓与《读者文摘》共存亡！”每遇到这样感怀激烈的信件，对编辑部的人都是一种情感刺激。他们把来信来电贴到墙上，每天都可以看到……

但理性的一面开始浮现出来，一位署名华燕的读者从美国写来一封长信：“从杂志上得知贵刊要改名的消息，我很兴奋，因为有很长时间，我在想如何能让我们的《读者文摘》与美国的*READER' S DIGEST*区别开来，特别是当我有位很想学中文的外国朋友请我推荐一本可以代表中国风格的杂志，而我很费了一些力气才让他相信我们的《读者文摘》与*READER'S DIGEST*并没有关系，它是值得一看的中文读物，甚至比*READER'S*

DIGEST更好更富有情趣时，这种愿望就更强烈。如果能有一个独一无二、与众不同的漂亮名字，在将来进入世界书刊市场时，她会更容易立稳脚跟并被肤色不同、心灵相通的朋友所爱戴，就像中国读者一样与她成为亲密朋友。”

当读者明白更名已是一件无法改变的事实时，他们转而期待着能有一个更好的名字，属于这本自己喜欢的杂志。有人建议叫做《共享》，有人说用《这世界》，还有《读者之家》、《谈天说地》、《综文大观》、《读友》等等。更有一些名字带着无奈的幽默，如《无聊时翻翻》，甚至有人建议干脆就叫《刊号 54—17》。

但很多来信最后都集中到了一个新的名字上：《读者》。10多万封应征信，标志着这一活动的成功。杂志社还依靠自己在报刊界良好的关系，致函全国上百家报刊，请他们刊登《读者文摘》更名启事。几乎全国所有的报刊都在差不多相同的时间里，刊发了各自对杂志的不同的报道。

郑元绪还利用当时中央电视台火遍全国的一个新闻栏目《观察与思考》开启“杂志的改名宣传战”。郑元绪写了一个选题策划《从〈读者文摘〉改名谈起……》，这是一篇由杂志改名事件引发的关于中国出版现状的忧思录，这样的观点与选题正是《观察与思考》想要的。一周后，主持人肖晓琳女士一行三人飞临兰州采访。1993 年 5 月 9 日，对《读者文摘》更名后引发的法律思考进行了全方位的报道。这次报道拉开了关于杂志更名现象报道的热潮，《读者文摘》更名由一个商标纠纷问题成为了一个社会现象和热门话题。紧接着《中国青年报》、《人民日报》等大小几十家报纸先后发表各种形式的报道，新华通讯社也先后两次向全球播发《读者文摘》即将更名的消息。传媒上关于此事的讨论显然已经超出了更名的意义。

《读者》您好！

美国《读者文摘》协会对中国《读者文摘月刊》杂志社这一举动，表现出了惊人的敏感。就在《读者文摘月刊》在杂志上刊出启事的当月，他们就委托北京永新专利商标代理有限公司给《读者文摘月

丁聪访谈录·记者的尴尬·出租车司机·美丽的茧·警告中国人·梦想未来·爱上圣母玛丽亚的小女孩·墨菲成功定律·悲剧足球

7

CN62-1118/Z ISSN1005-180

刊》杂志社发来信件，就关于在中国的商标争议等纠纷事宜，又提出了一项让我们难以接受的要求：

贵社刊物必须改用新名称，新名称不得与本公司委托人名称在任何方面相近似或者易于混淆，且贵社刊物的新名称应事先征得本公司委托人同意。

贵社必须确认于1993年7月1日之前将贵社刊物的原名称，改换成本公司委托人所接受的新名称。此外，贵社必须确认于1993年9月30日前，停止在贵社刊物上使用"原《读者文摘》"字样。贵社必须立即签署所附商标转让申请书或者商标注销申请书，并及时安排办理公证或者取得有关主管部门的批准，以确保前述申请得以尽早获得商标主管机关的核准。

面对美方的步步紧逼与苛刻要求，郑元绪却显得很沉静。他认为此事再不容丝毫的拖延与迟疑。27天后，郑元绪根据中国有关法律规定，申明立场，给那家公司回了一封措辞强硬的信：

一、本刊已决定1993年下半年启用新刊名，同时废止现有刊名。目前征集刊名活动已近尾声，一俟确定了新刊名，即向国家有关管理部门报批，无需征得海内外其他报刊或团体组织同意。贵公司委托人的刊名已在中国大陆注册，受到中国法律保护，无论何时受到何种侵害，均可通过法律途径寻求解决。

二、刊物是连续出版物，本刊在国内通过报刊发行局接受订阅或者购买。其中大多数订户订阅期为一年。因此，按照邮发合同，年度内不得更改刊名。鉴于此次更名情况特殊，甘肃省报刊发行局破例给予了极大支持，但要求在年度内必须注明原刊名，才能被订户认可，否则发行工作难以进行。我们认为，这一要求是极为合理的，应当遵照执行。

三、本刊新刊名向国家管理部门报批后，即申请注册，同时注销原注册。

4月下旬，美国《读者文摘》协会致函中方，要求在北京安排一次会晤。

5月3日，郑元绪飞抵北京，与美方律师会面，进行了两个小时的会谈，没有结果。这是早就预料中的事。郑元绪拒绝了美方关于新刊名不得有"读者"两个字的要求。

第7期发稿在即，各项准备工作紧张有序地进行着。从4月份开始，美术编辑高海军就为新刊物设计封面。这是《读者文摘》诞生以来的涅槃新生。高海军试图找到杂志

新的神韵，虽然改了一个名字，但她的精神却是一致的。

新杂志的封面，变得更加清丽，大量的空白，衬着“读者”两个字。这是《读者文摘》杂志新的脸孔。刊物决定改名后，彭长城好几个夜晚难以入眠，尽管他是这件事的几个决策人之一，但他的心情还是很难平静下来。他负责进行征名工作的收集与整理，这次征名共收到了来信118972件。各界人士推荐的刊名共计1352个，在有效征名中，推荐更名为《读者》的共504人。1993年第6期，他们在封底上打出了一幅宣传画，《读者文摘》更名将在下一期揭晓。1993年7月号，《读者文摘》杂志正式启用新刊名。《读者》杂志正式诞生。

那期的《读者》上刊发了一则别致的卷首语：

从本期开始，《读者文摘》正式更名为《读者》。《读者文摘》的事业，在出刊143期后，将由《读者》来继续。亲爱的朋友，也许你对一个熟悉而亲切的名字一时难以割舍，但我们相信，随着时间的推移，你一定会喜欢上现在这个新名字的，因为新旧两个名字代表着同一份杂志。

《读者》仍将遵循以前的风范，去寻找一种新的未来。《读者文摘》开始进入《读者》时代。

此后，《读者》杂志于1995年12月在国家商标局注册英文刊名标识“READERS”，国家商标局于1997年4月第589期《商标公告》公告注册消息后，美国《读者文摘》协会又委托隆天国际专利商标代理公司向国家商标局对杂志注册英文标识提出异议。

《读者》再次面临两难。据了解，美国《读者文摘》已用“READER'S DIGEST”在世界94个国家和地区注册，将来《读者》在这些国家和地区出版发行都会遇到商标纠纷，在此种情况下，《读者》再次放弃“READERS”注册商标，而从1998年1月起启用新的汉语拼音商标“DUZHE”。

至此，两家官司才告终了。

第八章
活着的成本

低价：《读者》的价格战略

《读者文摘》更名后，经过6个多月的过渡，新《读者》杂志开始被更多的人接受。

但让人们无法预料的是，一场由纸荒引发的危机再次出现。1993年下半年，随着新闻纸纸荒的出现。纸价在持续10年的上升后，开始完全失控。新闻纸由1980年的每吨730元涨到1600元，南方新闻纸国家牌价已达2050元；出版用纸国家牌价已由原来的每吨1300元上涨到1750元，实际市场价格高达2800元。

但就是这样的价格也很难购买到。许多出版社唯有随行就市，听任纸贩子们随意提高价位，印刷工本急剧提高，使各大出版社原已十分困窘的经济状况又急剧恶化。

每期印数高达350万册的《读者》杂志开始受到巨大的压力。当时有近250万册在兰州印刷，工厂里的存纸开始告急，到了第7期时，刚刚更名的《读者》杂志，还差一半的用纸量，只可以印100多万册，还有100多万册的杂志要被延误。更要命的是，这期杂志的印刷与纸张工本，将首次出现负增长，也就是说，他们这期印出的杂志将开始以低于成本的价格出售，而在当时，他们的定价是每册一元。

一元钱的定价在中国当时所有的期刊中，是最便宜的。而超低的定价对于《读者》杂志来说，是一种传统。但现在这种传统开始受到了挑战。经过核算，每册杂志的工价与各种费用算在一起，为一元两角，也就是说，他们每发行一本杂志将要亏损两毛钱，而当期杂志的总印数为345万册，也就是说，他们每期将倒贴64万元，到年底，6期将亏损近400万元。

出版社先后多次召开会议，讨论关于《读者》杂志的调价问题。当时编辑部拿出了两种提价方案，一种是调整到3元钱，一次性到位。再一种就是把价格压到最低点，在持平的基础上，价格提高10%，利润率保持5%。

《读者》在中国16开本杂志中，一直保持着最低的价位。他们先后进行过6次调价，每次涨价都保持最低的调价幅度。创刊号时，这本杂志仅售3角，到了1986年，涨到了9角8分钱。

这个定价让许多读者感到不解，有的读者专门来信问他们："为什么会是9角8分钱，而不一下子把它定价为一元钱呢？"

郑元绪复信说："在这次提价时，我们折算了一下印刷工价与纸张的上涨幅度，定价9角8分钱，是因为与涨价前的利润率持平，而且这几年的社会通涨水平也正好可以与此相抵。如果调整为一元钱，我们将可能会从读者手中多拿走两分钱的利润，这两分钱虽小，但我们有350万读者，收下来也是一笔不小的费用。为保持本刊一贯的不以盈利为主要目的的定价战略，尽可能地减轻读者的负担，我们还是决定将这两分钱的利润返还给读者，这也是我们的一点心意。"

现在，《读者》再次面临压力。杂志刚刚改名，再加上涨价，结局难以预料。出于对市场的忧虑和杂志发展的长期需要，郑元绪与彭长城经过多次讨论后，向社里报告：到年底前定价保持不变。

出版社同意了这个暂不提价的方案。国内许多报刊已开始大规模地调高价格。《读

者》一直按兵不动，反而让许多关心她的读者急了，询问他们什么时候涨价。到了10月份，杂志即将面临全国报刊征订，新年度杂志的定价再也无法拖下去了。编辑部经过郑重核算，决定将定价提高到一元五角。

调价的方案与原因，他们如实地在杂志上公布了。当然他们的心里也有些不安，杂志更名和调价，这两大关口遇到了一起，读者能够认可吗？

11月底，从邮局报来的征订数表明，1994年《读者》的征订数为320万册，发行量还将保持上升趋势。

《读者》杂志终于涉险过关。

广告是纯洁的吗

至今有一则流传在杂志社内部的说法。关于刊发广告问题，编辑部曾经发生过一场争论。每次讲到这个故事的时候，人们都会说：刘英坤为这还哭了。当事人刘英坤对这种说法很不满，但却又无可奈何，因为那天她确实哭了。

1994年1月，编辑部发完稿，刚好有几天空档，郑元绪觉得新年就要到了，《读者

文摘》已正式改成《读者》，这次改名是一个契机，也是一次发展机会。他想应当把一些事情说一说，同时一些事情也应当有个总结。就把整个编辑部拉到了与兰州相距近百公里的白银市。十个人集中到了一个小招待所里。晚上，大家凑到了郑元绪的房间里。房子不太大，就随便在床上与地上挤着坐了下来。

议题其实每个人心里都有数。此前，彭长城经过市场调研，认为杂志新的增长点应当放在广告经营上。但登不登广告对《读者》杂志却是一次考验。

一说到广告问题，激烈的交锋就开始了。李一郎说："我们的杂志不能因为广告而损坏了品位，而且我们的杂志就是不登广告也可以盈利，可以加大发行量。"同时一部分人还担心，《读者》杂志在读者的心目中已成为了一块文化圣地，杂志发广告，读者会认可吗？

彭长城与刘英坤是刊发广告最为坚定的倡议者。彭长城的理由是现在已进入到了资讯时代，好的广告对一本现代杂志来说也是一种有力的补充。美国《读者文摘》的60%以上的利润就是靠刊发广告创造的。

但他的观点很快就被打断。反对的声音其实反映着当时国人对于广告的复杂心态。虽然广告从20世纪80年代末开始大规模地占领了中国的报刊市场，但读者从习惯上排斥广告，广告的多少几乎有一度成为一些读者对于一本杂志取舍的主因。

但彭长城还是敏感地意识到报刊未来的发展趋势，绝对是一种产业化经营的思路。广告经营是一家杂志走向市场化的必由之路。广告量将会决定一家杂志的生命，甚至未来。刘英坤支持这个观点，她反问道："广告一定会影响品位吗？广告也有许多高品位的东西，精美的广告对于我们来说，既是一种资讯，同时不也是一种享受吗？"

刘英坤是个好激动的人，正值观点交锋声音一个高过一个，她只好加大了嗓门，郑元绪喝住了她。她委屈地哭了。

郑元绪倾听着大家的意见，琢磨着先开个头，试几期，看看效果，遂拍板：先拿出封三一个版做广告，并提出对广告的档次要严格要求，同杂志的品位要相称。

彭长城又提出了一条新的建议，就是在不减少读者的原阅读量的前提下，通过刊发广告增加读者有效阅读版面，每期增加一张八开彩面，两面广告，六面刊登美术摄影作品。当然，对于广告客户他们有点苛刻，凡是欲在杂志上刊发广告的，均要符合他们的所谓“约法三章”：一是广告产品应适应杂志最基本读者群的需求；二是产品的价格应当是《读者》杂志基本读者可以承受和消费的价格；三是广告产品应当是大众化的新产品，同《读者》自身这样的大众化刊物相符合。

这些规定带着强烈的理想主义色彩，但具体发什么广告仍然是个问题。彭长城原想先从国内的民族工业开始，刊发一些有影响公司的广告，希望由中国公司首先占据《读者》杂志的广告版面。但国内许多公司却对此不以为然。

这时，彭长城看到一位叫做小康的美国留学生，在报刊上大量做邮购广告，便主动与他联系。小康对他的建议很感兴趣。最后在确认每个版多少钱时，彭长城犯难了，当时杂志社广告事业刚起步，也没有一个完整的收费标准。彭长城根据当时杂志的情况，自己算了一个价格，最后以5万元成交。1984年，《读者》杂志第1期上的广告，是美开乐的邮购业务。从此，小康与他合作至今，成为《读者》的铁杆广告客户。

当年，杂志广告收益130万元，占总收益的25%左右。

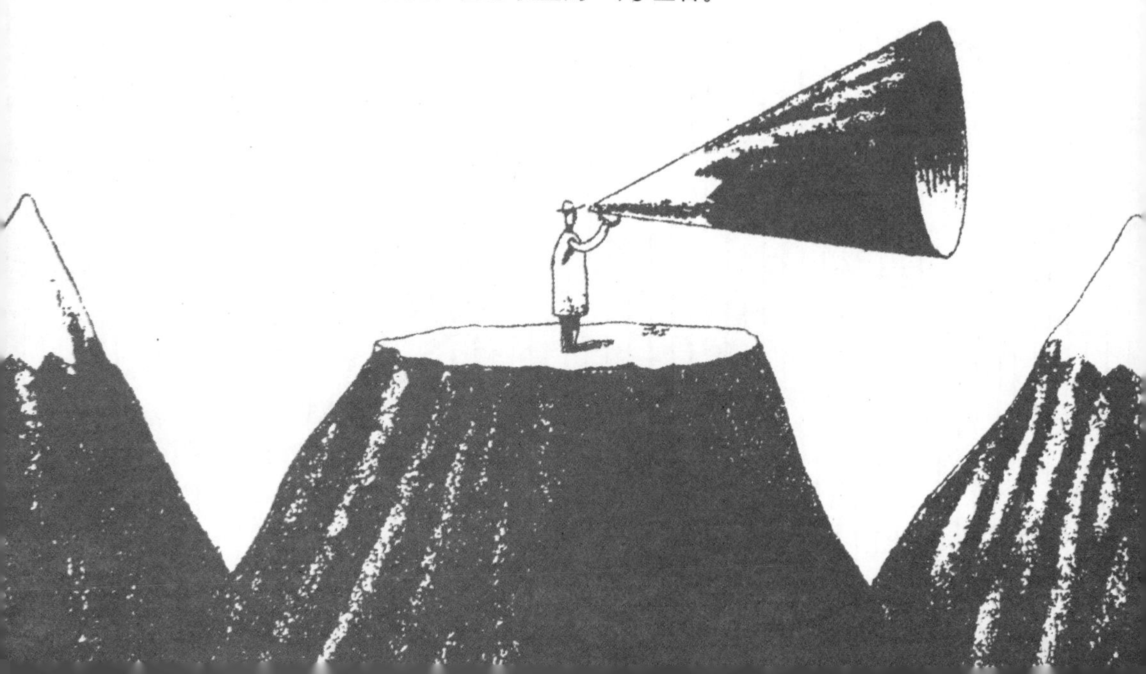

《读者》创刊27年来最具影响力的十篇文章

一碗清汤荞麦面

◎ [日]铃木立夫
万德惠　译

〔胡亚权荐语〕
这是一篇令人垂泪的好文章，讲的是爱心。
爱与被爱，示爱与报答，这些人世间最美好的东西，使这篇文章成为道德范文。

一

对于面馆来说，生意最兴隆的日子，就是大年除夕了。

北海亭每逢这一天，总是从一大早就忙得不可开交。不过，平时到夜里12点还熙攘热闹的大街，临到除夕，人们也都匆匆赶紧回家，所以一到晚上10点左右，北海亭的食客也就骤然稀少了。当最后几位客人走出店门、就要打烊的时候，大门又发出无力的“吱吱”响声，接着走进来一位带着两个孩子的妇人。两个都是男孩，一个6岁，一个10岁的样子。孩子们穿着崭新、成套的运动服，而妇人却穿着不合季节的花格呢裙装。

“欢迎！”女掌柜连忙上前招呼。

妇人嗫嚅地说：“那个……清汤荞麦面……就要一份……可以吗？”

躲在妈妈身后的两个孩子也担心会遭到拒绝，胆怯地望着女掌柜。

“噢，请吧，快请里边坐。”女掌柜边忙着将母子三人让到靠暖气的第二张桌子旁，边向柜台后面大声吆喝："清汤荞麦面一碗——！" 当家人探头望着母子，也连忙应道："好咧，一碗清汤荞麦面——！" 他随手将一把面条丢进汤锅里后，又额外多加了半把面条。煮好盛在一个大碗里，让女掌柜端到桌子上。于是母子三人几乎是头碰头地围着一碗面吃将起来，"嗞嗞"的吃吸声伴随着母子的对话，不时传至柜台内外。

"妈妈，真好吃呀！" 兄弟俩说。

"嗯，是好吃，快吃吧。" 妈妈说。

不大功夫，一碗面就被吃光了。妇人在付饭钱时，低头施礼说："承蒙关照，吃得很满意。" 这时，当家人和女掌柜几乎同声答道："谢谢您的光临，预祝新年快乐！"

二

迎来新的一年的北海亭，仍然和往年一样，在繁忙中打发日子，不觉又到了大年除夕。

夫妻俩这天又是忙得不亦乐乎，10点刚过，正要准备打烊时，忽听见"吱吱"的轻微开门声，一位领着两个男孩的妇人轻轻走进店里。

女掌柜从她那身不合时令的花格呢旧裙装上，一下就回忆起一年前除夕夜那最后的一位客人。

"那个……清汤面……就要一份……可以吗？"

"请，请，这边请。" 女掌柜和去年一样，边将母子三人让到第二张桌旁，边开腔叫道："清汤荞麦面一碗——！"

桌子上，娘儿仨在吃面中的小声对话，清晰地传至柜台内外。

"真好吃呀！"

"我们今年又吃上了北海亭的清汤面啦。"

"但愿明年还能吃上这面。"

吃完，妇人付了钱，女掌柜也照例用一天说过数百遍的套话向母子道别："谢谢光临，预祝新年快乐！”

在生意兴隆中，不觉又迎来了一年一度的除夕夜。北海亭的当家人和女掌柜虽没言语，但9点一过，两人都心神不宁，时不时地倾听门外的声响。

在那第二张桌上，早在半个钟头前，女掌柜就已摆上了“预约席”的牌子。

终于挨到10点了，就仿佛一直在门外等着最后一个客人离去才进店堂一样，母子三人悄然进来了。

哥哥穿一身中学生制服，弟弟则穿着去年哥哥穿过的大格运动衫。兄弟俩这一年长高了许多，简直认不出来了，而母亲仍然是那身褪了色的花格呢裙装。

“欢迎您！”女掌柜满脸堆笑地迎上前去。

“那个……清汤面……要两份……可以吗？”“嗳。请，请，呵，这边请！”女掌柜一如既往，招呼他们在第二张桌子边就座，并若无其事地顺手把那个“预约席”牌藏在背后，对着柜台后面喊道：“面，两碗——！”

“好咧，两碗面——！”

可是，当家人却将三把面扔进了汤锅。

于是，母子三人轻柔的话语又在空气中传播开来。

“昕儿，淳儿……今天妈妈要向你们兄弟两人道谢呢。”

“道谢？……怎么回事呀？”

“因为你们父亲而发生的交通事故，连累人家8个人受了伤，我们的全部保险金也不够赔偿的，所以，这些年来，每个月都要积攒些钱帮助受伤的人家。”

“噢，是吗，妈妈？”

“嗯，是这样，昕儿当送报员，淳儿又要买东西，又要准备晚饭，这样妈妈就可以放心地出去做工了。因为妈妈一直勤奋工作，今天从公司得到了一笔特别津贴，我们终于把所欠的钱都还清了。”

“妈妈，哥哥，太棒了！放心吧，今后，晚饭仍包在我身上好了。”

“我还继续当业余送报员！小淳，我们加油干啦！”

“谢谢……妈妈实在感谢你们。”

这天，娘儿仨在一餐饭中说了很多话，哥哥进行了“坦白”：他担心母亲请假误工，自己代母亲去出席弟弟学校家长座谈会，会上听小淳如何朗读他的作文《一碗清汤荞麦面》。这篇曾代表北海道参加了“全国小学生作文竞赛”的作文写道，父亲因交通事故去世后留下一大笔债务；妈妈怎样起早贪黑拼命干活；哥哥怎样当送报员；母子三人在除夕夜吃一碗清汤面，面怎样好吃；面馆的叔叔和阿姨每次向他们道谢，还祝福他们新年快乐……小淳朗读的劲头，就好像在说：我们不泄气，不认输，坚持到底！弟弟在作文中还说，他长大以后，也要开一家面馆，也要对客人大声说：“加油干啦，祝您幸福……”

刚才还站在柜台里静听一家人讲话的当家人和女掌柜不见了。原来他们夫妇已躲在柜台后面，两人扯着条毛巾，好像拔河比赛各拉着一头，正在拼命擦拭满脸的泪水……

三

又过去了一年。

在北海亭面馆靠近暖气的第二张桌子上，9点一过就摆上了“预约席”的牌子。老板和老板娘等啊，等啊，始终也未见母子三人的影子。转过一年，又转过一年，母子三人再也没有出现。

北海亭的生意越做越兴旺，店面进行了装修，桌椅也更新了，可是，靠暖气的第二张桌子，还是原封不动地摆在那儿。

光阴荏苒，夫妻面馆北海亭在不断迎送食客的百忙中，又迎来了一个除夕之夜。

手臂上搭着大衣、身着西装的两个青年走进北海亭面馆，望着座无虚席、热闹非常的店堂，下意识地叹了口气。

“真不凑巧，都坐满了……”女掌柜面带歉意，连忙解释说。

这时，一位身着和服的妇人谦恭地深深低着头走进来，站在两个青年中间。店内的客人一下子肃静下来，都注视着这几位不寻常的客人。只听见妇人轻柔地说：“那个……清汤面，要三份，可以吗？”

一听这话，女掌柜猛然想起了那恍如隔世的往事——在那年除夕夜，娘儿仨吃一碗面的情景。

“我们是14年前在除夕夜，三口人吃一碗清汤面的母子三人。”妇人说道，“那时，承蒙贵店一碗清汤面的激励，母子三人携手努力生活过来了。”

这时，模样像是兄长的青年接着介绍说：“此后我们随妈妈搬回外婆家住的滋贺县。今年我已通过国家医师考试，现在是京都医科大学医院的医生，明年就要转往札幌综合医院。之所以要回札幌，一是向当年抢救父亲和对因父亲而受伤的人进行治疗的医院表示敬意；再者是为父亲扫墓，向他报告我们是怎样奋斗的。我和没有开成面馆而在京都银行工作的弟弟商量，我们制订了有生以来最奢侈的计划——在今年的除夕夜，我们陪母亲一起访问札幌的北海亭，再要上三份清汤面。”

一直在静听说话的当家人和女掌柜，眼泪刷刷刷地流了下来。

“欢迎，欢迎……呵，快请。喂，当家的，你还愣在那儿干吗？！二号桌，三碗清汤荞麦面——！”

当家人一把抹去泪水，欢悦地应道：“好咧，清汤荞麦面三碗——！”

刊于1989年第11期

第九章
流水账

关于《较量》的风波

“日本人已经公开说：你们这代孩子不是我们的对手！我们将会失去未来！”

1993年年底与1994年年初期间，由一篇文章引发的一场震动中国教育界的争论，开始述说着一个让国人几乎无法忍受的事实：被称为“小皇帝”的中国孩子的整体素质不如日本孩子。

引发这一争议的是一篇叫做《夏令营中的较量》的文章，转载并推动这一论争的就是《读者》杂志。

此文于1993年7月以《我们的孩子是日本人的对手吗？》为题在南方某杂志发表

后，引起了一位叫做郭世江的读者的注意，他将此文推荐给了《读者》杂志。李剑冰被文章所提出的问题的尖锐性吸引。当时的中国教育问题受到前所未有的关注，这篇文章把中国与日本的少年儿童放到了一起进行对比，尽管是局部，却显示出我们这一代孩子身上的许多弱点。

李剑冰与作者孙云晓联系后，听他讲了写这篇稿件的初衷。孙云晓是那次中日少年内蒙古夏令营的参与者之一，亲身经历了那些孩子参加的活动。一直研究中国教育问题的孙云晓，对夏令营中出现的问题，感到许多话如鲠在喉，不吐不快。当然文中的观点太过尖锐："中国孩子身上暴露出的许多弱点，不得不令人反思我们培养目标与培养方式的问题，同样是少年儿童组织，要培养的是什么人？光讲大话空话行吗？每个民族都在培养后代，日本人重视的是生存状态和环境意识，培养孩子的能力与公德。我们呢，望子成龙，可是成什么龙？全球都在竞争，教育是关键，假如，中国的孩子在世界上不具备竞争力，中国会不会落伍？"矛头直指中国素质教育问题。

中国孩子的教育问题正在成为一个热门话题。许多独生子女成为家庭中的"小皇帝"。他们身上出现的许多问题，在这篇文章中暴露得十分彻底。无疑，发表这样一篇文章对中国许多家庭都具有相当的警示作用。

李剑冰将原题目改成了《夏令营中的较量》。此稿于1993年11月刊发后，在媒体与读者中引起强烈反响，先后有30多家报刊予以转载，《人民日报》发表了通讯和评论，《中国教育报》、《羊城晚报》等展开了大规模的讨论，中央电视台专门制作了4集系列节目，还有10多家电台、电视台作了专题报道，由《夏令营中的较量》引发的思考

成了全社会关注的热点。同时编辑部收到雪片般的来信，许多读者就此文综述我国教育现状，对国家和民族的未来表示深切的关注。一位80岁的老教师写信给编辑部，同时自费将此文复印1200份，向全国友人和学校散发，希望大家重视这一问题。

这篇文章引起了当时主管教育的国务院副总理李岚清的重视，他批示有关部门要研究解决这一问题背后的问题。1994年1月24日，国家主席江泽民在全国宣传思想工作会议上，又提到此事，并批示："全面提高少年儿童的基本素质，一定要抓好。"

这个批示拉开了中国教育由应试教育向素质教育转变的序幕。一位教育工作者来信说，在这一历史性的变化中，《读者》功不可没。

《读者》杂志社原副主编郑元绪

郑元绪离去

《读者》杂志1994年第1期刊出了一篇短文，题目叫《新年话〈读者〉》，此文一反惯例，没有署名编辑部，而是直接署了郑元绪的名字。读过这篇文章的圈内人说，郑元绪在作最后的总结。

当一切尘埃落定的时候，再回过头去探寻谜底，我们还能看清楚什么？

《读者文摘》改名叫了《读者》，每期仍保持300多万册的发行量，大家都很高兴。正值新年度开始，再和读者朋友们谈谈《读者》。

《读者》杂志，是一本文化类的综合性杂志，文化味儿一定要浓。它很少登新闻，也不制造轰动效应，而更注重于文化的传播和积累。一篇散文，一则生动的小故事，甚至于一幅小漫画，只要于读者开阔视野、陶性怡情有益，就是好题材。文化是民族的血液。一份缺少文化的杂志将是贫乏而苍白的。有的虽可喧嚣一时，但过后留不下一点痕迹。所以，我们在编发文章时，努力去开掘和体会文章的韵味和底蕴。我们希望经过岁月的冲刷之后，《读者》杂志上的那一页页文字还能留下较丰厚的文化沉淀。一本好杂志归根结底要有一批好文章。《读者》杂志不敢奢求，我们想使每一位读者都能从杂志中找到两篇自己喜爱的文章，并且读得津津有味。

还要申明的是，《读者》杂志是一份大众杂志。所谓大众，就是各行各业，就是老少妇孺，就是黎民百姓。这是我们的基本读者。我们的杂志就是为他们办的。所以《读者》杂志就不把目光过多地投射到明星大腕及各类名人身上，而更加关注周围的芸芸众生，关注普通人的生活和命运，捕捉和宣扬凡人们闪现出的非凡的光彩和人性之美。我们都是凡人，这样编起稿来，更自然，更亲切。创刊13年不改初衷，我崇尚老老实实的办刊作风。认真或不认真，都逃不过读者的眼睛；无声的市场选择，就是对杂志最严厉、最公正的评判。我们知道，从《读者文摘》到《读者》，最要紧的就是信誉二字，就是这两个字，苦心经营十载，却可毁于一旦，务必十分珍惜……

编辑部“全家福”(1993)

读者可能不会从文章背后看到什么，但敏感的编辑们却感到了郑元绪的离意。他娓娓道来，却又内心苦楚。

直到今天，在许多人的心中，郑元绪离开《读者》的缘由仍是一个谜。事业有成，杂志发展如日中天，为何忽然离去呢？有人说，老郑是为了寻求进一步超越自己的方式，还有人认为老郑是由于个人问题……各种猜测与臆想不一而足，郑元绪对此付之一笑，他只是说：“我从中学到大学都在北京读书，父母兄弟都在北京，我在甘肃已工作了27个年头，想家了。”他还戏言：“一项工作干得好了，就一定要把那个位置‘霸占’到退休吗？”

而隐藏在这些说法背后的真实原因则是由于个人情感的因素使他选择了离开甘肃。

老郑个性持重，情感发生危机的时候，他总是把这当成个人的事，从来不愿意提及。因此，他在办公室居住的很长一段时间里，对朋友们的询问和关切总是三缄其口。

那段时间，工作成为他唯一的选择。老郑在处理完改名、调价等工作后，感到自己身心疲惫，一种巨大的累了的感觉环绕着他。他时常会一个人坐在兰山上，坐等月落。

一向把郑元绪当师长一样尊敬的彭长城约老郑谈话，彭长城直截了当地表明了自己与编辑们的态度：你不能走。不论需要什么代价和补偿，都由我去办！面对彭长城的挽留，郑元绪无言以答，只是摇了摇头。郑元绪虽有去意，但始终没有勇气和力量给自己联系去处，他只是默默地听凭命运的安排。

1994年1月，郑元绪决定去广州工作。出版社表示挽留，并考虑换个部门工作，郑元绪婉拒了。甘肃人民出版社出于对郑元绪的关心，至今仍保留了他的人事档案关系，视他为自己的员工。

他在自己50岁的时候，开始重新选择人生。

编辑部的人最后集聚在一起，那天的酒喝得很闷，大家的心里弥漫着伤感。1994年4月份，郑元绪平静地离开兰州，登上了南行的列车。站台上很冷清，他没有告诉人们行期。列车快开了，闻讯赶来的胡亚权无言地看着他，两个人的手紧握在一起。同月，胡亚权重新回到《读者》编辑部主持工作，任常务副主编，彭长城任副主编，主编由甘肃人民出版社副总编陈绍泉兼任。

卷外

性格创造的命运

“命运几乎与己无关。”

这是郑元绪总结自己时说过的一句很无奈的话。他的生命中充满着诸多的不可预料的变数，许多事情过去多年了，仍然看不清楚。他甚至不知道自己当初的选择以及自己现在的处境，哪个更对。

一切皆源于性格，而性格就是对命运的判断吗？

对于郑元绪来说，性格的形成与童年的经历相关。他至今清晰地

《读者文摘》也像孩子一样在长大（1984）

记得4岁时与母亲从山东老家坐了11天的胶轮大车，到北京投奔父亲。路上风紧雪寒，对于早慧的他来说，这成为生活最初的启蒙。

到了北京，他成了一个“小胡同串子”。生活因为迁徙而发生了改变。5岁时，父亲送他到私塾上学。郑元绪被认为是个听话的孩子，个性谨慎，思多于行。同学们认为他“情感脆弱，考虑问题太过周全”。这句话成为他的“硬伤”。

郑元绪似乎是个天生的好学生，小学中学都在班里名列前茅，内心的自负使他开始把世界当成一个舞台。自小对文科不屑一顾，梦想实业兴国。1962年高考时，他只报了一个志愿：清华大学工程物理系。放榜时，他以数学满分、物理98分考进清华大学。郑元绪从一开始，就确立了一种向往“先进”的动力。他以追求完美为目标。他把这种自省心理放大到了对于人生的每一步选择。1968年毕业时，他被分配到了甘肃省安西县的一个农场接受“再教育”。

安西是全国有名的“风城”，一年四季大风流动，一派大风歌气象。郑元绪第一次来到西北，巨大的旷野与西部气象给他强烈震动。他直觉自己的一生，也许会与甘肃相关。一年后，他“再教育”期满，被派驻酒泉农村工作两年。之后，又被分配到了酒泉市工作，在那儿一待就是7年。大起大落对郑元绪的性格变化起到了激化作用。他变得沉默，也更尖锐，平和中保持着锋芒。1978年底，全国搞专业归口，对知识分子的命运进行新的调整。出版社需要一个数理化编辑，郑元绪因此来到了兰州，他被分到了甘肃人民出版社文教编辑室。

他的命运无意中与胡亚权相重合，但与胡亚权相比，他经历的许多东西正好相反。胡是从底层开始向高层走，一路上体会到的奋斗是一种“向上”的体验；而郑则是从高点坠向低点，又从一个低点向上回升，这种数字曲线至今无法画出。但郑元绪认为，数学中模糊不清的许多曲线造成了人与人的相遇、事情与事情的相遇。这可能是一种数学命运化的东西。

这样讲有些太相信命运，但命运无处不在。如遭遇胡亚权，如那道数学题，如那本美国《读者文摘》杂志。一件事情因此诞生了。

对于郑元绪来说，他一生中最重要的10年是在《读者》主持工作。他倡导着全新的办刊理念。他对杂志从头至尾的改造成为了《读者》杂志历史中相当重要的环节。他用10年时间，使杂志找到了自己的灵魂，找到了自己生命力的“源程序”。他经历了杂志最艰难与成熟的时期，也经历了杂志的迷茫期与失败的经历。

多年后的今天讨论这件事时，与他同事多年、现在北京工作的刘英坤站在女性的角度评价郑元绪，十分中肯：“他很深刻，同时也很自负。对人性的认识具有相当的深度，是历经沧桑的人所具有的深度。从他的身上可以看到特别隐忍的东西。”

老郑最可贵的是把浪漫与严格的思维工作方式完美地结合起来了。这两种不同的东西，在他的身上既矛盾又统一。他既能被一些东西打动，又能很清醒地把事情处理得十分干净。

老郑所影响的这个团队有着极强的凝聚力，而这些与他的个人魅力有很大的关系。在老郑的身上可以看到一个传统的中国男人身上的悲剧。他的行为很传统，但内心很自由，他可能一生都面临着这样的选择。

这是一种性格悲剧吗？郑元绪始终同《读者》杂志保持着联系，但谈到办刊，他总是笑着说自己已经淡出江湖。但人即是江湖，谁又能离开江湖？他现在就职于三家刊物，参与着许多刊物的编辑策划业务，出任国家期刊奖评委，还应邀给报刊进修班定期讲课。新的视野使他可以更清晰地

看清许多事物。我曾看到过他的讲课提纲，那个提纲叫做《我办刊的22个观点》，观点尖锐，直指人心。

那些观点很像对于自己在《读者》杂志13年的总结：

> 领先读者，只领先一步。
> 人性是永恒的主题。
> 人性的本质——健康与真实。
> 再高尚的人也阅读色情，再卑鄙的人也崇拜英雄。
> 定位的模糊边界。
> 不要倡导你不喜欢的生活。
> 多层次地满足读者需求——让他们发泄，让他们麻醉。
> 神秘产生崇拜。
> 消灭形容词，消灭惊叹号——不动声色的力量。
> 刊物是编者同读者的较量。
> 读者——一群尊贵的乌合之众。
> 有立场才有活着的理由。
> 刊物是编辑部的喉舌、你自己的喉舌。
> 残缺创造了特色。
> 最笨的工作是最有价值的工作。
> 感觉胜于数字。
> ………

随着时间的远去，《读者》给予他的感悟正在一点点凝结，一步步延伸。

读者文摘
81/1
81/2

读者文摘
'81/5
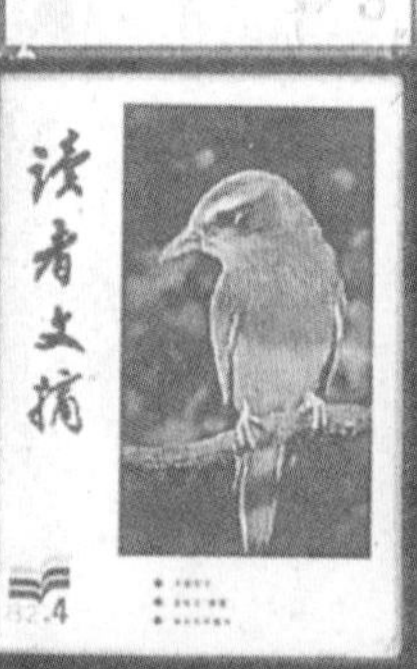
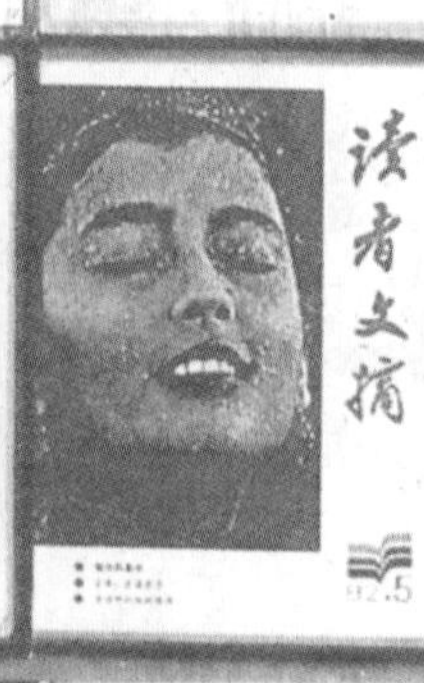

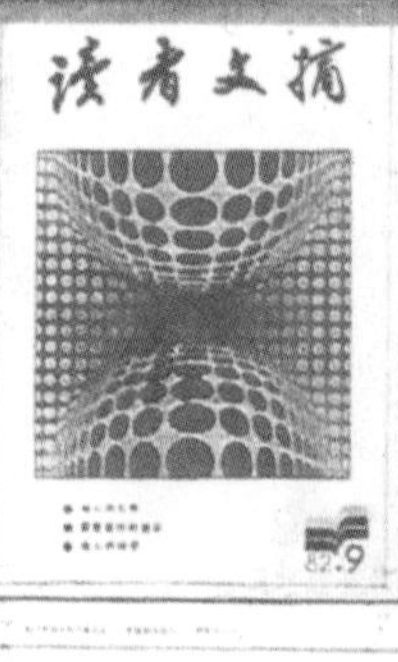

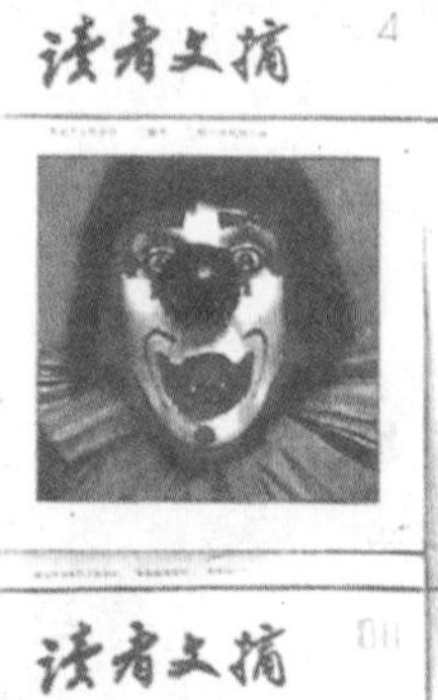

第三卷

公民《读者》

GONGMINDUZHE

1994-2008

1994-2008

DUZHE
读者
2005 14

第十章 扩张主义

kuozhangzhuyi

跃居中国发行量第一杂志

1994 年对于《读者》杂志来说，是个充满变数又充满戏剧性的一年。郑元绪的离去，胡亚权的到任，两个主编的更迭像是交换了一下手续而已。《读者》仍像一条河一样，悄然向前流着。

《读者》经过 13 年的市场培育期，在悄然中完成着自己的成长。杂志的发行量几乎每个月都在增长。1994 年年初，杂志印数为 320 万份，到 11 月份的时候已增至 388 万份，当年征订超过了 390 万份。若加上没有预算在内的零售量，发行 400 万份已成定局。而当年的背景是全国期刊征订正在呈现出普遍下滑的状态，许多杂志社濒临倒闭，甚至

发不出工资，发行量不足上万已成为普遍的状况。《读者》杂志的这种反常，在国内引起了关注，有传媒称之为“《读者》现象”。

《读者》的快速扩张与惊人的飞跃，成为甘肃省内的独特景观，同时成为政府的关注对象。年底，历时8个月的甘肃省首届期刊评选中，《读者》被评为“一级期刊”。兰州人将《读者》与本地驰名的牛肉面相提并论，认为是兰州的“土特产”。1995年1月12日，甘肃省委、省政府召开表彰大会，重奖给《读者》杂志轿车一辆。甘肃省委书记阎海旺、宣传部长石宗源等领导出席了表彰大会，中宣部发来了贺信。1995年5月，《读者》当期印数达到创纪录的417万册，在当时全国7800种期刊中成为发行量最大的杂志。

据当时的境外媒体报道，《读者》杂志在全世界畅销期刊排行榜上位列第9名，美国的《读者文摘》则以2000万份位居首位。这一前一后的两本杂志的排名，引起了人们的好奇与关注。

美国一位记者在《纽约时报》书评版上评述："中国的这本多年前与美国《读者文摘》同名的杂志，现在改名后，成了《读者文摘》真正的对手。我所说的是，《读者文摘》杂志在达到300万份时用了16年，达到400万份时用了18年，而中国的《读者》达到400万份时用了14年。现在，它距第一位的《读者文摘》只有8步远。再用相同的《读者文摘》创刊的时间，这本中国的杂志可以成为世界上的第几呢？"

《读者》LOGO：绿蜜蜂

品牌对于《读者》杂志来说，1993年前几乎从来没有受到应有的重视。胡亚权承认，一个杂志的品牌在他们那一代人眼里，仅仅只是刊名而已，从来不曾意识到杂志的品牌竟然与一本杂志的整体形象、标识相关，更不知道杂志的刊名、形象都是应当受到保护的资产。

1995年，《读者》杂志社刊发了一则征集启事，有偿征集刊徽。消息发布后仅3个多月，就收到了寄自全国各地的3万多件作品。在众多应征者的想象中，《读者》就像一本打开的书或者一只观察世界的眼睛。更有读者将杂志比喻为玫瑰，是情爱的象征。还有相当多的人把《读者》杂志设计成一幅太极图，寓意中国文化的象征；但大部分作品是以昆虫与植物为主的形象画意。

3万多件来稿，使编辑部感到了一种深情的压力。关注杂志刊标的大多是些普通的读者，专业人士的比例少得可怜。此时，高海军已另任甘肃美术出版社副总编辑，美术编辑由从中央工艺美术学院毕业的任伟继任，他负责处理作品的初选。他们从来稿中初选出了30多件作品，从全国请来许多专家进行内部评选。胡亚权欣赏其中的一幅中华龙的图案，龙飞凤舞极有意味。但胡亚权的提议并没有得到评委们的认同，他们认为这幅画缺少一种与《读者》杂志整体相一致的意味，与他们所倡导的书卷气不太适合。

刊徽的评选暂时搁浅，甘肃人民出版社专门开会进行了讨论，认为应向专业层面进行征集。他们决定以内部的形式进行第二次征稿。这一次缩小到了专家层面，任伟代表杂志社去北京，在中央工艺美术学院专门开了一次《读者》的徽标设计座谈会，并把入

围的十几幅作品都带到了北京，大家与在兰州时研讨时的看法一致。龙的气质与《读者》不相符合。用龙作为一家杂志的刊标“帽子太大”。

当时的中央工艺美术学院装潢系主任陈汉民教授提出一个观点：”作为《读者》杂志来说，征集刊徽就是要找到“一顶帽子”，这顶帽子不一定好看，但别人一看，一定要认为你戴上这顶帽子是最合适的。”他建议：”《读者》是一本文摘性杂志，就像一只蜜蜂一样，为读者在采蜜。能否用一只蜜蜂来作为刊标？”当时他的意见并没有得到大家的认同，不少人认为用一只蜜蜂来表达一本杂志，有点俗。最后讨论的结果是，大家每人画一幅，作品出来后，再进行评定。

陈汉民教授曾经参与设计中国建设银行、工商银行、人民银行、农业银行等四大行与世界妇女大会、香港回归祖国、五个一工程等标志，是中国标志业界有影响的专家。他对自己的判断力表现出惊人的自信。他还是坚持画了自己想象中的小蜜蜂。

设计好的几件作品被带回兰州后，隐去作者名字，请专家们品评。胡亚权与任伟的意见倾向于小蜜蜂，认为以一只小蜜蜂比喻《读者》，象征着杂志从各种报刊中采集稿件，准确地表达了《读者》的形象与社会功能，且这只绿色的小蜜蜂的学名叫做中华蜂。

最后，这只绿色的小蜜蜂被选为了《读者》杂志的刊徽。

小蜜蜂的底色是苹果绿，这种绿色充满了强烈的生命张力，它的象征意味与杂志的整体气质融为一体。这只小蜜蜂以及刊名组合的CI的标志色有大红、黑、灰、白四种基本色调，是《读者》杂志的基本标志色。

色彩稿

黑白稿及制作稿

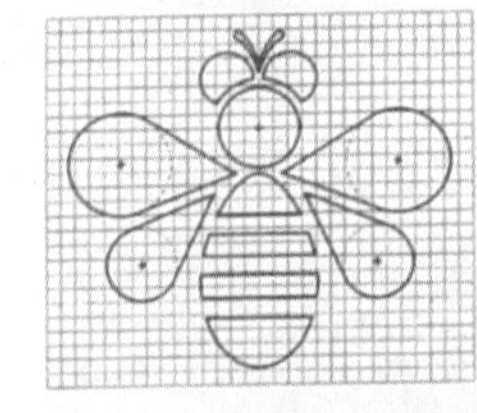

标准色

辅助图形及组合

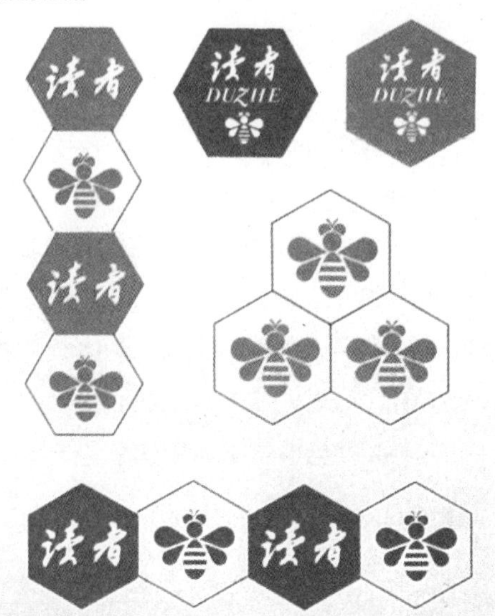

标准图形

[蜜蜂比喻《读者》具有象征意义]

「读者·刊徽

以蜜蜂比喻《读者》具有象征彦

蜜蜂采花酿蜜，为人类提供“物

粮”，并传播花粉，引来百花盛开。

《读者》摘集文艺精品，为人们

“精神食粮”，传播知识，促进精

明。

人们需要“物质食粮”，也还

“精神食粮”。

《读者》愿为广大读者作出贡献

刊徽设计作者：陈汉民

陈汉民，1931 年生于上海，1955 年于中央美术学院实用美术系，1957 年中央美术学院装潢系研究生毕业，1983－1993 中央工艺美术学院装潢系主任、教授。社职有中国包装技术协会设计委员会主任、国设计年鉴》主编等。

陈汉民教授从事装潢设计教育和研究 40 年，近年来除坚持教学培养研究生外计了大量作品被社会选用并中标，如：第世界妇女大会、第七届全运会、97 香港祖国、五个一工程等标志，还有中国人行、中国工商银行、中国农业银行、中国发展银行行徽等，并出版《陈汉民标志艺一书。

《读者》杂志还将入围评选的十几种图标作为栏目的标志，在栏目上也实现了图标化的设计，这些标志也成为《读者》杂志整体形象的重要组成部分。

1995年7月份，《读者》杂志社正式宣布小蜜蜂作为刊徽。

为使此标志不再被人侵权，他们以“READERS”与汉语拼音“DUZHE”，及赵朴初书写的书法“读者”，作为一组完整的形象进行注册，最后全部注册成功。这是《读者》首次对自己的形象进行全方位的商标注册与保护。这个小蜜蜂徽标，他们当时付出的稿酬是3万元，现在这个形象的价值会是多少呢？

《读者》创刊27年来最具影响力的十篇文章

手表

◎ [比]尚贝·戈西尼　　韩壮　译

〔胡亚权荐语〕
这是一篇童心四溢的文字。
与多数成人写儿童的文章不同的是，
作者似乎百分之百地站在儿童那面。
他教给我们一个道理，如果事事都能设身处地，
人类世界原本会更加美好，所以儿童永远是成年人的老师。

外婆的礼物太棒了，你猜也猜不到。昨天晚上，我放学回来以后，邮递员来了。他给我带来一个包裹，里面是外婆给我的礼物。这个礼物可了不得啦，保证你猜也猜不到：是一只手表！太棒了！小朋友们又要眼馋了。爸爸还没有回家，因为今天晚上他要在单位吃饭。妈妈教我给表上弦，然后把表给我戴在手腕上。幸好今年我已经学会看钟点了，不像去年小的时候。要是还像去年一样，我就老得问别人："我的手表几点了？"那可就太麻烦了。我的手表可好玩了，那根长针跑得最快，还有两根针要仔仔细细看好久，才能看它们动一点儿。我问妈妈长针有什么用，妈妈说，在煮鸡蛋的时候，长针可有用了，它能告诉我们鸡蛋煮熟了没有。

7点32分，我和妈妈围着桌子吃饭。太可惜了，今天没有煮鸡蛋。我一边吃饭一边看我的手表。妈妈说汤要凉了，叫我快点儿喝。长针只转了两圈多一点儿，我就喝光了汤。7点51分，妈妈把中午剩的蛋糕端来了。7点58分，我们吃完

了。妈妈让我玩一会儿，我把耳朵贴在手表上，听里面发出的滴答声。8点15分，妈妈叫我上床睡觉。我真开心，差不多和上次给我钢笔的时候一样开心。那次弄得到处都是墨水。我想戴着手表睡觉，可妈妈说这样对手表不好。我就把手表放在床头桌上，这样只要我一翻身就能看到它。8点38分，妈妈把电灯关了。

咦，太奇怪了！我的手表上的数字和指针在夜里发光哪！现在，要是我想煮鸡蛋也用不着打开电灯。我睡不着，就这样一直看着我的手表。后来，我听见大门开了：是爸爸回来了。我可高兴了，因为我能给他看看外婆给我的礼物。我下了床，把手表戴好，从房间里跑出来。

我看见爸爸正踮着脚上楼梯。"爸爸，"我大声说，"看看外婆给我的礼物，多漂亮呀！"爸爸吓了一大跳，差一点从楼梯上摔下去。"嘘，尼古拉，"他对我说，"嘘，你要把妈妈吵醒了！"灯亮了，妈妈从房间里走出来。"他妈妈已经醒了！"妈妈对爸爸说，样子不太高兴。她问爸爸吃什么吃了这么长时间。"啊，得了，"爸爸说，"还不算太晚嘛。"

"现在是11点58分。"我很得意，因为我很喜欢给爸爸妈妈帮忙。

"你妈妈可真会送东西。"爸爸对妈妈说。"都什么时候了，还在说我母亲，何况孩子还在这儿呢。"妈妈满脸不高兴地说，然后叫我上床去乖乖睡一大觉。

我回到我的屋子，听到爸爸和妈妈又讲了一会儿话。12点14分，我开始睡觉了。

5点7分，我睡醒了。天开始亮了。真可惜，我手表上的字不那么亮了。我用不着急着起床，今天不上课。可是我想，我说不定能帮爸爸的忙：爸爸说他的老板老是怪他上班迟到。我又等了一会儿，到了5点12分，我走进爸爸和妈妈的屋子里，大声喊：

"爸爸，天亮了！你上班又要迟到了！"

爸爸又吓了一大跳，不过，这里比楼梯上保险多了，因为在床上是摔不下去的。可是，爸爸气坏了，就像真的摔下去一样。

妈妈也一下子醒了。

“怎么啦？怎么啦？”妈妈问。“又是那只表，”爸爸说，“好像天亮了。”“是的，”我说，“现在是5点15分，马上就要到16分了。”“真乖，”妈妈说，“快回去睡觉吧，现在我们已经醒了。”

我回去上床了。可是，他们还是没有动。我在5点47分、6点18分和7点2分连着又去了三次，爸爸和妈妈最后才起床了。

我们坐在桌旁吃早饭。爸爸冲妈妈喊："快一点儿，亲爱的，咖啡再不来，我就要迟到了。我已经等了5分钟了。"

“是8分钟。”我说。

妈妈来了，不知为什么直看我。她往杯子里倒咖啡的时候洒到了台布上，她的手发抖了。妈妈可不要生病啊。

“我今天早些回来吃午饭，”爸爸说，“去点个卯。”

我问妈妈什么叫“点个卯”。妈妈让我少管这个，到外面去玩。我第一次觉得想上学了，我想让小朋友们看看我的手表呢。在学校里，只有杰弗里带来过一次手表。那只表是他爸爸的，很大，有盖子和链子，可好玩了。不过，好像家里不许他拿，这家伙惹祸了。那以后，再也没见到大手表。杰弗里跟我们说，他屁股挨了一顿揍，差一点再也见不着我们了。

我去找阿尔赛斯特，他家离我家不远。这家伙是个胖子，可能吃了。我知道他起床很早，因为早饭他要吃好长时间。

“阿尔赛斯特！”我站在他家大门口喊，“阿尔赛斯特！有好东西给你看！”

阿尔赛斯特出来了，手里拿着面包，嘴里还咬着一个。“我有一只手表了！”说完，我把胳臂举到他嘴里的面包旁边。阿尔赛斯特斜眼看了看，又咽了一口，才说："有什么了不起的。""我的表走得可准了，它有一根专门用来煮鸡蛋的针。而且，它晚上还能发光呢。”我告诉阿尔赛斯特。

“那表的里头呢，是啥？”阿尔赛斯特问。“这个，我忘了看啦。”

“先等我一会儿。”阿尔赛斯特说着跑进屋里去了。出来的时候，他又拿了一只面包，还有一把铅笔刀。

“把你的表给我，”阿尔赛斯特对我说，“我用铅笔刀把它打开。我知道怎么开，我已经开过爸爸的手表了。”

我把手表递给阿尔赛斯特，他就用铅笔刀干起来了。我真怕他把我的手表给弄坏了，就对他说：“把手表给我吧。”

可阿尔赛斯特不肯，他伸着舌头，想把手表打开，我上去想把手表抢回来。刀子一滑，碰上了阿尔赛斯特的手指，阿尔赛斯特一叫，手表开了，跟着又掉到地上，那时正好是9点10分。等我哭着回到家，还是9点10分，手表不走了。妈妈抱住我，说爸爸会想办法的。

爸爸回家吃午饭的时候，妈妈把表给了他。爸爸拧拧小钮。他瞅瞅妈妈，瞅瞅手表，又瞅瞅我，对我说：“听着，尼古拉，这只手表没法儿修了，不过你还能用它玩。这样反而更好，再也不用为它担心了，它总是和你的小胳臂一样好看。”

他的样子很高兴，妈妈也那么高兴，于是我也一样高兴了。

现在，我的手表一直是4点钟：这个时间最好，是吃巧克力夹心小面包的时间。一到晚上，表上的字还能闪光。

外婆的礼物真了不起。

刊于1990年第6期

第十一章
现实主义原则

如何成为《读者》的编辑

如何成为《读者》的编辑，是一个有趣的命题。对于所有梦想着进入《读者》的人来说，都面临着这个巨大的考验。

高茂林是经受这种考验时间最长的人。他在辅发编辑的位置上，一干就是4年。这位北大中文系的毕业生，在4年时间里，先是处理各种读者来信，然后去做勤杂事务，然后才跟着老编辑袁勤怀与刘英坤做辅发编辑。当然，还有一项重要的功课是，他得抽取大量的时间，去通读《读者》杂志的合订本。阅读合订本是重要的，因为胡亚权不会教给你方法，他认为最好的方法是去了解这本杂志，然后感受到这本杂志所要传达的精神，那时候，你自然就会明白你在这本杂志所要表达的思想是什么了。

胡亚权用心良苦。

他认为一位合格的编辑在辅发的位置上，至少要做到中职后，才有资格做主发编辑。属下的编辑们即使心怀不满，也只能忍气吞声。胡亚权相信时间会让每个人明白这本杂志需要什么样子的人。

胡亚权发表过一篇关于《办刊六要》的长文。文章涉及宗旨、风格、方法、内容、编辑部等各个方面。他提出最不能改变的就是宗旨，宗旨很像一个人的立场，立场是不能轻易改变的。一个人如此，一个杂志同样如此。

他提出了一个问题：什么样的编辑部才是最好的呢？

他理想中的编辑部要具备这样一些要素：精悍的班子，办事高效，作风稳健，人员固定，具有鉴赏力。他不迷信那些新锐的年轻人："须知，培养一个具有良好素质的编辑绝对不是一朝之功，有识的编辑是刊物之珍宝，这是我们最需要保留的那些人，应用全力去爱去支持他们，这是所有刊物主编的重大责任。"

当然，在胡亚权的设想中，他还为《读者》的编辑提出了一些含意不明，甚至看似有些荒诞意味的个人规条：有出息的编辑必须是爱书如命的人；有作为的编辑应该视这项工作为第二生命；有创见的编辑应当具备三种才干，这就是扎实的知识积累、文字功力和对图书市场的高屋建瓴式的洞察力；有贡献的编辑必然是一位甘于寂寞的文化人，等等。

老胡的规条还涉及这样一些与编辑工作不沾边的领域：

看着公家的水龙头流水不去关掉的人；

约会时常迟到的人；

对世界上所有的事都敢轻易下结论的人；

10句话中有8句带我的人；

常常讽刺善良的人的人；

说外国的月亮比中国圆的人；

对同事、朋友的要求件件应允的人；

分辨不出5个以上树种的人……

老胡认定：8条中有6条可对号入座者，则不适合当编辑。

大家普遍的感受是，当自己基本上达到一个主发编辑的标准时，其实也就是失去自我的开始。他会发现，自己的影子已隐在了每期《读者》的身后。这种同化的强大，使许多编辑在成为这个食物链上的一环时，已经失去了自己。

张涛在谈及编辑倾向时无奈地表示，已没有了倾向，杂志的需要就是倾向。

杂乱的《读者》编辑部。相较创刊时窄小的办公场地，显然这里的工作环境已今非昔比。黄河在他们窗外流过。夜晚时分，竖在杂志社楼顶的《读者》广告牌，华光四射，在暗夜中已成一景

他属于较为幸运的一个人，辅发期只经历了一年多，1995年高海军、陈泽奎、李剑冰调出，张涛顺利升任主发。《读者》实行的是责任编辑负责制，每个人主发一期稿子，其他人只是协助你辅发。也就是说，你的趣味与个人爱好这时候就要接受考验。第一次发稿，个人的趣味占的比例要大得多。并不是所有的人都能让自己的兴趣与一本杂志完整地融为一体，这种融入的过程有时要艰难得多。

与张涛同期进入《读者》的王炜与他的感受不尽相同，她在这里做了大约4年的辅发编辑，到1999年初的时候才有资格做责任编辑。刚开始，她的压力挺大，《读者》已有一种固定的风格，而且被读者接受了，本身具有了生命。而对她来说，只能服从于这种风格。

当然，每个人都在想尽一切方法寻找自己的表达方式。他们偶尔会放一两篇与整体风格稍有不同的文章，来尝试着寻求改变，每个编辑就像一条河一样，最后全部流入到黄河里，但这些水最后只能叫做黄河，而不能叫做洮河或者叫做汾河。但对于每位编辑来说，改变这条河流的勇气却每时每刻都在。

几乎所有的编辑来时，都对《读者》的现状有着这样那样的想法，其中不乏那些想改变《读者》风格与立场的人。但他们在强大的《读者》势力面前，往往都采取了妥协。

编辑侯润章曾对读者群做过一次调查，10年以上的读者占到了总数的1/3，很多读者已经习惯了《读者》的这种风格。而且在与读者的交往中，他们发现一个有趣的现象，这样老是一成不变，读者的意见也大。胡亚权时常接到电话，说现在的《读者》不如以往好看、退步了等等。但让编辑们拿不准的是，他们稍微尝试着改变，却又有读者难以容忍。

读者到底是希望还是不希望他们改变这本杂志，这永远是个问题。

于是每期做完责任编辑后最大的不安，几乎全部来源于那些雪片般的读者来信，这是对于自己所编辑的本期杂志最好的检验。这些信不仅会是一些赞扬，更多的是坚定的批评与建议，还有“好事者”挑出错别字以及称谓上的各种细节问题。这些细节除了与名誉相关外，还与金钱相关——一个编辑的差错如果超出额度，就将面临着被扣去奖金的危险。就在这样的

左起：陈绍泉、胡亚权、彭长城、李一郎、张正敏、袁勤怀、刘英坤、任伟、张涛、王炜、高茂林、孙玉明、王燚

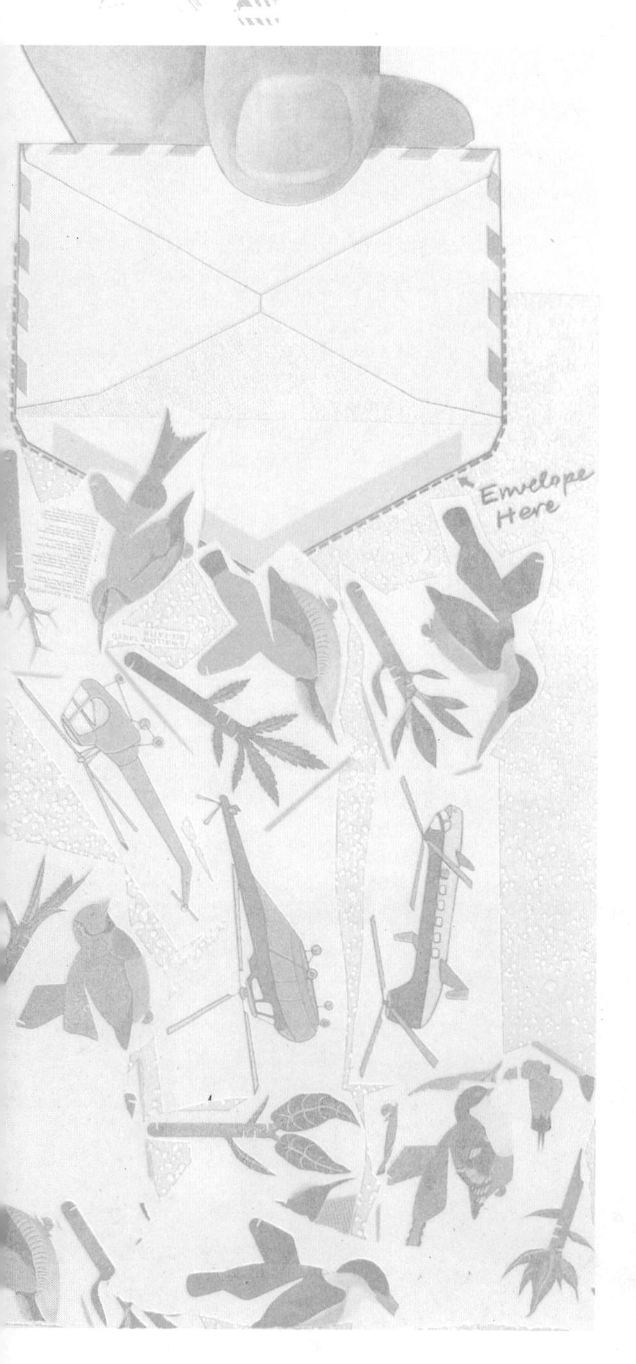

同化中，许多东西开始慢慢地渗入到了每个人的血液里，潜移默化地发生着作用。这种永远不变的风格，似乎成了《读者》生存的理由。一位评论家认为，许多杂志的生命力在于求新，但《读者》的力量却体现在她一以贯之的一套标准。

胡亚权的解释是，不是一成不变，是不能巨变，只能微调。

美术普及运动

凡是《读者》的老牌读者都会从杂志的封二、中插上看到一些精心制作的作品。在卷首语前的彩页上，读者总是可以例行地看到一幅有着异域情调、充满独特味道的照片。这些照片可能选自经典大师的名作，也可能是某位新手的处女作，但无一例外的是，都蕴含着优雅的审美情趣。

他们每期都赠送一幅海报式的全版面绘画作品，这些作品中出现过古典而又优雅的裸女，出现过在泉水边汲水的少女，出现过在田间地头忧郁地望着远方的老妇……在画面的下面，你可以看到凡·高、雷诺阿，甚至更早些的波华特等名字。许多人把这些海报贴在卧室的墙上或者压在玻璃台板下面。不少人正是这样在无意中，开始触及了一些关于美术的知识。当然，他们开设这些栏目最单纯的想法是普及国人对国外美术作品的了解。从1984年开始，他们介绍了包括毕加索、达利在内的许多很先锋的作品。

但并不是所有人都乐意接受他们的方式。20世纪80年代，他们发了一个红帽子小丑。有一位读者来信抗议，说把自己的孙子吓得晚上睡不着觉。他们刊发了一个印度人的照片，题目叫《在雨中》，是一幅很优美的照片，但有位读者对此不屑一顾，说："满脸麻子，有什么好看的？"即使到现在，这种被误读的情况仍然不断出现。他们在2000年的一期杂志上，发了一幅人体照片。但紧接着，就有中学生来信，说学校把这本杂志当成一本黄书收走了。

无意也罢，有意也罢，他们在27年间共发表介绍了中外画家与书法家约有200多位，这几乎是一个工程。美术界对此十分赞赏，认为他们将20世纪的美术列出了一个提纲式的东西，用一种简明的方式，对这部分历史进行了有趣的介绍。

任伟似乎对此还意犹未尽，从1999年开始，他又提出，许多国人对于西方现代派的印象不太深，而最能代表现代派的画派是印象派，想再系统地介绍一下。胡亚权对此十分支持，最后确定搞了一个20世纪美术回顾。在这个宏大的主题下，从画风与流派上，分别做了12个选题。而与此相对应的是，他们计划再搞一个20世纪中国美术100年展示，试图使读者对于中国美术史上较为著名的作品进行一次系统的了解。这个计划将历时3年完成。

第十二章
《读者》标准

“每天必有的基思来信”

《读者》杂志曾刊发过一篇文章:《爱写读者来信的英国人》。这位爱写信的英国人叫基思。他是位业余历史学家，多年来养成了给报社写读者来信的习惯。他时常就南斯拉夫或者德国，也许还有其他国家的问题，发表自己的见解。不论哪一天，《泰晤士报》、《每日电讯报》或《卫报》等伦敦主要报纸都会收到“每天必有的基思来信”。

在英国类似基思这样的人并非绝无仅有，伦敦那些严肃的报纸每天能收到约400封读者来信。《泰晤士报》被认为是“读者议会”的发源地，早在1785年创刊时，它就刊登了“来自人民的声音”。“读者议会”吸引了众多的读者，包括维多利亚女王也在1846年给它写了一封读者来信，她在信中驳斥了人们对她的指责，即说她在其夫死后3年还沉浸在悲伤之中，影响了公务云云。

不少人写信是为了探讨一些比较严肃的政治或者社会问题，但也有一些人纯粹是为了逗乐。例如一位叫伊恩的牧师写信，问人们该给他新买的马取个什么名字。可笑的是，《泰晤士报》居然发表了这封来信，而牧师竟收到了300多条建议。《读者》杂志从一开始，似乎就陷入了读者来信的包围中。

到创刊15周年时，胡亚权才想清楚，读者来信是一种共鸣，而共鸣是一本杂志最佳的状态。

对于读者来信的重视，在《读者》杂志达到了一种很夸张的地步。胡亚权回到《读者》杂志后，扩大自己权力的第一条就是，要求负责编务的张正敏将所有的读者来信先交给他来阅读。胡亚权认为读者来信很像是一支温度计。读者来信反映了一部分读者的真实想法，"春江水暖鸭先知"，他需要最先感受到读者对于他们的真实反应。

当然，他对于读者来信还是保持着一种清醒的认识。读者在批评与赞扬某一篇东西的时候，有可能是站在自己的立场与学识的基础上进行的，他们不能因为听了一个读者的意见而失去另外一个群体。当然，更多的时候，胡亚权是把读者来信当成与读者交流沟通的一个渠道。

每到周末，胡亚权总是会提着一个装满读者来信的袋子，回到家里阅读处理。

《读者》开辟了一个栏目叫《编读往来》。胡亚权在开场白中开诚布公："本刊读者甚众，编辑责任重大，虽然在编稿过程中有核查程序，但差错仍时有出现。好在读者之中高人辈出，这类差错总是逃不出他们的锐目，所以欢迎你来挑刺"。

读者确实厉害，挑的毛病十分专业。吉林大学的刘巽俊教授看了1999年第3期《谁更牢固》文章的一句话：要弄断一根直径2.5厘米的钢条，只要900千克的力就够了。刘教授来信指出："这是错误的。即使是世界上强度最低的钢材，直径2.5厘米的钢条至少要9800千克的力才能拉断它。另外，根据国家标准GB3100及其应用规定，千克力等单位在10多年前就已作废，不能再用。力的单位是牛顿，虽然贵刊不是科普刊物，但涉及科学内容时，还应注意科学性。”

也有一些并不是对错问题，而是常识问题。有期杂志发了一篇文章，文章中称杨绛为先生。结果竟收到了上百封读者来信，认为这是错的。于是编辑部不得不专门发表了一篇文章，解释为什么女性也可以被称做先生。

商业上有一条“250定律”，意为每个人的身后约有250个亲友，如果得罪一个人，就意味着得罪了250个人；相反，如果你帮助了一个人，就意味着帮助了250个人，你对一个人的影响力，将传播到250个人的心中。胡亚权深谙此理，他要求编辑们尽可能多地每月给读者回一些信。他自己每周也给读者回10封信。时常他一闲下来，就拿出一些他觉得有必要进行回

复的信件，用一杆小毛笔来写信。他把这当成一种休息与思考。许多的思想可能在给读者回复时忽然出现了。有些没有想清楚的问题，往往在回信的时候也忽然会茅塞顿开。《读者》杂志从创刊至今，共收到100多万封信。杂志社共回复一万多封，胡亚权个人回复4000多封。编辑部每个人都有几个固定的读者朋友，就因为他们回了第一封信后，那些读者就固定与他们进行联系了。逢年过节互相问候一下，或者偶尔写封信，很像是多年的老朋友。

胡亚权认为，当一个读者认可你的杂志，并把你当成自己的朋友的时候，你其实是占有了一种最重要的资源。所以他的名片上没有职衔，只有“胡亚权——你的朋友”。

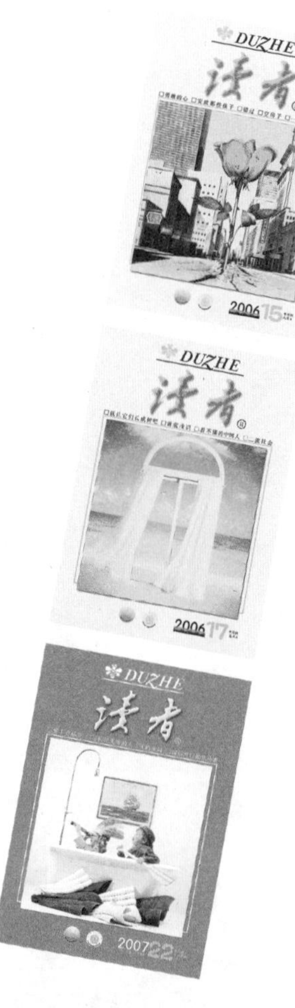

什么是最重要的资源

作家肖复兴曾写过这样一篇文章：

去年，几位热心读者告诉我，我写的一篇《可怜的马斯卡尼》被《读者》转载，问我知道不知道，我摇头，一无所知。以前，《读者》曾转过我的文章，每次事前事后均有信件相告，怎么这一次竟没有呢？心生奇怪，就给《读者》写了封信相问，并不抱希望，有些编辑部敢对你下笊篱，当然也敢于充耳不闻，装傻充愣。

没过多久，我收到了《读者》杂志李一郎的信：“我刊转载了您的这篇文章，发稿前曾给原发刊《随笔》去信询问您的地址，但至今也未能收到此刊的复信，我们只好将您此文的转载费寄至中国版权研究会，故请您去信与他们

DUZHE

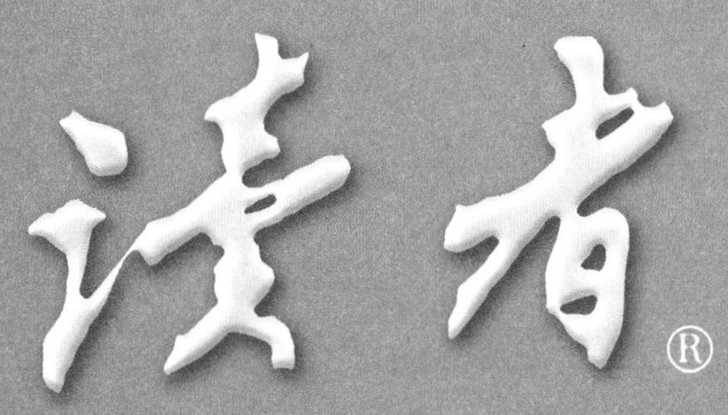

□阿拉比旺的雨季　□神勇军魂　□你的工资涨了吗　□秦俑密码

2007 24 半月刊 十二月B

主办：甘肃人民出版社

联系，他们会负责给您把稿费汇去的，请放心……”同时，李先生还寄来了当期杂志。

心里忽然有些感动，我与李先生素昧平生，他却如此认真负责，思想寄信之前对他们的怪罪，有些歉意……

而让肖先生如此感动的原因则有着另外一种背景。据肖先生说：“现在一些编辑部出版一些文摘或选集，摘选了你的文章，就像从无人管理的果园里摘果子，随便伸手摘下来便装进自己的篮子里，视为己有，事前不跟你打招呼，事后不寄样书和稿酬，似乎一切都那么天经地义，此种事情在我身上已发生不止一次，但总为一篇文章去打官司，又劳神还费力，也就罢了，不过心里却总觉得像吃了个苍蝇似的难受。”

肖先生所述基本上就是此前中国出版界现状之一端。作家的作品被“名正言顺”地盗用，似已成为一种惯例。而更“堂皇”的解释是：我帮你做宣传，你还跟我谈版权？

《读者》，不这样认为，也不这样做。胡亚权就任后，重新规范了与出版法相关的条例，同时把国际上通行的惯例先用到了杂志社里。张正敏负责与所有的作者进行对接，主要是稿费事宜。

张正敏的负责更是让许多作家对《读者》杂志刮目相看。作家曹明华侨居美国，偶尔听朋友说起《读者》杂志转发了她一篇

文章《离婚》，就委托父亲与他们交涉。张正敏接信后，从4年前的杂志上查到了那篇文章，同时还查出了已将稿费寄到了当时出版此书的上海文艺出版社，就给曹老先生写信。曹老先生十分感动，转告在美国的曹明华。曹明华写信表示感谢，同时把自己的新书寄给他们，请求转载。

让曹明华念念不忘的还有她与《读者》的缘分。1999年3月，她从美国写来一封信，讲述她与《读者》的某种机缘：

> 8年前，我第一次从美国回来，走在大街上，我忽然想起很长时间没有读过中文报刊了，这时我看到了久违了的《读者》。我想找回旧时的感觉，急速地翻着篇名目录，想看一看老朋友这次会告诉我些什么。忽然，我看到了自己的名字，这期的《读者》刚好转了我发在《文汇报》上的一篇关于美国的文章《妈、妻子，还是儿子？》。
>
> 这是我久违的老朋友在我离开祖国多年后给我的一份礼物吗？
>
> 这种感受真好。4个月后，我第二次回国，在一个发廊做头发，一位朋友随手翻着一本《读者》，问我，这上面有一篇文章，是你写的吗？她指给我看的那一页是我写的《家》。
>
> 是冥冥中我与《读者》有缘吗？我想起25岁生日与20岁生日时所发生的巧合，以及在我离开中国这些年以后，第一次回国和第二次回国的这两个月，《读者》刚好都选载了我的文章，假如我与《读者》有缘，那是我的幸运。我在想，说不定哪一天，它还会给我一个惊讶、一个惊喜。这种《读者》风格式的故事一直在发生着。

第十三章

《读者》故事

duzhegushi

人民“反对”《读者》

1996 年，《读者》又遇到一个不大不小的麻烦。

一本书里一篇关于《再认识：亲美的心理瘟疫何以蔓延》的文章，把《读者》杂志当成了一个亲美心理与传播小资情调的标本。那种带有诗人自言自语与非理性的反叛语言风格的论调，把《读者》杂志放到了一个“可怕的立场”上，并且“代表人民”反对《读者》。

我所要说的是：宽泛而无孔不入的美国印记，在我们自身心理上造成的瘟疫，倒是值得好好说上几句的。首先我想提到一本杂志，名叫《读者》，我指的是中国大陆出版的原名《读者文摘》

现因知识产权原因改名为《读者》的这一本。我知道中国的《读者》同美国的《读者文摘》不能等同，我也知道《读者》选用国内的作品比重较大，我更知道《读者》的追求及其民主情怀。但是对《读者》杂志的看法，1990年代初，朋友们和我就很长时间地议论过。《读者》实质就是一处小小资产阶级的精神乐园(注意：原文如此，我在小资产阶级前面又加了一个“小”)。我冠之以“小小资产阶级”不是借意识形态之刀来砍人，因为即使在西方，资产阶级在社会学意义上也是一个批判概念。为什么这样说《读者》？《读者》跟亲美的心理瘟疫有什么联系？这么说吧，《读者》能够从最大程度上满足文化水平一般但又不安于现状的小人物们的虚荣心，她使得小小资产阶级们通过一些难度不大的哲理破译使人获得一种智力上升的错觉，一种逃避现实的快感。

这本加上盗版等形式出版的书籍，估计在中国发行了将近100万本。书中所涉及的对《读者》杂志的攻讦，得到了前所未有的传播，引起了非常强烈的反应。叫好的人们认为这种说法说出了“人民的心里话”。“《读者》杂志的亲美倾向”成为大众议论的焦点话题。

与此相对应的是另外一种声音。那些被称为“小小资产阶级”的读者们，对这样的称呼很反感，他们反对对《读者》的指责。他们的立场很坚决，充满着对《读者》的下意识的爱护。

书一出来，许多读者就给杂志社打电话，说这本书诽谤他们，把他们说成一种亲美的杂志，鼓动他们告这本书的作者。杂志社的人却保持习惯性的沉默。他们恪守着不解释、不回答、不参与的习惯做法，因为他们相信那仅是“一家之言”。何况那本书说得并非全无道理。

但其后的情势却不是他们所能预料到的，许多报纸开辟专栏为《读者》鸣不平。据统计，仅1986年，全国就有近400多家报纸发表文章，谈及这个问题。而一些著名作家、学者更是主动参与笔战，坦陈不同的见解。

这中间最有代表性的是被称为巴蜀鬼才的著名作家魏明伦先生。魏先生看了那段高论后，觉得有话要说，便写就一文发在报端反击：

> 《读者》由几个无名有为之士白手起家，创出名牌，流行全国，传播海外。《读者》适应了中国处于“初级阶段”的国情，兼顾了各阶层多元的审

美需求。海纳百川，有容乃大，所以才会创造每期畅销400万册的惊人纪录……

……至于耸人听闻的“亲美的心理瘟疫”与《读者》到底有何关系，政论家扣完帽子，便扬长而去。清平世界，朗朗乾坤，岂能趁出书之机信口雌黄，公开侵害具有法人资格的《读者》杂志的名誉！更有甚者，一连践踏订购《读者》杂志的400万读者，竟将如此众多的中华同胞联上“亲美的心理瘟疫”；将广大读者斥为“小小资产阶级们”，“文化水平一般但又不安于现状的小人物们”！打击一大片，唯你最革命……

魏先生此文笔锋尖锐，如同檄文。文章在1996年的《成都商报》上发表后，有上百人同时推荐这篇文章，要求《读者》转载。

此时关于此事的讨论闹得市井皆知，一味沉默似并不明智，考虑再三，胡亚权决定将此文刊出，作为《读者》的一种回应。其后再没有提及此事。像是面对一个无理争吵的人，他们的冷漠使许多声音最后悄然消失。

《读者》找回来的女儿

对于《读者》来说，新的故事总是不断出现。1995年7月，《读

者》杂志转载了一篇《再为你点一次花烛》的文章。在这篇文章中作者丁星云讲述了一个离奇、怪异又充满命运感的真实故事。

浙江余姚农民郑涨钱身患绝症，刚生第二个孩子的妻子刘桂英闻讯后，深受刺激而精神失常。郑涨钱不忍心死后给妻子带来苦难，主动作出痛苦抉择：与妻离婚，并将出生不久而又无力抚养的次女放在桐江饭店，企盼好人收养。

然而在厄运中出现了奇迹。回娘家的刘桂英经过精心调养慢慢恢复，并嫁给了敦厚老实的农民吴松桥。而郑涨钱经过长期锻炼和治疗竟绝处逢生。当吴松桥发现妻子和前夫的内心深处依旧为对方留有一块感情空间时，劝说妻子回到郑涨钱的身边。而刘桂英则认为自己在困苦时被吴松桥收留，不能以怨报德。

此后，郑涨钱开始赚钱还掉了债务，在独自抚养大女儿的同时，苦苦寻找失散多年的二女儿未果。1988年底，身患肝腹水的吴松桥再次恳求郑涨钱与刘桂英复婚。郑涨钱

SONGDEL

婉拒，却捎给刘桂英1500元钱，援助自己所爱而面临困境的人。不久，吴松桥病故，刘桂英债务累累。正当刘桂英濒临绝境之时，郑涨钱帮刘桂英处理了后事，还掉了债务，两颗历经磨难的心终又契合了。1992年，他们经过18年的磨难，重新燃起了复婚的花烛。

《读者》转发了这篇文章后，他们的命运再次发生了转变。郑涨钱夫妇收到了数百封全国各地的来信，有询问和索求文中所述的治疗肿瘤方子的，也有关心他们女儿下落的，但更多的人却是感动于郑涨钱身上那种淳朴的人道主义的力量。

天津电视台、珠江电影制片厂、北京青年电影制片厂、浙江电视台等单位的导演开始与作者联系，准备拍成电影与电视剧。这时候，郑涨钱夫妇又迎来了一个好消息。

当年在桐桥饭店见过郑涨钱女儿的知情人邹华荣看到这篇文章后，立即向有关部门报告了这个女孩子的下落。经过多方努力，曾被两任养父母抚养的张华君于1996年4月份同郑涨钱夫妇团聚。如今这个历经苦难的家庭已喜迁新居。大女儿与二女儿分别在当地的中学和公司工作，三女儿在市立医院做护士，四女儿学得一手娴熟的理发技术，在经营自己的个体理发店。

一本杂志因为一篇文章而改变了一个女人与一个家庭的命运。这就是《读者》的力量！

孝道：一个女孩子创造的标准

一个12岁的女孩子会告诉世界一个什么样的故事呢？

女孩子叫李根，是长春市铁路二小五班的班长。李根的童年浸满了泪水。爸爸李太允因患严重的肺坏死，两耳失聪，语言能力基本失去，长期卧床不起。妈妈不堪重负离家出走。李根心里有一个永远也解不开的结。那天，她放学回家，爸爸递给她一张纸条，上面是妈妈的笔迹："我挣钱去了。"李根一声不吭，只是默默做完了所有的家务。以前她只是妈妈的帮手，现在，李根一下子成了家里的轴心……

每天放学后，李根放下书包，麻利地洗菜做饭，帮爸爸吃饭喝汤；之后，搀着爸爸出去散步；回家后，又烧水给爸爸擦洗身子。等一切干完后，已是晚上11点多了，李根开始打开书包，做作业，看书。午夜1点，她把一根细细的尼龙绳拴在自己的脚腕上，另一头连着爸爸的床头，然后轻轻入睡。

这根细绳是父女俩传递信息的工具，自从爸爸成为聋哑人后，李根和爸爸之间的交流只能通过笔和纸。时间长了，她发现这种方法也不好。爸爸半夜咯

她的学习条件很差，但她的学习成绩很好；在脚腕上系一根尼龙绳，绳的另一头系在父亲的床头，这是12岁的李根每晚必修的一门特殊"功课"；熟悉内情的人无不动情地称这根绳为"孝女绳"……

孝|女|绳

●陈伟克　栖　云

每天清晨5时，城市里的绝大多数人还在酣睡。在吉林省长春市一间10平方米的简陋小屋里，两张单人床之间的一根细细的绿色尼龙绳动了动。于是，一个小女孩醒了，她是被系在脚腕上的绳子拉醒的。女孩强迫自己睁开惺忪的双眼，利索地穿衣起床，新的一天开始了。她熟练地烧水做饭，服侍爸爸洗漱完毕，吃好早饭，准备好爸爸服用的药物和午饭，然后又匆匆忙忙地去上学。

女孩叫李根，是长春市铁路二小5(1)班的班长。李根的童年浸满了泪水，爸爸李太允因患严重的肺病导致一侧肺坏死、两耳失聪、语言能力基本丧失，长期卧床不起。妈妈不堪重负悄然离家出走。从此，李根稚嫩的肩膀成了这个摇摇欲坠的家庭的脊梁，那根细细的尼龙绳传递着父女之间的信息，也维系着深深的父女亲情。

为了给爸爸治病，家里花光了所有积蓄，还卖掉了房子，好心的亲戚借给他们一间10平方米的小屋，才使父女俩结束了居无定所的生活。

放学后，李根放下书包，麻利地洗菜做饭，喂爸爸吃饭喝汤。之后，搀着爸爸出去散步，回来后，又烧水给爸爸擦洗身子，清洗换下的脏衣裤，等一切家务活都干完之后，已经是晚上11点钟了。李根开始打开书包做作业、看书，午夜一点，她把一根细细的尼龙绳拴在自己的脚腕上，另一头连着爸爸的床头，然后轻轻入睡。

这根细绳是父女俩传递信息的工具，自从爸爸变成聋哑人后，李根和爸爸之间的交流只能通过笔和纸，时间长了，她发现这种方法也不好；爸爸半夜咯血，需要扎针吃药，就不得不起身，一点一点挪到李根的床前叫醒她。聪明的李根想出了一个绝妙的主意：她找来搬家时用过的尼龙绳，一头系在自己脚腕，一头系在爸爸的床头。这样，半夜爸爸可以拽动绳子叫醒李根。

望着这根凝结着女儿许多心思的"孝女绳"，李太允常常含着泪水不忍心去拽它……

李根心里有一个永远也解不开的结。那天，她放学回家，爸爸递给她一张纸条，上面是妈妈的笔迹："我挣钱去了。"李根一声不吭，只是默默地做完了平日里妈妈做的所有家务。

以前她只是妈妈的帮手，现在，李根忽然成了家庭的轴心。

在突然降临的灾难面前，许多成年人往往会退缩、会绝望，然而灾难却造就了小李根顽强、忍耐、执著的性格；不幸的遭遇使李根过早地咀嚼了人生中最苦涩的滋味。然而，在灾难面前，小李根却是那样坚强、沉着。她几乎是在一夜之间长大了。

的确，生活磨难并没有阻止李根求学的步伐。5年来，从第一学期到第九学期，她捧回了9张"三好学生"的奖状、9个"优秀学生干部"的荣誉证书……

在师生们眼里，李根是一个懂事又稳重的好学生。她的学习条件很差，但她的成绩很好；她的衣服很旧，但她洗得很干净。同学们都记得放学回家的路上有几个水果店，几个卡通屋，而她心里最清楚的是经过几个垃圾箱。校门口，小同学扑在大人怀里撒娇、亲亲热热，李根形单影只，独自走在回家路上。今天她得在回家路上拣一些值钱的东西换些零钱，因为病重的爸爸已经好几天没吃到一点青菜了。

她用从垃圾箱里捡来的3个易拉罐、两个空酒瓶卖了7毛钱，在菜场买了一个鸡蛋、一个西红柿，她想给爸爸做一个西红柿鸡蛋汤。

李根不但要照顾爸爸的起居生活，还要兼做爸爸的护士。去年的夏天格外热，爸爸身上长了疮，李根一天几遍为爸爸翻身擦身，一刻不停地用蒲扇替爸爸降温。有一天早晨，爸爸从阵痛中醒来，刚想拉那根细绳，却发现女儿又困又累几乎处于昏迷状态，可手中的扇子却一直摇着……那天，李根意

读者·1998·4

李根　近影

《读者》编辑：

你们好！

我是贵刊刊载的《孝女绳》一文里的主人公李根的父亲李太允，承蒙惠寄的刊物收悉。

你们为李根捧出了滚烫的爱心；我为你们的人格、品行，而感到心灵的震颤！此刻，在给你们写这封信时，我不想说我们父女的心灵有多沉重，这支笔有多沉重，千言万语，万语千言……请允许我把它汇成一句话：

祝好人一生平安！

李太允　膝上书就

李根通讯地址：长春市一汽二生活区864栋1门7中门(130011)

血，需要扎针吃药，就不得不起身，一点一点地挪到小李根的床前叫醒她。聪明的李根想出了一个绝妙的主意，她找来搬家时用过的尼龙绳，一头系在爸爸的床头，一头系在自己的脚腕上。这样爸爸便可以拉动绳子叫醒她。

李根每天放学后要到菜市场捡面渣和剩菜叶，然后回家做饭；她还要跑遍上学路上的垃圾堆拾来废品换钱为父亲买药。在李根的记忆中，1997年的春节是最凄凉的，妈妈走了一年多，她多想妈妈呀！她常常一个人默默地来到火车站，望着来来往往的人群，盼望着妈妈能奇迹般地出现在她的面前。可是好多天过去了，李根只能在梦里与妈妈见面。她知道，爸爸也想妈妈，爸爸忧郁地望着门外的眼神说明了这一切。李根不敢说出来，只能把心里话写成作文，投到报社。大年三十，李根买了三两猪肉、一棵白菜，一个人包着饺子。新年的钟声响了，李根从书包里拿出一双白袜子，这是她用4元钱稿费买的，连同一张写着"祝爸爸新年快乐早日康复"的纸条递到爸爸的面前。父亲望着女儿，泪如雨下，随之父女俩抱头痛哭。

日复一日，细细的绿色的尼龙绳在那间小屋子里一次次地牵动，就在这一次次牵动中，女儿用亲情为病弱的父亲注入生命的能量。这个含悲凝情的故事，刊于《读者》杂志1998年第4期。此文的编辑张涛把这期杂志寄到了李根的学校。李根成为人们关注的对象。上海的一家医院决定免费为李太允治病。李根的学校早就开始免收她的一切学杂费，每月还提供相应的帮助。许多陌生的人主动来看望他们。李太允寄来了一封信，信里还夹了一张小李根的照片。李根灿烂地笑着，那正是一个女孩子天真的笑呀！编辑们传看着信与照片，唏嘘不已。

《读者》创刊27年来最具影响力的十篇文章

向中国人脱帽

◎ 钟丽思

〔胡亚权荐语〕
国家即民族，
国家民族精神的体现绝对不能是一句空话。
这篇短文说的是当你的祖国足够强大时，
作为公民的你，
才会有尊严可言。

记得那是12月，我进入巴黎十二大学。我们每周都有一节对话课，为时两个半钟头。在课堂上，每个人都必须提出或回答问题，问题或大或小，或严肃或轻松，千般百样，无奇不有。

入学前，云南省《滇池》月刊的一位编辑向我介绍过一位上对话课的教授："他留着大胡子而以教学严谨闻名于全校。有时，他也提问，且问题刁钻古怪得很。总而言之你小心，他几乎让所有的学生都从他的课堂上领教了什么叫做'难堪'……"

我是插班生，进校时，别人已上了两个多月课。我上第一堂对话课时，就被教授点着名来提问："作为记者，请概括一下您在中国是如何工作的？"

我说："概括一下来讲，我写我愿意写的东西。"我听见班里有人窃笑。

教授弯起一根食指顶了顶他的无边眼镜："我想您会给予我这种荣幸：让我明白您的首长是如何工作的。"

我说："概括一下来讲，我的首长发他愿意发的东西。"

全班"轰"地一下笑起来。那个来自苏丹王国的阿卜杜勒鬼鬼祟祟地朝我竖大拇指。

教授两只手都插入裤袋，挺直了胸膛问："我可以知道您是来自哪个中国的么？"

班上当即冷场。我慢慢地对我的教授说："先生，我没听清楚你的问题。"

他清清楚楚一字一句，又重复一遍。我看着他的脸。那脸，大部分掩在浓密的毛发下。我告诉那张脸，我对法兰西人的这种表达方式很陌生，不明白"哪个中国"一说可以有什么样的解释。

"那么，"教授说，"我是想知道：您是来自台湾中国还是北京中国？"

雪花在窗外默默地飘。在这间三面墙壁都是落地玻璃的教室里，我明白地感受到了那种突然冻结的沉寂。几十双眼睛，蓝的绿的褐的灰的，骨碌碌瞪大了盯着三个人来回看，看教授，看我，看我对面那位台湾同学。

"只有一个中国，教授先生。这是常识。"我说。马上，教授和全班同学一起都转了脸去看那位台湾人。那位黑眼睛黑头发黄皮肤的同胞正视了我，连眼皮也不眨一眨，冷冷地慢慢道来："只有一个中国，教授先生。这是常识。"

话音才落，教室里便响起了一片松动椅子的咔咔声。教授盯牢了我，又递来一句话："您走遍了中国么？""除台湾省外，先生。"

"为什么您不去台湾呢？""政府不允许，先生。"

"那么，"教授将屁股放了一边在讲台上，搓搓手看我，"您认为在台湾问题上，该是谁负主要责任呢？""该是我们的父辈，教授先生。那会儿他们还年纪轻轻哩！"

教室里又有了笑声。教授却始终不肯放过我："依您之见，台湾问题应该如何解决呢，如今？"

"教授先生，中国有句老话，叫做'一人做事一人当'。我们的父辈还健在哩！"我说，也朝着他笑，"我没有那种权力去剥夺父辈们解决他们自己酿就的难题的资格。"

我惊奇地发现，我的对话课的教授思路十分敏捷，他不笑，而是顺理成章地接了我的话去：“我想，您不会否认邓小平先生该是你们的父辈。您是否知道他想如何解决台湾问题？”

“我想，如今摆在邓小平先生桌面的，台湾问题并非最重要的。”

教授浓浓的眉毛如旗般展了开来升起：“什么问题才是最重要的呢，在邓小平先生的桌面上？”

“依我之见，如何使中国尽早富强起来是他最迫切需要考虑的。”

教授将他另一边屁股也挪上讲台，换了个更舒服的姿势坐好，依然对我穷究下去：“我实在愿意请教：中国富强的标准是什么？这儿坐了二十几个国家的学生，我想大家都有兴趣弄清楚这一点。”

我突然一下感慨万千，竟恨得牙根儿发痒，狠狠用眼戳着这个刁钻古怪的教授，站了起来对他说，一字一句地：“最起码的一条是：任何一个离开国门的我的同胞，再不会受到像我今日要承受的这类刁难。”

教授倏地离了讲台向我走来，我才发现他的眼睛很明亮，笑容很灿烂。他将一只手掌放在我肩上，轻轻说：“我丝毫没有刁难您的意思，我只是想知道，一个普普通通的中国人是如何看待他们自己国家的。”然后，他两步走到教室中央，大声宣布：“我向中国人脱帽致敬。下课。”

出了教室，台湾同胞与我并排走。好一会儿后，两人不约而同地看着对方说：“一起喝杯咖啡好吗？”

刊于1992年第12期

第十四章

《读者》道德

duzhedaode

《读者》的公益概念

《读者》最先的公益事业起始于影响深远的希望工程。1994年元月，中国青少年发展基金会推出了公益性的“希望工程——1+1助学活动”。当时的中国青基会面临这样一个困境，他们拿着公益广告去一些报刊要求帮助进行宣传时却遇到尴尬的局面——必须出钱才可以做广告。一些报刊的理由是，即使在国外，做公益事业的广告也是要收费的，因为公益收入里应当有这样的支出。

青基会需要帮助，他们找到了《读者》杂志，在找《读者》前他们已做好了要付一部分资金的准备。来人与彭长城接洽，彭长城看完广告内容后，沉思片刻，说：“3天后我们回答你好吗？”

经请示社里后，彭长城对来人说："既然是公益事业，我们还收什么钱呀？"

来人有些愕然。《读者》广告费的昂贵他们早有所闻，原想少收点钱就不错了，完全免费是他们没有想到的。《读者》此举，在中国报刊界起到了一个示范作用。

《读者》杂志于1994年2月号为中国青基会刊发了一个整版的"希望工程——1+1助学行动"公益广告。广告上由解海龙拍摄的那幅著名的小学生苏明娟睁着一双渴望的大眼睛的照片，打动了许多读者。善其实是相通的，《读者》的读者几乎都是些不会有多少大钱，但却绝对会慷慨解囊的人。到了第二年的3月，中国青基会收到注有《读者》杂志字样的捐款14778笔，捐款总额达到人民币152万元。

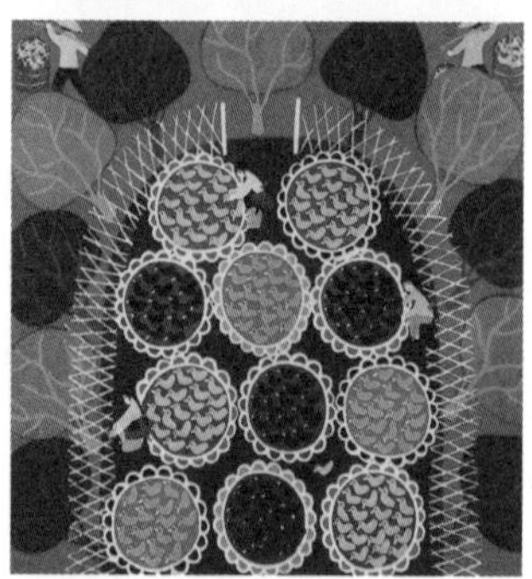

《读者》杂志的号召力通过具体数字再次显现出来。至少有100多万名学生得到了《读者》杂志的间接资助。这次活动产生的影响使《读者》对于广告有了一种新的认识，广告并不只是因为盈利而存在的，它还可以行善。事后，《读者》杂志刊文答谢："其实真正应当感谢的是本刊的读者，那涓涓细流般汇聚的150万元人民币以及陆续汇集的款项，将使数万名孩子摆脱愚昧，走向文明。"此后，对中国青基会于1995年推出的"希望书库"活动，他们又再次免费刊发广告，用该版广告款认捐20万套书，并配赠20万套《读者》精华本，全部捐给甘肃省贫困地区的希望小学。

到了1997年的时候，他们的公益理念开始扩展到教育以外的方面。

这一年，国家禁毒委员会决定在每年的世界禁毒日前搞一次宣传。他们与《读者》联系，杂志社觉得有义务协

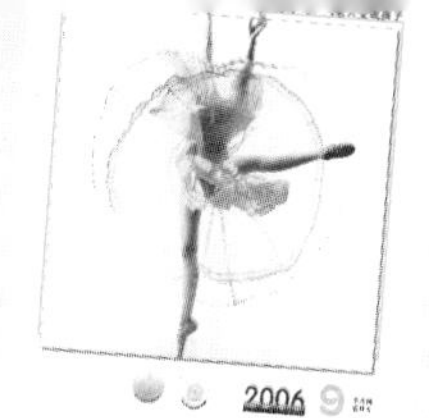
2006 9

DUZHE

读者
□给史蒂夫 □张伯驹：但使国宝永存吾土 □在路上
2006 1

DUZHE
读者
2006 14

DUZHE
读者
2006 13

DUZHE
读者
2006 4

DUZHE
读者
2006 11

DUZHE
读者
2006 8

DUZHE
读者
2005 24

DUZHE
读者
2006 5

DUZHE
读者

助做好这件事，决定与中国禁毒委员会联合进行一次公益宣传。由《读者》杂志设计制作的“珍爱生命，拒绝毒品”的公益广告在1997年6月这一期免费刊载了一个彩页，同时他们又与国家禁毒委员会联合举办了一次禁毒知识竞赛。道德的力量远远大于经济的力量。读者对于这些广告的反应十分敏感，当然回报也是快速的。1999年公安部搞了一个大型的禁毒宣传活动，在这个全国所有媒体参与报道及国家领导人参观的活动展示会上，放着一块很醒目的标版：“《读者》杂志告示读者：远离毒品，热爱生命。”这个待遇让许多报刊的老总感到很奇怪，主办单位回答说：“我们认为《读者》杂志有资格放这样一块标版在这儿，这也是一种档次。”公益对于一本杂志来说，很可能只是一种临时性的活动。但这些活动能否有新意，并又能与自己所传承的风格相一致，就又是一个新的课题了。

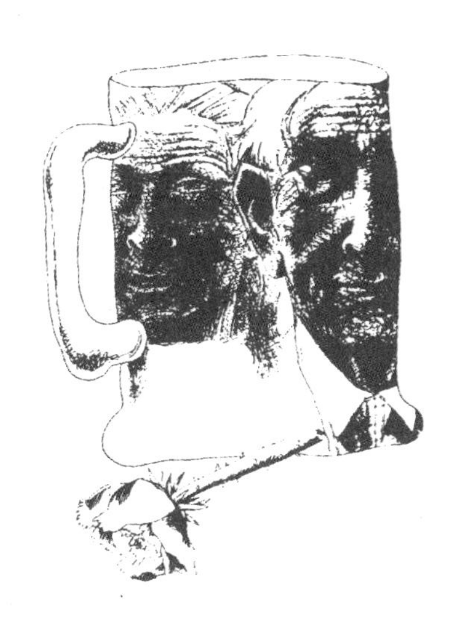

1998年，一个偶然的机会使他们有机会接近占整个《读者》订户10%左右的军队方面。胡亚权念叨了几次，想着给士兵们做点什么。彭长城建议干脆去部队送点书慰问一次。此后，他们决定与兰州军区一起，联合中国最大的收音机生产厂商德生电器公司联合举行一次边防慰问活动。德生公司为这次活动捐出了各种最新型号的收音机1000台。

8月上旬，《读者》杂志社的胡亚权、彭长城等4名代表与广东德生电器公司梁伟先生，一起参加兰州军区组织的赴疆慰问团，西行千里，到达中国最西边的南疆军区。三家组成的慰问团驱车来到海拔4000多米的吐尔尕特哨所。在这里，当他们第一次看到了那些面色黝黑、口唇干裂的边防士兵时，不少人流下了眼泪。这次边防行，对于《读者》杂志来说，是一次全新的感受。他们主动加强了军事方面的内容，同时有意识地刊发一些与军事相关的稿件。这些文章对于部队官兵来说，影响似乎并不大，因为他们每天接触到的这些东西太多了，受到感染的相反是一些军外的读者。许多姑娘来信说想嫁到那里去，当然，编辑部的回信是，请三思而后行。

就在他们在新疆边防一线巡走的时候，南方洪灾告急，几十万官兵正在抗洪一线进行救灾，身着迷彩服在抗洪一线进行救灾的官兵与在雪山哨所守边的官兵的身影重叠在一起，让他们感触颇深。

从边防回来后，杂志社向中华慈善总会送去了35万元人民币的捐款，同时刊出公益广告，吁请自

《读者》编辑部与教师联谊会。这种公益式的公关活动显然非常奏效。《读者》杂志的购买者中，40%以上为学生

己近2000万读者与他们一起，为灾区尽一份力量。《读者》杂志再次成为中国报刊界捐款数额较大的几家报刊之一。

《读者》不是救世主

1997年，胡亚权提出一个方案，向全国所有的特级教师赠阅1998年一年的《读者》杂志。

但这个方案的庞大与操作的难度，差点使他们的计划无法付诸实施。全国的特级教师有多少？如何与他们建立固定的联系，并且保证把这些杂志准确地寄到他们的手里？彭长城负责这件事的具体落实，这是一个琐碎而又艰苦的过程。彭长城觉得只有取得国家教委与各省、市、自治区教委的帮助，才可能做成此事。国家教委对此很感兴趣，向他们提供了全国所有特级教师的名单。全国总共有一万多名特级教师，遍布全国的大中小城市与乡村。为保证地址的准确性，他们又专门把各省、市、自治区的特教名单寄往全国各省、市、教委，进行核对。这件事从1997年6月份开始启动，光前期工作就用了半年时间。为确保万无一失，彭长城决定委托兰州市邮政局进行专发。

1997年教师节前，全国一万多名特级教师悄然间收到了这份独特的赠品。这一万多份特制的杂志均在封面上注明："赠给特级教师"，不仅在外观上与普通杂志有所区别，同时还有着独特的收藏价值。许多特级教师对于这份意外的赠品表现出一种深深的感动。在他们收到的杂志里，附有一个赠卡，赠卡上书写着一句话："德成而教尊，教尊而官正，官正而国治，其所系甚大。"这句宋人陈模所言非常透彻地阐明了国之兴衰系于教育的道理，当然这句话也表明了《读者》杂志对于教育的态度。他们以此来表达对长期坚守在教育第一线的特级教师们的一份敬意。

这份敬意的分量对于那些特教们而言"太重"了，他们几乎从来没有经受过一本杂志对他们如此的重视。后来《读者》杂志做过一个统计，几乎每位收到杂志的特级教师都向他们写来了表示感谢的信。

解密
读者
222
一本感动中国的杂志

这次赠刊活动，杂志社花费了30万元，回报他们的是什么？如雪的信件所反映出的信息正如胡亚权当初所料。特教们在当地的学校都是一些德高望重，具有相当影响力的教师。许多特教对于杂志的认同，很快波及周围的人群。胡亚权认为的那条商业上的“250规律”发挥作用了。因为口碑相传的缘故，许多与特教相关的人开始认识这本杂志了。当然，受影响最深的自然是那些特教们的学生。

许多特教把杂志上的文章当成范文推荐给学生，还让学生写读后感。西安市四十二中学初一（二）班，40多位学生竟每人写来一篇“我与《读者》”的文章。胡亚权很受感动，责成张正敏写了一封回信，又给班上寄去了一套精华本。杂志与学生的关系就这样开始慢慢地形成并建立起来了。

这次赠书的结果在1999年与2000年时开始显现出来。1999年《读者》杂志征订时，学生的订阅率上升了20%，当问到那些学生为什么订阅的原因时，回答惊人的一致：老师推荐我们订的。

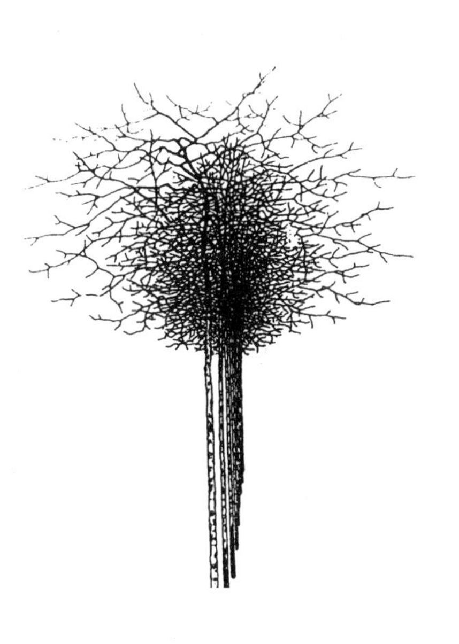

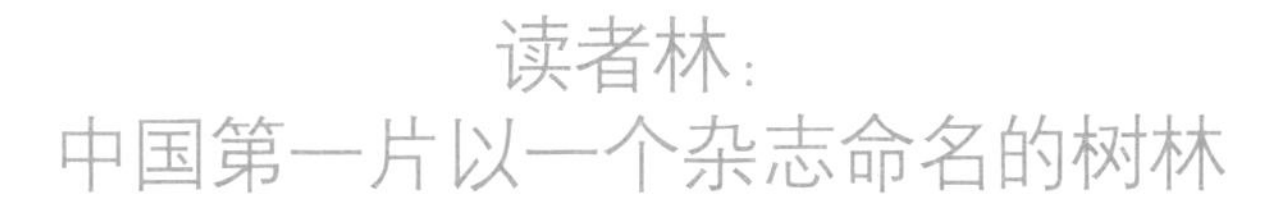

读者林：中国第一片以一个杂志命名的树林

一家杂志如何与国家、民族的生存境况相连？

中国政府决定西部大开发，而西部的环境恶化触目惊心。横穿中国的母亲河黄河上游水土流失，下游连年断流。母亲河流的是泥而不是水，流的是泪而不是水。有识之士预言黄河将在几十年后消失。

共青团中央、全国绿委、全国人大环资委等单位和中国青少年发展基金会共同发起"保护母亲河——绿色希望工程"，动员全社会力量，绿化黄河。

正在北京的彭长城听到这个消息后，与社里交换意见。觉得此事可行后，《读者》杂志与中国青少年发展基金会联合发起"保护母亲河，共建读者林"活动。此事确立下来时，距传统的植树日期还有两个多月时间，《读者》杂志正式刊发了向全国读者倡议在黄河上游建造一片"读者林"的启事，提议"为了共同的家园，为了母亲河，5元钱植一棵树，200元钱捐植一亩林"。

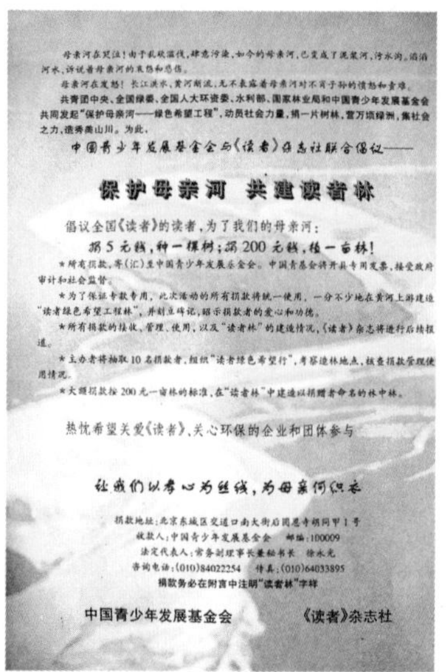

广告宣传画上，有北京帽儿胡同小学三年级9岁的杨莆莆画的一幅稚拙的画：画上是巨大的中国地图，一条龙盘在中国地图上，下面写着两行字："黄河像条巨龙，巨龙没有鳞，容易受伤；黄河没有林，非常悲伤"。

这幅画与这句话，感动了许多人。《读者》杂志对于活动的预期并不是很大，他们想能收到几十万元钱的捐款就算不错。他们连续刊发了几期的宣传广告。那十几个版的广告，每个版面就是12万元。

一切都以一种出乎合作双方意料的形式出现了。"读者林"活动推出后，读者的捐款单来势很猛，最多的一天达到444张，查对，登录，校核，打印收据，装信封，中国青基会捐款接待室忙得不可开交。最后，只好抽调各部室工作人员进行轮班处理，每人一周，流水作业，持续两个多月，才使捐款单积压的情况得以缓解。

公益活动更重要的是结果，如果读者的钱款得不到落实，那受害最深的可能就是《读者》，不但会失信于读者，还会给杂志的未来带来灾难性的后果。从一开始，《读者》杂志社就与中国青基会一起，根据所有可能出现的问题，制订了“报账制”，从制度上、法律上对读者捐款的落实提供了有力的保障：即捐款到位后进行立项，立项后与实施县政府签订法律协议，县政府作为项目按设计要求进行造林，第一年的造林款由当地垫付，不拨付捐款；第二年由主办者检查验收，成活率达到90%以上，方支付50%的捐款；第三年经补植后，拨付30%的捐款；第四年乔木存活率达到100%后再拨付20%的捐款。报账制的通俗说法就是：不种活树不给钱，不见兔子不撒鹰。

“读者林”落成典礼

“保护母亲河，共建读者林”的活动

与“读者林”捐款代表座谈

他们经过多方寻找，确定把“读者林”建在黄河上游的龙汇山上。“读者林”活动从开始就引起各方关注，团中央与甘肃省政府方面一直关注此事，这使“读者林”的植造显得有了另外的意义。张正杰代表主管单位宣布，将以《读者》的名义出资20万元，支持“读者林”。“读者林”引发的效应出乎所有人的预料。到4月25日，两个多月时间里，共收到捐款11714笔，90741人，计177万元。

"读者林"碑揭碑

4月2日，在传统的西北植树期内，"读者林"在龙汇山开工。当天，来自全国的9名捐款代表、500多名自费读者与近两万名当地民众参加了现场植树活动。首期5000亩"读者林"一次性营造完成。甘肃省永靖县在龙汇山上为此事立碑铭记。到2003年底，总计已收到汇款400多万元，"读者林"规模已达到20000亩。

"读者林"还成为杂志社与读者密切相联的纽带。参与捐款的接近十万名读者，自然关注这片与自己相关的树林的生息与成长。而对于环保的关注，更提升了杂志本身的品位与形象。许多读者由此认为，这是一本有担待、有社会责任心的杂志。她由此成为中国最早关注环保的杂志之一，"读者林"也是全国首家以一本杂志命名的树林。

此后，中国青基会仍不断收到注有"读者林"字样的捐款单据。彭长城认为，这次活动将是一次"阳光行动"，《读者》杂志此后定期向读者公示相关资料，以增加活动的公信力。2000年7月份，《读者》杂志与中国青基会再次特邀10位代表，参加"读者绿色希望行"活动，考察"读者林"的植树地点和5000亩树林的生长管护情况。

至2003年，杂志社共进行了三次植树活动。这个活动什么时间结束，备受人们关注。《读者》杂志社当然不会就此打住，

甘肃人民出版社社长张正杰代表杂志社表态，这项活动要成为《读者》的一个传统搞下去，直到有一天，母亲河已不再需要人们为她捐款植树，我们才可以说，这一“保护母亲河”的活动完成了她的使命。

第十五章
《读者》脸孔

duzheliankong

维吾尔文版《读者》的诞生

《读者》从一开始就梦想着成为许多版本的拥有者。1993年，《读者文摘》与美国《读者文摘》漫长的缠讼尚未结束时，新疆人民出版社就向他们提出出版维吾尔文版《读者》的要求。

维吾尔族是新疆十几个民族中人口最多的一个民族，大部分的维吾尔族人喜欢用自己的语言交谈，用自己的文字来认识世界。而我国的少数民族政策也鼓励民族语言与文字的存在。为了满足这部分读者，新疆人民出版社设了一个民族文化部，出版包括维吾尔文字在内的4种少数民族文字版本的书籍，出版量最大的还是维吾尔文字。

从1993年开始，这个编辑室除了出版各种维吾尔文字课本外，设想有计划地将内地出版的几种杂志进行编辑，出版维吾尔文字版本的杂志。起初，他们选了国内发行量较大、有一定代表性的4种杂志：一种是以时政为主体的《半月谈》杂志，一种是医学方面的杂志，还有一种《小说月报》，《读者》则是作为国内发行量最大的文摘类杂志入选的。

当新疆人民出版社来谈版权的时候，郑元绪觉得这是一件大事，也是一个开端，极力支持。当时国内还有一个支持少数民族发展文化事业的援助工作，这件事也就成为他们支持少数民族地区发展文化事业的一个事例。双方的合作更类似于一项公益活动。《读者》与新疆人民出版社签订的一个合同中表明，他们自愿授权给新疆人民出版社出版维文版的《读者》。双方商定，每期由新疆人民出版社选取当期《读者》杂志2/3的文章，封面基本上选用《读者》的，个别的也可用一些维吾尔族人喜欢的画面作为封面。这次的合作带点援助的意味，不但版税一分钱不要，稿费什么的也全部由《读者》杂志承担，基本上一切都是免费的。适当的时候，新疆人民出版社还要求他们提供每期的胶片供他们直接出版。

《读者》杂志唯一拥有的就是自己在维吾尔文版的免费版权。也就是说，他们是这个维吾尔文版本的合法拥有者，仅此而已。

可能是考虑到与美国人的官司问题，在授权出版时，他们专门研究了维吾尔文版的名称，译成汉文叫做《选择》，也就是“集萃”的意思。美国人可能没有想过自己的《读者文摘》译成维吾尔文字的意思，所以至今没有提出任何疑义。这一方面还因为维吾尔文字版的《读者文摘》至今只面对维吾尔族人少量发行，内地基本上看不到，连《读者》杂志社自己也只能看到一些样本。

1993年1月，维吾尔文版的《读者》正式出版发行。

维吾尔文版第一期杂志印了一万多本，卖得非常不错。读者群几乎与她的母杂志差不多，大部分是知识分子与维吾尔族学生。此前，许多维吾尔族学生就是汉语版的忠实读者，有了维语版后，更受到这部分读者的追捧。最好的时候，这本维吾尔文版的杂志曾发行到了4万多本。

到了2000年，另外几本杂志都因亏损太多，而先后停办，唯一保留下来的就是这本维文版《读者》。现在这本杂志每期发行一万多本，是全新疆少数民族文字类自办杂志中发行量最大的。

盲文版：用“手读”的《读者》

《读者》杂志在创刊16年时，有了自己的第二个版本。这个版本的出现似乎又是一项公益活动，因为这个版本不但范围小，《读者》杂志自己每年还得承担4万元资助这个版本的出版。

这个版本就是盲文版《读者》。

出版盲文版最早决定于1997年。中国大约有877万盲人。中国盲人协会主席滕伟民曾撰文说:"也许体会盲人的痛苦是最容易的，只要你闭紧双眼就会和他们处在同样状态下；但也许体会盲人的痛苦是最不容易的，因为他们所受的痛苦根本不是用语言所能表达的。因此，毛泽东曾说过这样一句话：盲人是世界上最痛苦的人。"

盲人最大的痛苦可能是无法读一般的书，他们只能通过声音与盲文来认识世界与体会世界。而一本盲文书的成本大约在200元左右，一本盲文书大约摸读20多次，就被摸平了。许多盲人根本读不起，原因是太贵了。

中国政府对于盲人有许多福利政策，成立了一家专门的盲文出版社，出版各种盲文图书。在中国，盲文图书全部是免费借阅的，盲文版的图书在中国邮寄也是免费的。

中国盲文出版社于1997年开始，决定介绍一些优秀杂志给盲人读者。《读者》成为他们的首选。当他们与《读者》杂志联系版权事宜时，《读者》杂志几乎没有讨论，就授权他们出版发行盲文版。这个版本的发行量可能是最少的，但却是最昂贵的，每期只印500本，面向全国盲人读者免费借阅。500本在盲文版书里却又是较高的，因为一般的盲文版书能印行100多本，就算是畅销书了。

就这样的500本盲文版的杂志，只印发了一年，就坚持不下去了。1998年，盲文出版社只好向《读者》杂志求援，要求对方每年提供4万元资助。

胡亚权认为这个版本的意义非凡，建议出版社给予资助。这样，从1998年开始，《读者》杂志每年提供4万元作为《读者》盲文版的出版费用。

《读者》盲文版在盲人读者中得到了强烈的回应，杂志社时常收到许多盲人写来的感谢信，称这本杂志帮助他们打开了一扇了解世界的窗口。他们的资助使盲文版的赠阅范围得到了扩大，一部分还走向了海外。

1999年，胡亚权曾专程参观了盲文制作工厂，发现那里的编辑有不少是盲人，印刷机器是由德国盲人协会赠送的，几乎所有的一切都是公益的体现。胡亚权觉得这很像《读者》杂志所倡导的某种东西。当世界需要帮助的时候，你总是可以看到那双无处不在的爱心之手。

乡村版：《读者》的第一个子杂志

《读者》真正意义上自主操作与控制的版本，出现在2000年。在胡亚权与彭长城的设想里，未来的《读者》杂志应当走向集团化的集约经营。但集团化必须要拥有自己的子杂志，因为至少要有5份子杂志才有资格形成规模与集团。1998年度中国期刊总量已达到创纪录的8000多种，这些杂志几乎都目标一致地争夺着城市读者。广告利益与广告的需求驱动了整个期刊界的城市化倾向。近年来期刊界风起云涌的改刊改版风潮中，所喊的口号大多是要争夺城市“新兴中产阶级”的眼球的注意力，但在这种争夺中却忽略了一个巨大的农村市场。而当时农村版本的杂志大部分都是一些农字号的国家职能部门创办的，专业性强，重视实用。面向农民读者的文摘类杂志中只有一本《农民文摘》，这本杂志发行量曾达到过300多万份。到1999年的时候，期发量也在100万份左右。但这份《农民文摘》杂志对于中国9亿农民这个巨大的市场来说，似乎仍显得太小。

胡亚权认定这是一个巨大的有待开发的市场，是一个被人忽略的“未来产业”。在他的潜意识里，一直想为农民做点事。这可能是他的农民情结的一种延伸。

胡亚权提议把这本杂志叫做《读者》乡村版。作为《读者》的第一份子杂志，它的内容将更加通俗易懂，适合农民读者的阅读倾向。在读者对象上，他们确定的基本读者为高小以上文化程度的农民朋友、农村教师、乡村干部、农村学生、打工一族和关心农民生活的城里人。

具体承办这份子杂志的人选，最后确定为陈泽奎。

兰州大学文史系毕业的陈泽奎，在《读者》杂志工作多年，是一位资深编辑。编辑则抽调李一郎与高剑峰担任。胡亚权任主编，副主编由彭长城与陈泽奎共同担任。

经过前期准备和近一年时间的运作后，他们在《读者》杂志上发了个简单的征订启事，宣告《读者》乡村版的诞生。这本内文 48 页的杂志，每本定价只有 2 元。低定价对于农民读者来说，可能是一个有吸引力的手段。

《读者》乡村版作为《读者》品牌的第一个子杂志，于 2000 年 1 月正式创刊。

胡亚权在发刊词中介绍："她将以《读者》的固有特色和独特视角，聚焦农村，寄情田园，传播科技，倡导文明。"他还指出，之所以要出此杂志，目的是"要为 9 亿中国农民办一件好事，帮助他们和城里人一起跨入充满神奇希望的新世纪"。

2000 年度的《读者》乡村版杂志征订结果，首期固定订户 14000 份，零售量则达到 17 万本，当期发行量总额为 18 万册。

杂志出版首期即收回投资，并盈利。《读者》乡村版首版18万册投放到市场以后，引起人们关注的不是农村，反而是一些大中城市。当地邮发商投放了一批乡村版在书摊上试销，结果全部卖空。起初并没有被他们计算在内的上海、深圳等城市，每期均有近万本的销量。这种怪现象引起了编辑部的注意。一位来自深圳的读者认为："乡村版显现出一种清水出芙蓉的灵性与纯洁，犹如发自高原的山野清风，吹进了喧闹的城市。而这股沁人心脾的清风正是那些厌倦了都市生活，向往'采菊东篱下，悠然见南山'的归隐生活的城市人最需要的。"这似乎有悖于乡村版的创刊本意，也算是无意中的一个收获。

当然，作为重点的农村市场，仍然如同他们所预期的，保持着相当大的订数。杂志出到年底时，基本稳定在了8万份左右。对于一本新创办的杂志，这已是一个很大的数量了。

《读者》半月版：黑白时代的开始

就在酝酿乡村版的同时，一个新的设想在同步进行着。这个设想是将杂志"一分为二"，改月刊为半月刊，每月推出上半月、下半月两册。促使这一计划诞生的是《读者》面临的又一个危机。

1999年是中国期刊业竞争白热化的一年，就在中国期刊已趋于饱和的同时，仍有近百家新刊创办，这批新刊以新锐的办刊思路加入竞争的行

列，引发了期刊混战。《家庭》、《知音》等名牌大刊为适应这种改变，相继改为半月刊。读者进一步分流，国内大部分刊物的印数持续下降。《读者》杂志也遭遇到前所未有的压力。印数连续多期处于下滑状态，1999年第2期比第1期下降13万本，年底下滑到了330万册，比上年度下降6%。杂志的发行人员缺少，内容上的传统与古典是下滑的原因之一。但还有另外一个不容忽视的原因，一部分读者来信批评他们，杂志出版的周期太长，许多信息往往来得不及时，使读者对杂志的阅读预期减少。

危机中诞生的往往都是一些重大的生机。面对危局，胡亚权提出，第二年将杂志改为上下半月版。此时乡村版的想法已经成熟，如果再改上下半月版，就意味着杂志将一分为三，操作的难度可想而知，因而这个想法遭到了质疑，多数人认为与其将杂志一分为三，还不如倾全力将现有杂志办好。但这个想法得到了彭长城的支持。他认为，乡村版只是解决如何将品牌做大的问题，但根本问题如杂志内容陈旧等还在。而改为上下半月版后，则会利用改版的机会，将杂志的这些问题解决。

为论证改版的可行性，他们事先已做过一个调查。他们曾利用第五届"阅读调查奖"征求读者意见。读者反馈，对改为半月刊与小幅提价表示赞成。还有部分人认为可以改为全彩色版。

胡亚权认为时机已到。

此时已到下半年。编辑们对改为上下半月版的想法顾虑较多。胡亚权与彭长城交换意见后，决定此事不在编辑会上进行讨论，直接进行。当时胡亚权在编前会上提出这个问题时，编辑们几乎都不同意，原因只有一个，那就是人手太少，平时编一本月刊就非常紧张，如果再增加一倍的工作量，大家觉得有难度。一位编辑问胡亚权："这次是讨论还是已经决定了？"

老胡说："已决定了。"

大家嗫嚅半晌，才说："如果是讨论，我们不同意；如果已经决定，我们只好执行。"

编辑们清楚，讨论一件已经定了的事情，是没有意义的。

胡亚权心里明白，此事不能讨论，如果一经讨论，肯定做不成。有时候，独断是解决问题最好的方法。决心虽然已下，但《读者》的上下半月版如何办，却是一件实实在在的问题。胡亚权在这个问题上，再次显示出自己的机智。他找来大堆的已改为半月刊的杂志，摊开进行研究，很快就看出了对方的"问题"。先期改刊的几家杂志大体有些"先烈"的味道，许多改刊的杂志往往下半月版都要较上半月版发行量低1/3左右，老胡发现原因无外有二，一是这些杂志的封面相似，上下半月刊在内容与形式上没有多大区别，使读者在购买时产生了一种混乱与错觉。再就是在订阅时，上下半月刊分开征订，导致一部分读者认为是两本杂志，只好择其一而选之。

老胡在找到别人的缺点后，提出一个独特的封面创意，将杂志封面改成"黑加白"：上半月版全部沿用《读者》以前的风格，下半月版则用黑底白字的形式。用两种不同的色彩使杂志在报摊上一眼仍

可以看出这就是《读者》。在内容上，上下半月版各有区别，上半月版保持原来的风格，下半月版则是重点针对城市青年较为时尚与青春的内容。

接下来，彭长城在贵阳召开的《读者》编印发会上，把发行《读者》的14个邮局的局长都请来，公布了《读者》改刊的方案，请这些发行巨头们提意见，并且声明，哪位提出一个好点子将会得到相当的报酬。那些发行巨头们并没有把这种“花钱买点子”的说法当真，他们只是出于职业习惯提出了许多相关建议。北京的王士安看出了问题，他认为几家已改为半月刊的大刊之所以上下半月发行量不均，主要是因为分开征订与期刊号上所标明的日期，给读者造成了混乱所致。他建议，一定要把标识搞清楚，将上下半月版用连续出版号进行区分，作为一本杂志进行征订。

对这个点子，《读者》杂志出价一万元采纳了。

同时，为配合杂志上下半月版的发行，他们对长年订户实行有奖销售活动，这次几乎所有读者都可以得到奖励的活动，有点不像奖励，倒像是对于订户的一次超值回报。事实证明，这个计划是有效的，2000年比上年增加了20万订户。

杂志1月份出刊后，上半月版发行290万份，下半月版发行207万份。到了4月份，各自超过300万份，达到历史上的新高点。当年平均月发量在505万份左右。

当然，杂志改版后也受到一批老牌读者的抨击，认为杂志的黑色封面与《读者》的整体风格不一，还有读者认为黑色似乎代表死亡。但老胡固执地认为，黑色其实是一种时尚的代表色。不过在2001年改版时，他们还是将黑色改为明亮的蓝色了。

《读者》创刊27年来最具影响力的十篇文章

夏令营中的较量

◎ 孙云晓

〔胡亚权荐语〕
这篇文章曾经引起中国教育界关于中国少年儿童素质教育的大讨论。
之所以推荐给大家，
是因为这个问题万分重要
——对于每一个家长和将要做家长的人。

1992年8月，77名日本孩子来到了内蒙古，与30名中国孩子一起举行了一个草原探险夏令营。

A.中国孩子病了回大本营睡大觉，日本孩子病了硬挺着走到底。

在英雄小姐妹龙梅、玉荣当年放牧的乌兰察布盟草原，中日两国孩子人人负重20公斤，匆匆前进着。他们的年龄在11—16岁之间。根据指挥部的要求，至少要步行50公里路，而若按日本人的计划，则应步行100公里！

说来也巧，就在中国孩子叫苦不迭之时，他们的背包带子纷纷断落。产品质量差给他们偷懒制造了极好的理由。他们争先恐后地将背包扔进马车里，揉揉勒得酸痛的双肩，轻松得又说又笑起来。可惜，有个漂亮女孩背的是军用迷彩包，带子结结实实，使她没有理由把包扔进马车。男孩子背自己的包没劲儿，替女孩背包不但精神焕发，还千方百计让她开心。他们打打闹闹，落在了日本孩子的后面。尽管有男孩子照顾，这位漂亮女孩刚走几里路就病倒了，蜷缩一团瑟瑟发抖，一见医生泪如滚珠。于是，她被送回大本营，重新躺在席梦思床上，品尝着内蒙古奶茶的清香。

日本孩子也是孩子，也照样生病。矮小的男孩子黑木雄介肚子疼，脸色苍白，汗珠如豆。中国领队发现后，让他放下包他不放，让他坐车更是不肯。他说："我是来锻炼的，当了逃兵是耻辱，怎么回去向教师和家长交待？我能挺得住，我一定要走到底！"在医生的劝说下，他才在草地上仰面躺下，大口大口地喘息。只过了一会儿，他又爬起来继续前进了。

B.日本家长乘车走了，只把鼓励留给发高烧的孙子；中国家长来了，在艰难路段把儿子拉上车。

下午，风雨交加，草原变得更难走了，踩下去便是一脚泥水。

当晚7点，队伍抵达了目的地——大井梁。孩子们支起了十几顶帐篷，准备就地野炊和宿营，生起了篝火。日本孩子将黄瓜、香肠、柿子椒混在一起炒，又熬了米粥，这就是晚餐了。日本孩子先礼貌地请大人们吃，紧接着自己也狼吞虎咽起来。"倒霉"的是中国孩子，他们以为会有人把饭送到自己面前，至少也该保证人人有份吧。可那只是童话。于是，有些饿着肚子的中国孩子向中国领队哭冤叫屈。饭没了，叫屈有何用？

第二天早饭后，为了锻炼寻路本领，探险队伍分成10个小组，从不同方向朝大本营狼宿海前进。在茫茫草原上，根本没有现成的路，他们只能凭着指南针和地图探索前进。如果哪一组孩子迷失了方向，他们将离大队人马越来越远，后果难以预料。

出发之前，日本宫崎市议员乡田实先生驱车赶来，看望了两国的孩子。这时，他的孙子已经发高烧一天多，许多人以为他会将孩子接走。谁知，他只鼓励了孙子几句，毫不犹豫地乘车离去。这让人想起昨天发生的一件事：当发现道路被洪水冲垮时，某地一位少工委干部马上把自己的孩子叫上车，风驰电掣地冲出艰难地带。

中日两位家长对孩子的态度是何等的不同！我们常常抱怨中国的独生子女娇气，缺乏自立能力和吃苦精神，可这板子该打在谁的屁股上呢？

C.日本孩子吼声在草原上震荡

经过两天的长途跋涉，中日两国孩子胜利抵达了目的地狼宿海。

当夏令营宣告闭营时，宫崎市议员乡田实先生作了总结。他特意大声问日本孩子：“草原美不美？”

77个日本孩子齐声吼道：“美！”

“天空蓝不蓝？”

“蓝！”

“你们还来不来？”

“来！”

这几声狂吼震撼了在场的每一个中国人。天哪！这就是日本人对后代的教育吗？这就是大和民族精神吗？当日本孩子抬起头时，每个人的眼里都闪动着泪花。

在这群日本孩子身后，站着的是他们的家长乃至整个日本社会。

据悉，这次由日本福冈民间团体组织孩子到中国探险的活动得到日本各界的广泛支持。政府和新闻机构、企业不仅提供赞助，政界要员和企业老板还纷纷送自己的孩子参加探险队。许多教授、工程师、医生、大学生、小学教师自愿参加服务工作。活动的发起者、该团体的创始人河边新一先生与其三位女儿都参加了探险队的工作。他们的夏令营向社会公开招生，每个报名的孩子需交纳折合7000元人民币的日元。一句话，日本人愿意花钱送孩子到国外历险受罪。

D.中国孩子的表现在我们心中压上沉甸甸的问号

日本人满面笑容地离开中国，神态很轻松，但留给中国人的思考却是沉重的。

刚上路时，日本孩子的背包鼓鼓囊囊，装满了食品和野营用具；而有些中国孩子的背包却几乎是空的，装样子，只背点吃的。才走一半路，有的中国孩子便把水喝光、干粮吃尽，只好靠别人支援，他们的生存意识太差！

运输车陷进了泥坑里，许多人都冲上去推车，连当地老乡也来帮忙。可有位少先队“小干部”却站在一边高喊“加油”，当惯了“官儿”，从小就只习惯于指挥别人。

野炊的时候，凡是又白又胖抄着手啥也不干的，全是中国孩子。中方大人批评他们：“你们不劳而获，好意思吃吗？”可这些中国孩子反应很麻木。

在咱们中国的草原上，日本孩子用过的杂物都用塑料袋装好带走。他们发现了百灵鸟蛋，马上用小木棍围起来，提醒大家不要踩。可中国孩子却走一路丢一路东西……

短短的一次夏令营，暴露出中国孩子的许多弱点，这不得不令人反思我们培养目标与培养方式的问题。第一，同样是少年儿童组织，要培养的是什么人？光讲大话空话行吗？每个民族都在培养后代，日本人特别重视生存状态和环境意识，培养孩子的能力和公德；我们呢？望子成龙，可是成什么龙？

我们的爱心表现为让孩子免受苦，殊不知过多的呵护可能使他们失去生存能力。日本人已经公开说，你们这代孩子不是我们的对手！第二，同样是少年儿童组织，还面临一个怎样培养孩子的问题。是布道式的，还是野外磨炼式的？敢不敢为此承担一些风险和责任？许多人对探险夏令营赞不绝口，可一让他们承办或让他们送自己的孩子来，却都缩了回去。这说明了什么呢？

是的，一切关心中国未来命运的人，都值得想一想，这个现实的矛盾说明了什么。

全球在竞争，教育是关键。假如，中国的孩子在世界上不具备竞争力，中国能不落伍？

刊于 1993 年第 11 期

CB

第十六章

《读者》经济

印刷的艺术化过程

印刷对于一家杂志意味着什么?

这似乎是一个十分乏味的话题。但对于《读者》来说,印刷则是杂志整体运作的一个重要组成部分。

从1988年在武汉开始设立第一个分印厂开始,彭长城就悄然启动《读者》的经营战略,而在他所设计的理想的《读者》印刷、发行网中,要有将近20多个印点才能覆盖全国市场。《读者》起初的发展几乎是伴随着分印点的增加开始的。每增加一个印点,印数都会得到相应的增加,而印点所负责的区域也能迅速得到覆盖。彭长城就在这种高

速的发展中，开始布设《读者》在全国的分印点。短短6年，就在全国建立了兰州、南京、贵州、成都、济南、重庆、福州、深圳、上海、南宁、天津、沈阳等15个印点。

印点的增多带来印数的上升，同时也带来许多不利因素。分印开始后，一些印点与邮局联合，与别的印点展开激烈的竞争。这种竞争起初是合理的，但到了一定程度，它的不合理与混乱就开始显现了。一些印厂甚至出现私自增加印数，越区越范围及提前发行，引起各邮局之间扯皮的问题。还有的工厂印刷质量低劣，靠提供假样本蒙人，受到读者投诉。

1993年，彭长城提议每年召开一届编印发工作会议，对当年度的工作进行总结。印刷厂首次作为客人应邀参加会议，这对他们来说是一种规格与礼遇。此前的格局是，一些报刊往往决定着工厂的命运，往往在工厂面前高人一等，更别说邀请他们参加会议了。这些印厂的老总们自然感到非同寻常，他们感叹："《读者》懂得尊重人。人家对我们这么好，我们也得把《读者》的事当回事。"

但这些话并不能掩盖那几年杂志整体印制水平不高的问题。杂志的印制低劣时常成为读者投诉的对象。而当时期刊界通行的做法是：如果发现缺页或者残损现象，请将原杂志寄往印厂调换。然而，没有几个人会花钱去找印厂麻烦的，结果只能是读者受损，自然更会引起读者的不满。

印制管理已成为一个重要的环节。《读者》杂志社从出版社要来了康力平主管印制业务。康力平此前一直负责印刷方面的业务，对印制工作与印刷工艺标准十分在行。康力平的就任，使《读者》的印制水平开始得到保证。

但如何规范这些分印厂的质量，却仍是一个问题。由于此前没有一套完整的质量管理标准，各印点生产出来的产品没有可比性，印刷质量一直处在模糊管理阶段。彭长城邀请甘肃人民出版社出版处处长齐文健联合起草了对邮局与印厂进行管理的几条规定，准备由模糊管理走向目标管理。

《读者》杂志的监测系统成为杂志印刷质量的关键

CB
CB

第二年，在深圳举办的第二届编印发会议上，这个条例得到了通过。这个规定具有很实在的操作性与目的性，如纸张方面，明确限令5家工厂必须与岳阳造纸厂签订供货合同。因为这家厂生产的书刊胶印纸是目前中国较好的纸。据说这种纸是由苇子浆做的，柔韧性好，较白，印出的字迹清晰美观。而其他厂家的同类纸却是由草浆制作的，色泽与纸质均较差。但岳阳造纸厂的纸价却要高出5%。

同时，他们还指定了要选用江南造纸厂的铜版纸。如果哪家工厂没有选用指定厂生产的纸张，在质量评比中，一下子就会掉20分，问题严重的还会被取消印制资格。而对于越区越时发送杂志及盗版，他们也从印厂身上开刀，因为印厂是源头。彭长城在规定中提出，严格限死各地印点发货时间，如果哪家印厂提前或推后发送，将会受罚，严重的也会被取消印制资格。

在这次会上，他们决定在深圳设立分印点，并确定在深圳印制的《读者》杂志的内文由传统的单一色彩改为双色印刷，这是《读者》杂志在印刷与装帧上的一次试验与突破。这家厂承印的杂志，将大部分用于出口。因为这几年《读者》杂志每年的外销量已由起初的5000多本增加到2万多本，外销杂志的简陋已影响到杂志的形象。

让各个印点的厂长们头疼的还是严格的质量评比。在评比的程序上，彭长城与康力平招数一年比一年犀利。第一年的时候，大家还可以自己提供样本，参加评比时，还可以马马虎虎过关。但到了第二年，彭长城就改变了思路，他让发行部从每个印厂的发行区域里请来三位质量监测员，这些监测员没有别的任务，就是每期从当地购买一本当期《读者》寄回杂志社，然后把杂志的版权页全部剪去，由各印厂的厂长自行打分。杂志混到了一起，谁也无法区分自己的杂志，大家只好都认真地去打分，这种结果的残酷与客观可想而知。

每年都有几家工厂被甩到后面，而在十几家的同行面前，自己的印制水平排到最后一位的滋味并不好受。当然，《读者》杂志的奖励也是可观的，每年都会有20多万元奖金奖给印制水平较高的印厂。《读者》杂志的印制合格率在99.7%左右，这在中国期刊界是件少有的事。有一个故事可以说明这些印厂

《读者》杂志第四届深圳编印发工作会议

对于杂志印制水平的重视。济南7213工厂1999年曾发生过一期杂志因为印制问题而被退回近百本的事故。工厂按规定，竟要罚当期的印制车间主任每本100元钱，共罚了近万元，这位主任一直不服。第二年她患癌症住院，临终前厂领导去看她，她才含着泪说："我理解你们的苦心……"

杂志社与印厂在这种严格的规范中，反而呈现出良好的合作关系。杂志社三次面临难关，承印的十几家工厂都能甘苦与共，不惜牺牲巨额利润与杂志共渡难关。原大公印刷厂的厂长张森说："《读者》杂志从来没有把我们当成外人，而是把我们当成绑在一个战车上的合作伙伴，有福同享，有难同当，《读者》杂志需要帮助，我们当然会伸出援手。"

岳阳与江南造纸厂在福州召开的第七届编印发会上，提议以后将所有直供各印点的用纸在封套打上"《读者》专用纸"的字样，进行特制。

真诚是有代价的，当然也有回报。《读者》杂志分印以来，共给这些印厂与造纸厂提供了近4个亿的利润，同时间接提供了近千个就业机会。

很像是一个秘密

对于《读者》来说，在不短的27年间，有一个秘密与数字总是不断被人们提起，业内或者业外都为她不断攀升的发行量而好奇：她从10万到100万，再到300万、400万，甚至刚刚破了纪录的800万份，如此庞大的发行量是由多少人搞上去的？她的发行部到底有多大规模？因为如果是自办发行的话，至少也需要几百人，而且要有一个高效的全国性的网络。

事实是，这个杂志发行部的专职人员只有一个。《读者》杂志的发行全部依附于邮政系统的庞大网络。

就在所有的报刊都在依靠二渠道发行的时候，《读者》仍然信赖着这个网格。

这成为中国期刊界一个独特现象。

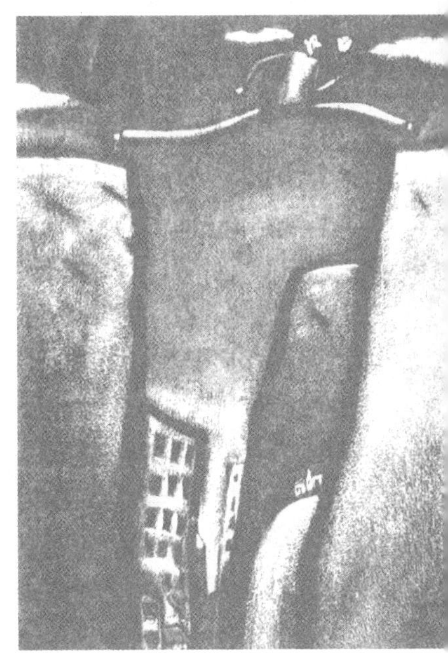

这个发行体系表面上看是个完美的个案，因为她用最少的资源配置赢得了最大的利润增长。但优势背后有时候潜藏着重大的隐忧。杂志至今未能建立一个有效的发行部，不能有效地控制发行。而要建立一个高效、规模完备、可自主控制的发行部，至少需要300多人。

这成为彭长城的一块心病。因为，毕竟自己的命运很大成分上是捏在别人的手里。

这种担忧很快应验了。2000年上半年，国家邮政总局忽然下达一纸文件，要求对全国邮局范围内的报刊发行进行一次清理整顿，整顿重点就是不让二渠道参与邮局的批发。以前的格局是二渠道发行商或明或暗地可以参与邮局的发行。客观上，在邮局代理全国报刊发行的过程中，二渠道书商作为一种补充，基本上达到了双赢。这个突如其来的通知据说是因为一些二渠道发行商在国内部分城市已构成了对当地邮发系统的威胁，邮政总局才下此“狠招”。

这个规定的出台，使国内部分期刊遭遇重大打击。据统计，国内名刊如《家庭》、《知音》、《故事会》等杂志发行量相继下滑。《读者》杂志的损失最重，4月份刚冲上600万大关，5月份上半月就掉了70万份，到年底，仅维持在500万份左右，100万份就这样没了。

彭长城急了，他跑到各代理邮局，请他们帮忙。德国著名的贝塔斯曼集团老总有一句名言：“我们永远距破产只有18个月。”彭长城再次体会到这句话的分量。

此后，邮政总局似乎也觉出此举不妥，专门向各地发了明传电报，要求把《读者》的发行搞上去，但为时已晚矣。

彭长城只好另想办法。而他所能祭起的武器就是一套完备的奖惩管理办法，重奖那些为杂志发行作出重大贡献的邮局。

第一年的奖励很寒酸，每人只有500元。彭工城第二年开始说服领导拿出更多的钱来作为奖金。他想只有重奖才可以让人记住，也才能刺激出人的创造性。第六届编印发会议时，杂志社共给印厂与邮局奖金近百万元。但许多直接参与邮发的人却不太满意，甚至引发了一些牢骚，因为那些钱谁也不敢领，而是全部上交充公了。

彭长城决定改革奖励方案，在2000年召开的福州会上，杂志社采取了更为刺激的做法，他们这次共发出了130万元奖金，最高的邮局拿到了23万元，其他的如深圳邮局等也分别拿到了18万元不

锦州、武汉、深圳等分印点所在的邮政发行局联合奖励《读者》一辆价值42万元的别克轿车。这样的奖励更多的是一种有效的赞美

等。会场上出人意料的一幕是，出版社陈绍泉与傅保珠等几位领导捧着十几捆现金兑现。这次拿到现金的人心里比较踏实了，因为杂志社明确提出：奖金分为三部分，30%的奖给具体进行操作的人，30%的分给各下属单位，其他的上交公司。

彭长城明白，只有让真正干活的人拿到钱，拿到属于自己的那一份奖金，才会达到奖励的目的。

就在那次会上，发生了一件出人意料的事情，与会的15家邮局决定联合重奖《读者》。3月初，在《读者》杂志创刊20周年之际，锦州、武汉、深圳等分印点所在的邮政发行局联合奖励《读者》杂志社一辆价值42万元的别克轿车，车上标着"杂志表率，刊林楷模"8个大字。这是历史上邮发单位第一次奖励杂志社。

另外一个热闹的景象是，成都印厂与岳阳纸厂争相申办来年的《读者》工作会议，现场气氛令人难忘。更为重要的是，他们建立起了长久的合作伙伴关系，许多项目可能目前不会赚钱，但一种赚钱的模式却已经建立起来了。

早在1995年，胡亚权就提出一个观点，中国的报刊迟早要走直销这条路，并提请彭长城研究这一问题。2000年邮政总局严整邮发市场后，彭长城想到了杂志社直接递送的事。老胡想了想说，办法好是好，可邮局不会答应。你杂志社如果将订户的钱拿过来，显然不符合“谁的事谁来做”的原则。咱们干脆来个新招，叫“友情订阅”或者“亲情订阅”，鼓励城里人为农村亲戚们订乡村版。彭长城觉得这个办法与自己的初衷相合，连夜写了广告词：“把你的爱意传达给你的亲友，找一回每月相逢的感觉。”

彭长城的初衷是，现代人生活节奏较快，在忙碌中忽视了亲情。如何了却未能如愿的心情，为远方的亲朋好友捎去问候？读者可以通过代乡下亲友订阅《读者》与乡村版来表达你的亲情。杂志会按照你的要求，在精美的贺卡上打上留言，连同杂志一块儿直接送达你的亲友手中。

这种友情订阅在中国是第一家，但这种征订只能是在原价的基础上进行，杂志社与邮局并不会多赚钱。且这种征订十分复杂，牵涉到大量的人力，管理上也要十分严格。杂志社最后选定深圳邮局进行代理，这种代理虽没有利润可言，但深圳邮局钟局长却冲着这种征订的前景答应了此事。

“亲情征订”在10月份推出后，大获成功。雪片似的信件与汇款单让深圳邮局应接不暇。到2003年度，仅此项征订就达到近4万份。

彭长城一直试图找到与邮局新的合作方式，创立一种新的发行模式。2001年4月，是《读者》杂志20周年纪念日。对于这样一个重要的纪念日来说，一套好的礼品显得极为重要。但送给读者什么呢？

彭长城设想将杂志27年来所发行的每期杂志的封面全部做成明信片，送给每位读者。规定凡是将这些明信片集齐者，《读者》杂志将进行奖励。彭长城策划的这套明信片共有250张，这250张明信片将作为一种企业贺年卡的形式出现，在过年前全部送达读者手里。

张正杰对此很支持。但这些明信片的印制费用将超过200万元，加上明信片的邮资，也就是说，《读者》将向读者赠送价值达500多万元的礼品。

新的理念的产生，总是从结识一些新朋友开始。

彭长城在与北京邮政广告有限公司联系时，确认了这批明信片国家可以发行，而且以一本杂志的所有的封面作为明信片正式发行，数量达到250枚的仅此一家。得到这个信息，彭长城很激动，当即决定将此套明信片申请上海大世界吉尼斯纪录。经过公证，这套明信片正式成为吉尼斯世界纪录大全之一种。

2001年，由国家邮政局发行，北京邮政广告公司发布的一套编号为2001京(BK)—0121(250—001—250)2001年度中国邮政贺年有奖明信片正式发行。此套明信片由《读者》创刊至今的每期封面和当期文字精华组成。全套250张，共印制1.3万套，计325万张。

广告的胜利

广告在《读者》杂志上的地位一向不高，但它的利润却在提醒着这个杂志的每个人。从刊发广告的第三年，

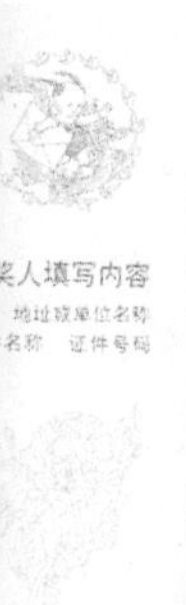

利润就开始超过了发行利润，且每年都有着大幅度的增加。

利润是真实的，即使面对着这样一本以倡导某种温情的理想主义的杂志。

当然，《读者》的广告策略一直面临着挑战。从1994年开始，读者广告版面渐渐增多，到1999年，广告版面已增加到10版。如同以往《读者》的风格，在这个过程里，每增加一个广告位，《读者》都会相应地找到一些回报读者的手段。他们增加了美术插页的版面，由3版增加到6版。尽管这样，仍然遭到部分读者的强烈抵制，一些读者甚至因此而不再订阅。

不过通过多次调查发现，80%的读者接受广告。有一部分读者只是要求他们把广告做得精美一些，让广告成为真正的信息。信息正在成为人们阅读杂志的一个重要选择，但这也同样取决于你选择与传播什么样的信息。而广告主也有自己选择这本杂志的理由与标准。

一个类似于故事的事情是这样的。广东德生电器制造公司，是目前国产收音机行业的龙头老大，改写了收音机作为一个夕阳产业的旧面目，在短短的几年时间里，德生已经售出了1000多万台收音机，成为中国最大的收音机生产基地。

这家公司1994年起步的时候，一直渴望找到一家有影响力的媒体，推广德生收音机这个品牌。总经理梁伟偶然在广州遇到了彭长城。两个人大谈了各自对于广告的理解，彭长城介绍说《读者》的读者40%为大中专学生。梁伟听后大喜，于是两人一拍即合。

1995年10月，德生开始在《读者》杂志上大量投放广告。与梁伟所预想的一样，从公司所反馈回来的信息上可以看出，40%左右的购买者是从《读者》杂志上了解德生这个品牌的。德生收音机一炮走红，并经久不衰，梁伟解释自己当时的心情时说："我能生产出最好的产品，但也需要一家最好的媒体帮助宣传。我们两家的结合肯定可以创造双赢的结果。"德生公司连续在杂志上做了8年广告，共投入广告费近千万元，成为《读者》的铁杆客户。他不但自己在《读者》上做广告，还鼓动老同学创维公司的老总黄宏生也在该杂志上做广告。

事实证明，他的远见是正确的。许多读者喜欢听广播，特别需要优质收音机。更让人奇怪的是，还有一位读者是看到德生收音机的广告后，才购买杂志的，后来又成为《读者》的忠实读者。

德生公司广告成功的范例，使许多公司把《读者》当成新的竞争平台。2002年9月《市场报》曾刊发了一篇文章：卓越对阵贝塔斯曼，爆发在《读者》上的广告战。这篇分析文章透露，国内与德国"贝塔斯曼书友会"类似的"卓越精品俱乐部"逐渐发力，并在《读者》这块宣传阵地上与贝塔斯曼书友会短兵相接。

此文透露："虽然贝塔斯曼书友会在中国是先行者，卓越精品俱乐部只是一个小学生，但这个学生的表现却已经令人刮目相看，经过近一年的发展，卓越精品俱乐部吸收了约20万名会员。在此期间，卓

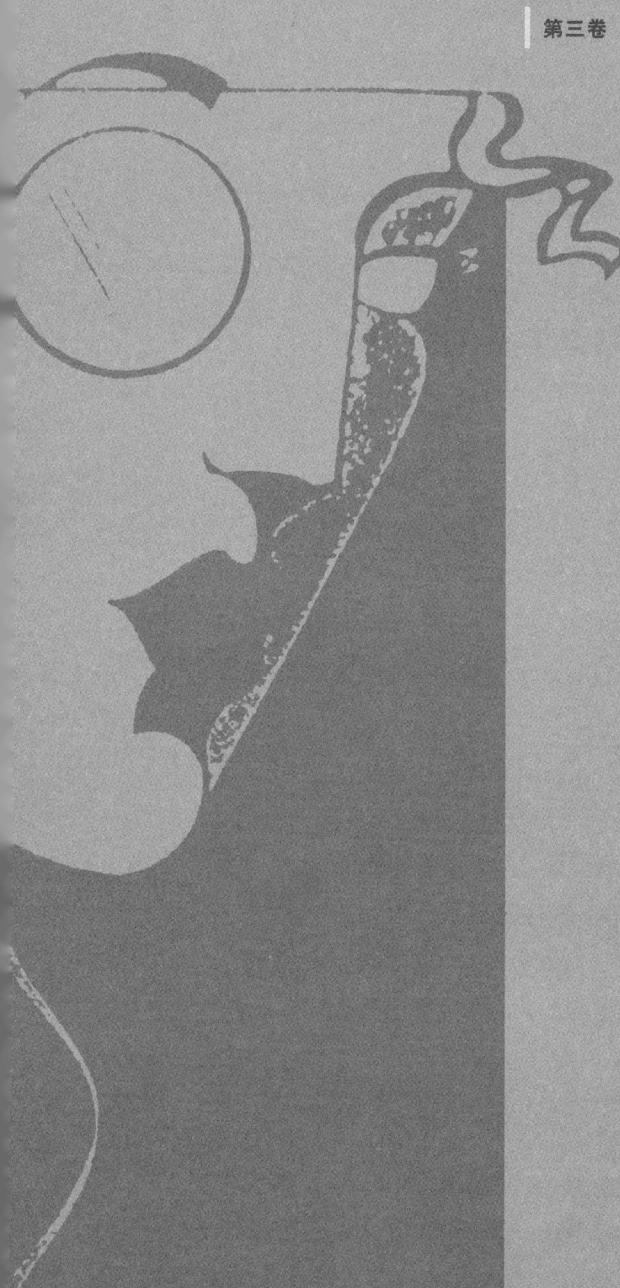

越和贝塔斯曼在《读者》上的广告大战一直在继续。为此，贝塔斯曼也在不断地调整着它的入会政策。”

得益者当然是《读者》杂志，从1994年开始，杂志的广告收入比例由刚开始的20%，过渡到现在的60%还多。到2003年初，广告收入累计已达上亿元。如此庞大的数字背后，是一个耐人寻味的故事，创造这个结果的仅仅是三个广告经营人员：彭长城、杜孟瑛和张秦生。

广告利润率虽然每年都以成倍的速度递增，但其中的弊端已开始显露。与客户打交道时的标准问题，如何使杂志的广告进入规模经营，都在考验着他们的经营理念。

彭长城决定将杂志的广告经营进行代理。他想设计一种新的形式，即将杂志的广告经营进行招标代理制。这个计划得到了社里的全力支持。

2000年9月，全国共有8家广告公司参与了这次代理广告公司竞标。“标王”由北京一家公司以8位数的高标招中。

这意味着《读者》再一次将自己的广告理念融入到了一种制度中。

《读者》创刊27年来最具影响力的十篇文章

把信带给加西亚

◎[美]艾尔伯特·哈伯特

〔胡亚权荐语〕
这篇短文，几乎被翻译成世界上所有的文字。
《把信带给加西亚》，
写的是有关诚信的主题。
这篇文章不断地被一些大公司作为职工教材，广为讨论，
可见它的社会意义是巨大的。

在一切有关古巴的事物中，有一个人最让我忘不了。当美西战争爆发后，美国必须立即跟西班牙的反抗军首领加西亚取得联系。加西亚在古巴丛林的山里——没有人知道确切的地点，所以无法带信给他。美国总统必须尽快地获得他的合作。

怎么办呢？有人对总统说："有一个名叫罗文的人，有办法找到加西亚，也只有他才找得到。"

他们把罗文找来，交给他一封写给加西亚的信。关于那个名叫罗文的人，如何拿了信，把它装进一个油纸袋里，封好，吊在胸口，3个星期之后，徒步走过一个危机四伏的国家，把那封信交给加西亚等等这些细节都不是我想说明的。我要强调的重点是：美国总统把一封写给加西亚的信交给罗文，而罗文接过信之后并没有问"他在什么地方？"

像他这种人，我们应该为他塑造不朽的雕像，放在每一所大学里。年轻人所

需要的不只是学习书本上的知识，也不只是聆听他人种种的指导，而是要加强一种敬业精神，对上级的托付立即采取行动，全心全意去完成任务——“把信带给加西亚”。

加西亚将军已不在人间，但现在还有其他的加西亚。凡是需要众多人手的企业经营者，有时候都会因一般人无法或不愿专心去做一件事而大吃一惊。懒懒散散、漠不关心、马马虎虎的做事态度，似乎已经变成常态；除非苦口婆心、威逼利诱地叫属下帮忙。或者，除非奇迹出现，上帝派一名助手给他，没有人能把事情办成。

不信的话我们来做个试验：你此刻坐在办公室里——周围有6名职员。把其中一名叫来，对他说：“请帮我查一查百科全书，把某某的生平做成一篇摘录。”

那个职员会静静地说：“好的，先生。”然后就去执行吗？

我敢说他绝不会，反而会满脸狐疑地提出一个或数个问题：

他是谁呀？

他过世了吗？

哪套百科全书？

百科全书放在哪儿？

这是我的工作吗？

为什么不叫查理去做呢？

急不急？

你为什么要查他？

我敢以十比一的赌注跟你打赌，在你回答了他所提出的问题，解释了怎么样去查那个资料，以及你为什么要查的理由之后，那个职员会走开，去找另外一个职员帮助他查某某的资料，然后，会再回来对你说，根本查不到这个人。真的，如果你是聪明人，你就不会对你的“助理”解释，某某编在什么类，而不是什么类，你会满面笑容地说："算啦。"然后自己去查。这种被动的行为，这种道德的愚行，这种心灵的脆弱，这种姑息的作风，有可能把这个社会带到三个和尚没水喝的危险境界。如果人们都不能为了自己而自动自发，你又怎能期待他们为别人采取行动呢？

你登广告征求一名速记员，应征者中，十之八九不会拼也不会写，他们甚至不认为这些是必要条件。这种人能把信带给加西亚吗？

在一家大公司里，总经理对我说："你看那职员。""我看到了，他怎样？""他是个不错的会计，不过如果我派他到城里去办个小差事，他可能把任务完成，但也可能就在途中走进一家酒吧，而当他到了闹市区，可能根本忘了他的差事。"

这种人你能派他送信给加西亚吗？

近来我们听到了许多人，为"那些为了廉价工资工作而又无出头之日的工人"以及"那些为求温饱而工作的无家可归人士"表示同情，同时把那些雇主骂得体无完肤。

但从没有人提到，有些老板一直到年老，都无法使有些不求上进的懒虫做点正经的工作；也没有人提到，有些老板长久而耐心地想感动那些当他一转身就投机取巧的员工。在每个商店和工厂，都有一个持续的整顿过程。公司负责人经常送走那些显然无法对公司有所贡献的员工，同时也吸引新的进来。不论业务怎么忙碌，这种整顿一直在进行着。只有当公司不景气，就业机会不多，整顿才会出现较佳的成绩——那些不能胜任、没有才能的人，都被摈弃在就业的大门之外，只有最能干的人，才会被留下来。为了自己的利益，使得每个老板只保留那些最佳的职员——那些能把信带给加西亚的人。

我认识一个极为聪明的人，他没有自己创业的能力，而对别人来说也没有一丝一毫的价值，因为他老是疯狂地怀疑他的雇主在压榨他，或存心压迫他。他无法下命令，也不敢接受命令。如果你要他带封信给加西亚，他极可能回答："你自己去吧。"

当然，我知道像这种道德不健全的人，并不会比一个四肢不健全的人更值得同情；但是，我们也应该同情那些努力去经营一个大企业的人，他们不会因为下班的铃声而放下工作。他们因为努力去使那些漠不关心、偷懒被动、没有良心的员工不太离谱而日增白发。如果没有这份努力和心血，那些员工将挨饿和无家可归。

我是否说得太严重了？不过，当整个世界变成贫民窟，我要为成功者说几句同情的话——在成功机会极小之下，他们导引别人的力量，终于获得了成功；但他从成功中所得到的是一片空虚，除了食物外，就是一片空无。我曾为了三餐而替人工作，也曾当过老板，我知道这两方面的种种甘苦。贫穷是不好的，贫苦是不值得推介的，但并非所有的老板都是贪婪者、专横者，就像并非所有的人都是善良者。

我钦佩的是那些不论老板是否在办公室都会努力工作的人，我也敬佩那些能够把信交给加西亚的人。静静地把信拿去，不会提出任何愚笨问题，也不会随手把信丢进水沟里，而是不顾一切地把信送到。这种人永远不必被解雇，也永远不必为了要求加薪而罢工。文明，就是为了焦心地寻找这种人才的一段长远过程。这种人不论要求任何事物都会获得。他在每个城市、村庄、乡镇以及每个办公室、商店、工厂，都会受到欢迎。世界上亟需这种人才，这种能够把信带给加西亚的人。

刊于 1998 年第 1 期

第十七章
谁可以决定未来

创新《读者》：800万发行量故事

2001年4月，彭长城出任常务副主编，一年后就任主编，这是《读者》杂志历史上由编辑部产生的首位主编。陈泽奎就任副主编，傅保珠就任编委会主任，胡亚权出任顾问。杂志社的班底由此打造完成。

胡亚权正式退休，他又找到了自己理想的去处——他渴望再创造新的奇迹，创办《读者》第二本子杂志，全彩色、高档版本的图摘形式《读者欣赏》杂志。这本杂志像个谜一样蕴藏在胡亚权的心里，这是他半退休状态的新生活。

彭长城尽管把自己定位为一个“保守的改革者”，但却在竭力与他的团队寻求新的突破

每个主编都会有自己的立场，以及对于一本杂志运作的新的态度。个人色彩与风格必将快速地融入杂志的每个部分。就在所有的人都在等待改变的时候，大家等来的却是彭长城冷静的思考。

彭长城思考的结论是杂志沿袭的“真善美”的思想与策略并没有过时，杂志编辑运作的整体程序，包括对于杂志内容的整体处理的方式，他认为都不能改变，只能在微调中向前行走。他从一个激进者进化为一个“保守的人”，这引起了大家的好奇。此前编辑们曾计划取消已在卷首放了近十年的《编读往来》栏目。编辑们的理由是这些信大部分是表扬《读者》或者讲自己与《读者》的关系，显得有些自恋。彭长城则认为这个栏目其实是个交流的窗口，间接地成了许多人了解这本杂志的一个方式，何况时常的自我表扬与被人表扬也是激励自己的一个方式。这个栏目就这样在他的“武断”中保留了下来。

这只是彭长城“坚守保守的编辑理念”的系统做法之一。显然，《读者》正在以静默的姿态发生着深刻的变化。傅保珠作为编委会主任，对于杂志未来有着清晰的认识。在他任职的前期，他是彭长城、陈泽奎们坚定的支持者。

尽管把自己定位为一个“保守的改革者”，彭长城与他的团队却仍然在寻求新的突破。彭长城一直喜欢一位美国企业家的话：“创新是一种习惯。”对于一本创刊20多年的杂志来说，创新可能是这本杂志唯一的生命。彭长城在这种“保守”中，思考着这本杂志需要更新与吸收的长处。他走得慎重而又快速。每个决策与选择都是经过思考之后的最新试验。他认为，对于一本已经成形的杂志来说，任何过于激进的改变都可能给这本杂志带来损害。一度，彭长城在调查中听到最多的声音，就是希望能改版，但杂志稍一改变，印数就以下滑的趋势来证明这种改变的代价。彭长城说，改变是必须的，但如何改则是一个问题。最后他认为渐进的改变与重新定位读者的取向与需求，是这种改变的唯一方向。彭长城先选择了从杂志的原创性上寻求突破。

文摘杂志选稿的同质化正在使杂志失去特色。作者与独家稿件成为决定一本杂志优势的重要因素。彭长城在2003年中的时候，提出与国内100位知名作家、《读者》杂志的重点作者签订作品使用权协议。这一倡仪得到了作家们的认同，在当年度的甘肃

《读者》杂志与百名作家签约。这个隆重的仪式对于《读者》来说，具有里程碑式的意义，一直被人诟病的原创文章问题，似乎正在开始得到解决

这样的时候显然是大家正在被某一件事所触动

首届文化产品交易会上，《读者》杂志成为一个标志性的关注点。毕淑敏、周国平、高建群等百位知名作家来到兰州，参加了隆重的签约仪式。这本以文摘闻名的杂志，开设了一个原创精品栏目，直接刊载从未在其他报刊上公开发表过的文章。作家们对于这一平台似乎格外关注，高建群、原野、周国平等人的原创作品，在杂志上陆续刊出。《读者》杂志正在努力以自己的品牌来吸引更多的优秀作品。显然，彭长城这

一精明之举刺激了国内同类期刊。据悉，多家文摘期刊也都出台了类似的措施。

彭长城与他的团队似乎意犹未尽。在接受一家杂志专访记者问到其可以归属到“知识分子、传媒企业家、传媒变革者”等身份选择时，自言“只是一个懂市场的办刊人”的彭长城，认为现阶段下中国的主编、总编和国外的主编、发行人都不是一个概念，他只是一个代理人，一个自认懂得市场的办杂志的代理人。

显然，彭长城的市场意识使他把杂志的创新融会贯通到了所有的细节。一家传媒认为：“彭长城与作家们的签约是他跑马圈地的开始。他显然在下一轮的竞争中，以一纸文书与巨大的品牌影响力，把产品的上游——作家们——产品提供者，牢牢地掌控在了自己的手里。这种精明可以视作已显老态的《读者》杂志的一个艰难的转身。也许这家已届20多年的老牌杂志，正在努力地制造新鲜的阅读期待。”

似乎为印证这家传媒的判断，《读者》杂志在2003年度的另一个杰作则是略显低迷的中国期刊界的一个奇迹。《读者》杂志成功地在加拿大、美国同步印制发行。每期印数5000册，5年之内达到25000册，合同金额450万美金。这是国内华语期刊目前进军国外市场的一大进步。作为这件事的推动者，彭长城显然实现了自己几年前未酬的愿望。成功地打入美国市场后，他的精明有效地使这一个具象征性意味

《读者》杂志历年月平均发行量统计图

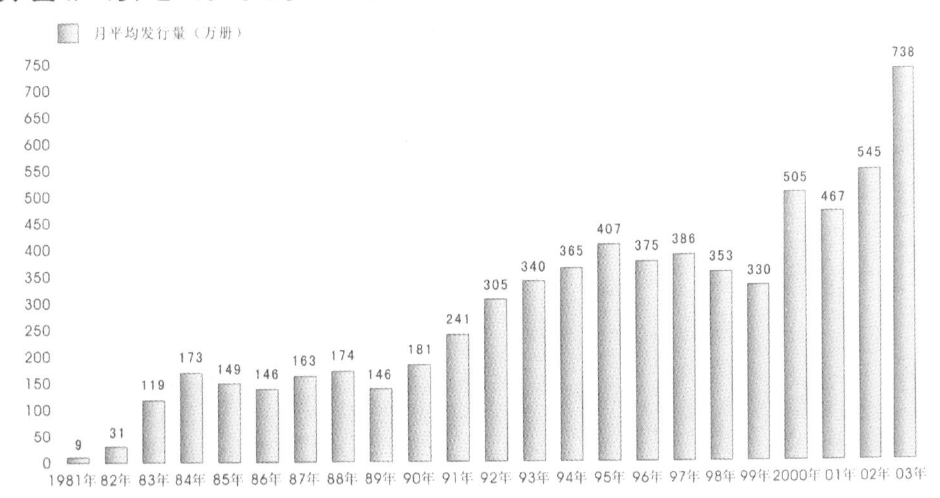

的事件，变成《读者》杂志赢利模式中新的一环。他要求代理这家杂志的公司，将这本在国内只有3元人民币的杂志定价2.5美元。彭长城认为，他的产品值这个价格。要知道，在当地市场，一般的中文期刊定价大多在两美元以下，甚至干脆只进行赠送。

彭长城的精明受到业内的关注与大规模的拷贝。几乎他的每个行动的后面，都会引起业界的跟风与争议。他在这一年度推出的“《读者》新东方英语学习月”，显然使读者从中受益，同时有了某种函授学校的味道。由于读者对于这一活动的支持，则可以从发行量上得到回报。据称，刊发这一活动启事的本月度杂志，销量劲升。

彭长城在坚持杂志编辑理念“保守”的同时，大刀阔斧地开始了一系列有奖征订活动。2001年发起的“订《读者》、游丝路”征订显得功利而又效果十足。这个在征订前发起的活动，带着明显的回报读者色彩，出版社出了近百万元，作为这次有奖订阅的经费。那次的结果是有近60万的读者参加了活动，当年度杂志发行跃升至560万

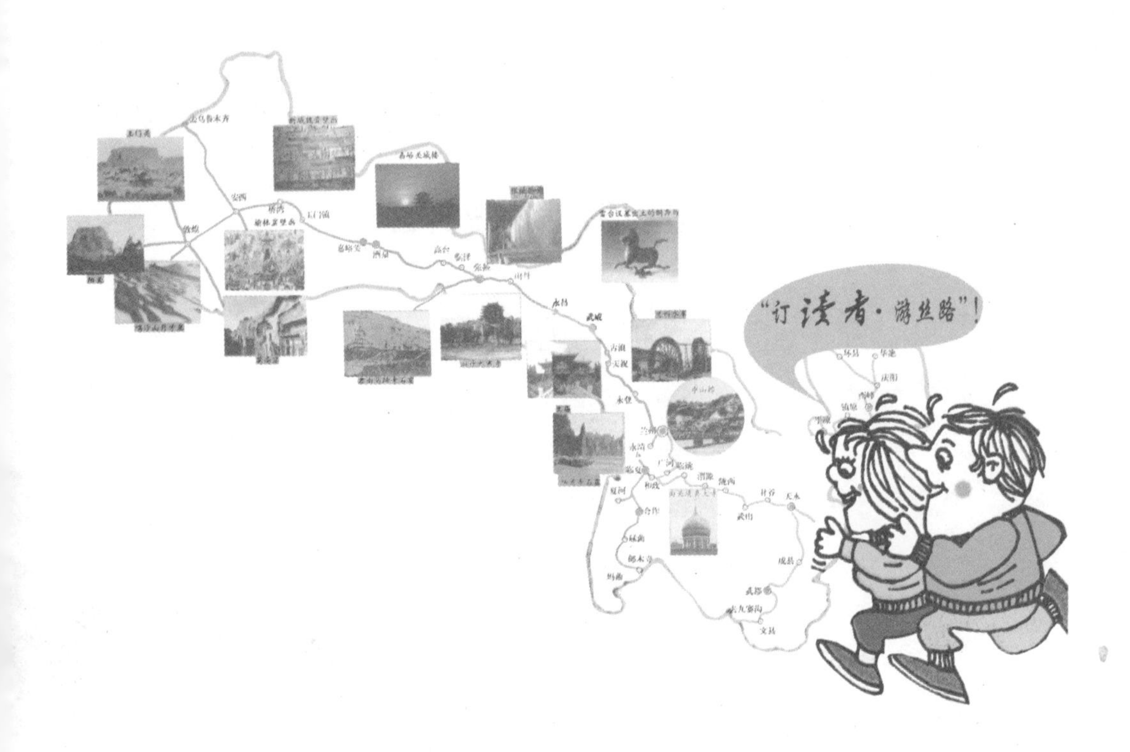

西　行　漫　记

——首批“订《读者》游丝路”幸运读者丝路之旅纪行

我们为追寻一个美好的梦而来，我们已经满载圆梦的收获而归。

因为，丝路有历史，《读者》有故事。

——摘自黑龙江幸运读者张海燕的来信

相　聚

2002年5月1日，刚刚经历了一场喜雨的金城——兰州，槐香四溢。读者杂志社迎来了首批参加“订《读者》游丝路”活动的近三十位幸运读者。这些读者来自黑龙江、辽宁、山东、山西、广东、上海、广西、内蒙古等十几个省、市、自治区，其中有好几位读者是一人幸运，家人同行，其中有夫妻，有母女，甚……幸运读者。这何尝不是读者与《读者》的一份情缘呢？在当晚的欢迎晚宴上，有了《读者》这个共同的话题，天南海北之间的距离消失了，信任增多了，笑声不绝于耳。大家的酒杯举到了一起，来，为我们的幸运干杯！为我们的相聚干杯！

讲述——读者与《读者》的故事

5月2日，幸运读者们早就期盼的时刻到了，参观杂志社并与编辑座谈交流。杂志社领导和部分编辑放弃了假期休息，迎候在社内。

编辑部、经营部、电脑室、美编室……大家兴奋地挨个参观。山西读者杨会莲是个有心人，一圈参观下来，就收集了不……《读者》“结合”已经二十多年了，和妻子才十多年，还不如《读者》，引来了大家会心的笑声。杨会莲读者谈到自己夫妻俩都是《读者》的忠实读者，多少年风风雨雨，和《读者》不知有多少故事。讲到这里，声音哽咽，此情此景，让大家深为感动。

体验——文化之旅

在杂志社参观、座谈完毕，幸运读者一行乘缆车横跨黄河，登上白塔山，俯瞰黄河和兰州市容全貌。在兰州的行程告一段落，挥别金城，踏上西行之路，古丝路河西走廊段文化之旅正式开始。

大家都是第一次游览古丝路，还有的读者是第一次来到西北，一切都是那么新鲜，还有……

《读者》杂志发行突破800万份，甘肃省委、省政府予以奖励

本。他们邀请的30位幸运读者汇聚兰州，做客《读者》杂志社，游古丝路河西走廊段。7月份，他们又组织了第二批幸运读者之旅，又有30位读者参加了这趟文化之旅。这个有奖征订活动到了年底，又有了新花样，他们又在原先制订的丝路游的基础上，增加了将近250个中奖名额，同时还与摩托罗拉公司一起，打出了“订读者、游丝路、得手机”的活动。

到2002年6月，杂志开始每月以10多万册的速度递增，先是突破了600万，再是630万。到了年底，征订结果出来，《读者》杂志社迎来了发展史上惊人的一笔：2003年第1期，杂志征订数超过686.6万册，刷新了中国杂志发行量的纪录；2003年第3期，订数再度刷新，达到701万，9月，杂志在封面上标注，发行创下802万册大关。

把创新作为自己主政《读者》方式的彭长城，有板有眼地实现着自己的想法。他显然并不是一个激进式的改革者，他相信和风细雨式的浸润远比暴风雨更有力量。就在无数人猜测《读者》会有更多的变革时，彭长城则在接受新华社的专访时，小心地说：“2004年，我们集中力量只办一件事，就是让《读者》更加贴近读者。”

彭长城这一现代化的招数出乎所有人的意料。杂志与新东方教育在线合办了一个编读短信交流平台，他希望读者通过这个平台，可以选出自己喜欢的文章，以及讨厌的文章，指出杂志中存在的问题，帮助编辑们找到一个新的办刊指南。彭长城正在试图以这样的方式，来向编辑们传达“最前线”的信息，使编辑们能够更快地了解读者的需求。彭长城的真实想法是，通过这些读者的监督，来减少杂志的差错，同时编辑们从选出的每期最受欢迎的文章中找到自己的选择取向。这个平台给编辑们带来很大压力，而且可怕的是，读者总是不断地以挑剔的眼光向编辑们挑刺。

所有从这一年开始的创新中，短信无疑是最亮的亮点。中国9000多种报刊中，《读者》第一个开通短信交流，读者用短信既可对改版后的纸质、印刷提出建议，又可对每一篇作品的内容评头论足，同时读者可以将自己的所感所悟直接与编辑交流，此外还可以直接通过短信投稿。“有了这样一个平台，读者第一时间就可以把他们的兴趣、需求、建议反馈给我们，使《编读往来》立竿见影，快速实现了编辑与读者间的双向互动。”彭长城解释自己的初衷时这样说。《读者》杂志的大手笔更集中表现在他的另一项创新上，从2004年第1期开始将正文纸张由过去的单色印刷变为双色印刷，竟然是加质不加价，仍然维持每本3元钱的价位。

多年来，《读者》一直在追求成为“中国人的心灵读本”这个目标，但随着读者欣赏水平和需

求的不断变化，仅让读者"心动"已经不能满足市场需求，手感、观感、动感的新享受也成为一个必然要求。2004年，《读者》的改头换面无疑是在朝着这一方向努力。"这些做法都是在反复斟酌后推出的，去年下半年已经开始筹备，从头两期反应看，已经得到了读者的普遍欢迎和肯定。"《读者》杂志编委会主任傅保珠，一直都是杂志改革强有力的推动者。他参与与指导了杂志每次重大的变革。当然，他关心的仍是这个团队健康的前进。

即使对于《读者》这样老牌的明星杂志来说，适当的奖励也仍然非常必要。2004年1月，中共甘肃省委、省政府召开了一个声势浩大的表彰会，甘肃省的授奖词是"这本杂志为省内在文化出版领域落实省委发展抓项目方针提供了范例"，授予《读者》杂志社"弘扬先进文化模范集体"称号，并奖励60万元。意犹未尽的甘肃省委书记苏荣、副书记马西林来到《读者》杂志社调研。他们似乎希望借此传达对于这本杂志更多的意味。显然，对于这家仍在前进中的杂志来说，她仍然在路上。

CCTV-4《让世界了解你》栏目组使彭长城与汤姆·瑞德通过国际通信卫星，在屏幕上相逢

牛肉面交情：《读者》与美国《读者文摘》的越洋对话

汤姆·瑞德谦逊、智慧，表面的谦恭下，是典型的美国式傲慢，尽管他不会让你察觉到，但那种尖刺一样的优越感却无处不在。这位现任美国《读者文摘》有限公司的董事长，对于遥远中国的那本《读者》杂志与大得无法预期的中国市场，一直都在寻找最佳的沟通渠道。他希望了解对手，同时也渴望早日把足迹布满中国内地。

世界总是被太多偶然的因素组成。他们跨越近16年的握手在2002年春天达成了。CCTV—4《让世界了解你》栏目组的总制片人顾宜凡和总导演诸葛虹云，成为他们牵手的媒介。这对夫妇在美国有着良好的人缘与相当多的资源。他们在对汤姆·瑞德采访的时候，汤姆·瑞德表示他最大的愿望是想与中国《读者》的主编彭长城对话。至于为什么，汤姆·瑞德没有说。但这个提议具有相当的卖点，是个极有意味的机会。彭长城对这个邀请充满了兴趣。为了以示隆重，彭长城带着陈泽奎等一干编委会成员郑重赴京。是年4月，他们终于通过国际通信卫星，在屏幕上相逢。虽然远隔千山万水，但是谈到首次对话的心情，彭长城与汤姆·瑞德都不约而同地选择了鲁迅的一句诗来形容自己的心情："度尽劫波兄弟在，相逢一笑泯恩仇。"

为了这场对话，汤姆·瑞德克服了中国和美国之间10多个小时的时差，早早来到自己的办公室，等待着国际通信卫星信号的开通。

由于几天前汤姆·瑞德折断了腿，所以在长达3个多小时的对话过程中，他的腿只能平放着藏在桌子底下，而上身还要保持着坐姿，其不舒服的程度可想而知。彭长城与汤姆·瑞德似乎互相在比试着谦逊。汤姆·瑞德说："我们这里许多人都知道你，你在我们这儿很有知名度。"他回忆说，当年他来到中国看到人们在书摊上购买《读者》的情形和美国人购买《读者文摘》一样踊跃时，他就明白了中国《读者》成功的秘诀，她和美国《读者文摘》一样，关键在于对普通人所蕴含的人性美的发现。

彭长城在这样的坦诚面前，自然展现着他动人的灿烂与开朗。他们有意回避当年的争论，这使对话显得平等、温暖。他豪爽地和盘托出《读者》长盛不衰的秘密。他说，《读者》用了20多年的时间挖掘小人物背后蕴藏的巨大精神力量和表达人性之美，因为只有人性的东西才能够征服人心。所以在所谓时尚热点频繁迸发的今天，《读者》推崇的主题还是"真善美"。

彭长城认为，即使在一个物欲横流的社会里，人还是应该有所敬畏和有所依傍的，依然是这些看起来保守的东西在拯救、平衡着人的内心。就像康德所说："我一直激动和好奇，对于天上的星空和我们内心的道德律。"而《读者》追求的就是这种平淡中蕴藏着撼人心魄的力量的朴素美。这也正是中国的《读者》和美国《读者文摘》取得成功的所谓秘密。

汤姆·瑞德的好奇几乎与所有的中国人一样：为什么中国最受欢迎的杂志不是出在政治文化中心的北京，而是出在西部兰州？可以感受到，彭长城是带着一份沉甸甸的骄傲来回答这个问题的，他详细地给汤姆·瑞德讲述了西部的历史，以及西部人民那种开拓进取精神和中国西部浓厚的文化积淀。他说正是在这种特殊的文化氛围中，才产生了《读者》这本杂志。

彭长城的的提问现实而中肯。美国《读者文摘》有十几个语种的版本，编辑人员来自世界各地，怎样才能用不同的语言创办出一份风格统一的杂志？这是彭长城最关心的问题。

上：彭长城与美国《读者文摘》有限公司董事长汤姆·瑞德在一起
下：《读者》杂志社主编与美国《读者文摘》的客人合影

汤姆·瑞德回答说，要解决这个难题首先要依靠当地的编辑人员，杂志的文章也必须反映当地的习俗，这样才能亲近当地的读者，满足不同读者的需求。"9·11"事件发生后，《读者文摘》发表了大量反映在救援工作中的消防队员的文章，因为他们的表现被认为是美国精神的再生，代表了当代美国的英雄主义。那两个月的杂志销量特别好。这应当是美国《读者文摘》获得成功的一个关键原因。

当然，双方的意图总是心照不宣，底牌在最后一刻掀开。汤姆·瑞德对彭长城提出的建议是把杂志办到国外去，让更多的人了解中国。当然，汤姆·瑞

德也希望让更多的读者看到美国的《读者文摘》。他说现在最大的愿望就是能够在退休前看到美国《读者文摘》在中国出版。说到此，他冲着镜头挥了挥手，希望能在进入中国市场方面得到彭长城的支持。

事后彭长城总结说，那次对话其实有许多东西是说给自己听的，也是对自己多年心得的一次小结。许多没有看清的问题，现在一下子看清了。

看来，这两本在编辑宗旨上如此接近的杂志的主编，其实在许多方面相当相似。彭长城送了汤姆·瑞德一份签满编辑名字的《读者》明信片册，而汤姆·瑞德也送给彭长城几枚美国《读者文摘》纪念邮票。彭长城很喜欢这份礼物，他真诚地邀请汤姆·瑞德："下次到中国来，我请你吃家乡最有名的特产兰州拉面。"这个邀请很快就兑现了。是年11月份，为纪念尼克松访华30周年，由美国《读者文摘》基金会独家赞助的"走向和平与合作之旅"在中国历史博物馆举行，汤姆·瑞德陪同尼克松的女儿朱莉来北京。彭长城特地从兰州赶到北京与汤姆·瑞德会见。开幕式上，在尼克松与周恩来总理握手的塑像

前，彭长城与汤姆·瑞德的手紧紧地握在了一起。第二天，彭长城邀请汤姆·瑞德在敦煌大厦一起吃兰州拉面。在愉快的“拉面谈话”中，两人对日后的交流与合作进行了详细的探讨。汤姆·瑞德答应《读者》可以转载美国《读者文摘》的文章；作为回报，彭长城也答应美国《读者文摘》可以转载他们的文章。“狡猾”的彭长城还与汤姆·瑞德进行了一次小小的交手。在吃饭时，彭长城突然拿出一张1000元的稿费领条让汤姆·瑞德签字领钱，把汤姆·瑞德弄得一头雾水。彭长城解释说，在那次对话后，汤姆·瑞德的一句话被他们在一次广告宣传中使用了，这是他应得的报酬。汤姆·瑞德对这个突如其来的举动十分惊奇，在推辞不掉的情况下，还是在领条上签上了大名。不过，同样“狡猾”的汤姆·瑞德把这个“小小的守法行为”轻轻挡了过去——他委托彭长城把这笔钱捐献给甘肃省的一个学校或基金会。彭长城表示愿意代办此事，并把发票寄去。一家媒体认为，这次握手，其实是《读者》杂志走向国际的开端。当你赢得对手平等对待的时候，表明你的实力正在赢得对手的尊重，尽管赢得这个尊重用了漫长的16年。

大与小的争议：《读者》杂志的穷途？

当《读者》杂志成为一本大发行量的杂志后，人们发现，在巨大的声名背后，她所取得的利润率却在中国媒体中排名靠后。发行量不如她的《知音》、《时尚》、《家庭》等杂志，每年的收益都比她多。《知音》在武汉有知音大厦，《家庭》在广州有自己的家庭大厦。据业界透露，《女友》杂志全年的总收入是《读者》收入的数倍，主要是因为他们较早实行了灵活的经营制度。

《读者》杂志的经营模式单一，只依靠单纯的广告与发行收入，其他收入仅占杂志全年营收的5%左右。《中国青年报》的一位记者在调查了《读者》杂志的营收模式后，认为在中国至少有两亿人是《读者》的读者，无论是在读者的心中，还是在业内人士的评价中，《读者》都是当之无愧的第一大期刊。然而就是这本拥有如此巨大的品牌价值和市场潜力的杂志，多年来除了新办少许杂志，对版本稍有增加外，在资本市场少有动作，甚至连一个自己的网站都没有。

1981年至1993年间，《读者》杂志是不接广告的，1994年后开始小有尝试，当年收入200多万元，之后逐年递增到了现在的2000多万元，占到出版总收入的70%左右，尽

管杂志社和其上级主管单位甘肃人民出版社均认为这是不菲的收入，但仍有人认为，相对于《读者》的品牌效应，收益还是太少。

最先对《读者》品牌开发提出意见的是民盟甘肃省委的车安宁先生，车先生2000年在大学任教时就曾在提案中吁请各界重视《读者》杂志的品牌效应，将其做大做强，发展相关文化产业。提案批转相关部门，车先生得到的是"提案很好，时机还不太成熟"的答复。

2003年年初，这份提案再次以民盟甘肃省委的名义提请审议。《读者》杂志对甘肃这样一个经济欠发达省份来说，是座含金量极高的富矿，亟待开发。甘肃的诸多有识之士认为，只从《读者》杂志所熟悉的读书、办刊等行当，就有做不完的文章。这样做，可以收到较之杂志广告及发行几倍甚至几十倍的效益。

甘肃省领导来杂志社调研。《读者》杂志正成为与兰州拉面一样重要的知名品牌

关于探究《读者》做大做强的事，一次次地成为了关注的焦点。有人建议《读者》细化人群，推出系列刊物；有人建议《读者》实施品牌扩张，推出文具、纪念品等等；也有人建议出版社建一座"读者大厦"，让其名副其实成为甘肃省的名片。有北京的投资者曾信心满怀地要把《读者》做成中国期刊第一股，结果无功而返；美国《读者文摘》期刊集团也曾派出一位副总商谈合作事宜，结果也是不了了之。《读者》内部也在想法使《读者》的品牌得到更好的利用。兴办网站，组建"读者俱乐部"等想法，胡亚权，彭长城早在几年前就已提出，并与合作方开始了实质性的接触，但最后却都因种种原因而告停。

就在这样的议论声中，《读者》产业化的路子，仍然处于初级的设想中。一位民营企业家说，《读者》即使现在开始品牌经营，也错过了最好的发展期。《读者》产业化无法展开的原因，被归结为两点：体制与观念。《读者》的问题，其实是所有社办企业共同的症结。在一本杂志发展的初期，出版社对于杂志发展起了关键的推动作用，但在杂志发展起来后，如何管理，如何给予杂志更大的发展空间，则还是一个难题。

从体制上看，《读者》杂志社至今仍是甘肃人民出版社的一个部门，是一个放大的编辑部，没有自己的财政权、人事权，甚至连自己的会计都没有。人员都是从出版社调配，无法自主调配，无权直接接收外来优秀人才和应届大学毕业生。

无论何种原因，《读者》品牌需要开发已成为一个不争的事实。办一本好的文摘性杂志，在兰州可以实现；而要对《读者》品牌进行深度开发，想在兰州办到却是太难了。运用《读者》品牌进军文化产业，所需的人才、资金、氛围、外部环境在兰州是不具备的。《读者》杂志有它的优势——“博采中外、荟萃精华”。2003年，由媒体引发的讨论，使《读者》问题再次摆到台面。全国政协常委、甘肃省政协副主席周宜兴曾直截了当地提出，完全可以将《读者》从其所属的行政事业单位分离出来，进行产业化改造。他尖锐地指出，这本杂志最大的问题就是相关部门没有把她作为一个市场主体去对待，没有按市场规律去办事，还习惯于用行政管理的手段管理一个文化品牌，把她当做一个“金娃娃”，为她圈了一个不大的围墙，唯恐别人拿了去，在合作中让别人沾了光。针对《读者》的品牌整合增值问题，如何增加、释放《读者》的品牌价值，最大胆的设想是基于这样一种考虑：运用《读者》的品牌效应来整合甘肃的出版产业，从而使《读者》品牌和甘肃出版产业同时增值。

由此，成立一个大规模的、能代表甘肃出版业乃至文化产业的“读者出版集团”，组建自己的图书发行、期刊发行公司，还可以考虑兼并几家印刷厂，从而形成一个集图书与期刊的内容制作、编辑、出版、发行、印刷于一体的现代出版集团。这样，就可以实现图书与期刊的优势互补、资源共享。

如此宏大的、牵涉几个部门的调整与品牌整合，显然不是《读者》杂志所能操作的。“读者出版集团”不应该是“翻牌”，更不是行政式的“拉郎配”，而应该是以市场导向为原则，以资本关系为纽带，运用《读者》杂志的理念、灵魂、行为方式来贯穿新的业务。目前组建“读者出版集团”还只是一个大胆的设想而已。《读者》杂志的股份制问题也有不少人提出，在产权问题上，《读者》杂志能否股份化，从而在根本上解决《读者》杂志发展的原动力问题，同样停留在设想上。

事实上，面临困境的《读者》是中国期刊市场的一面镜子。而报刊的市场化程度越高，产权问题就显得越紧迫、越敏感。这就是说，不仅仅是《读者》杂志，全国2000多家报纸、8000多家期刊中部分市场化程度比较高的报刊都面临同样的问题——产权固化的问题。《读者》杂志身处漩涡中心，处境相当微妙。对于这本杂志与身处其中的编辑们来说，现在又到了一个关键期。不论今后这本杂志的处境如何，市场都会给予最好的回答。

关于《读者》的未来走向，也进入甘肃省高层的视野与思考，进一步的改革显然已经开始。新闻出版总署石宗源署长，甘肃省省委书记苏荣、副书记马西林及其他各级政要，均数次到杂志社调研。省委宣传部长陈宝生提出了“《读者》的改革不改不行，慢改不行，小改不行，要大改”的指导思路，并明确了杂志改革的时间表。

2006年1月18日，以旗下品牌杂志《读者》冠名的读者出版集团有限公司在兰州成立。

卷外

关于思想方法的传承性

对于50多岁的彭长城来说，现在还不到总结的时候。

彭长城对自己认识得很清楚，他信奉自己推崇的一句话："一个人一生只能干一件事。"

他觉得自己一生中唯一的事业就是《读者》。现在是，将来也是。他不可能再去选择新的人生。这个从1982年分到《读者文摘》的"文革"后毕业的首批大学生，一转眼已在《读者》待了23年。

但彭长城起初差点与《读者》擦肩而过。

对于他来说，做一本文摘杂志的编辑并不是他的理想，他所迷恋的是历史。

他"文革"期间小学毕业，中学上了一年多也算毕业了。除了学工学农外，连有理数也没有碰过。幸运的是，他中学毕业后，分到了兰州一家工厂，在钢球车间做工人。那会儿能分到城市成为工人阶级的一员是件幸运的事。彭长城对工人状态的生活，有着很深的迷恋，他发现了自己天性中最热情的那一部分。他描述人在那种炼制钢球的过程，也会有种被冶炼的感觉。同那个时代一样，同时成为一个人生存下来的重要理由，激情也成为他接近历史的方式。

不过他的方式却有些怪异。他爱好历史仅仅是因为在工厂组织"批林批孔"时歪打正着读了许多书。彭长城时常在工厂的黑板上留下诸如"资产阶级大腹便便，挥舞着皮鞭，驱赶着无产阶级，为他赚钱"之类的顺口溜。那时候书本的影响力是有限的，却挡不住思考的直觉。就在这种热情中，他大量接触了孔子、孟子等人的东西，发现了许多让他无法回避的真理式的东西。那些东西对他的撞击很大，由此他迷恋上了古代文化。但读的书越多，他接触世界的方式就越要经受考验。他发觉了自己的局限性，许多东西并不是一些流行的概念与一种说法所能解释的，如历史是如何发生的，人类如何向前走等天问式的东西。这让他对历史产生了兴趣——在现实中找不到答案，他只好到书本中去寻找。

1977年，全国开始"文革"后的第一届高考，他考入兰州大学历史系。在这里，他觉得自己终于找到了一种接近历史的姿态，历史学让他找到了自己看世界的角度。

在校期间，兰州大学成立了敦煌研究所。敦煌的神秘博大吸引着每个历史迷恋者的注意力。彭长城开始涉足敦煌学，并撰写了许多论文。彭长城早期对于历史的见解，曾引起过学界关注。

就像一个人并不能左右自己的人生一样，生活让他的理想发生了变异。1981年1月，彭长城从学校毕业，并未如愿分到研究所，而是进了出版社。此前，与他同时分到出版社的其他同学都已到岗，只剩下《读者文摘》杂志还缺少人手。此时的《读者文摘》刚刚创刊不久，境遇差强人意。彭长城对这个杂志起初并不看好，只是觉得可以多看点书而已，他所牵挂的还是历史。杂志社对这位热爱历史的年轻人似乎也很看重。每逢编辑历史方面的文章，都交给他去润色，修改。彭长城记得最清楚的一次是，胡亚权拿来一篇《丝绸之路上的魔鬼》让他编辑，文章涉及国外探险家如何从敦煌盗取文物的事情。彭长城对这段历史的功底，使他发现了部分错处。这篇文章发表后，引起了媒体与业内的重视。

但彭长城还是觉得难以发挥自己的长处。到杂志社一年后，兰大历史系想调他回去当教师。彭长城觉得教书对自己的专业是一种促进，就打了报告要求调离，以满足自己的历史情结。

但他的请调报告却被当时出版社主管人事的张九超副总编挡住了，他在报告上批示："要把这个人留住，不能走……"

曹克己也对胡亚权说:“这个人还可以干点事,尽量要保留下来。”

就这样,彭长城被力劝留了下来。1993年,中央电视台的《东方之子》栏目在专访编辑部时问他:“你是学历史专业的,离开专业做一本杂志的编辑,感到后悔吗?”

彭长城说:“办一本刊物,有更多的人可以感受到她,受她影响,比自己一个人研究历史更有价值。历史最终还是要为活着的人服务嘛。”

有一句话彭长城没有说,办刊物其实这也是记录历史的一种方式。

彭长城客观上是个单纯的人。他性格中的某一部分东西注定了他的优秀与局限。与他共事多年对他深有了解的郑元绪对他的评语是:“他个性强悍,有力度,想做某件事，总会想尽一切办法去做到，对待自己认定的东西从不言弃。他的情感丰富，敏感，甚至有些脆弱。为人义气。他知道自己能力很强，但又会抱怨机会时常错过。”

这种性格危机事实上是彭的一个优势。彭长城总是在矛盾中生活，他可能会在一种不舒服中感到厌倦，但又会被某种激情式的东西说服。

1996年12月的一天，他在广东的一个书摊上偶然看到了一本由海登瑞撰写的《读者文摘传奇》一书，这本讲述一个从梦想到奇迹的书，让他激动

不已。那一阵子他正经历自己人生中的低潮，许多难以言说的东西让他感到疲惫。似乎曾有一阵子，他有些泄气了，想要离开了，就在这样的时候，他接触到了这本书。这本曾经迫使他们改名为《读者》的美国老牌杂志，既是他们的冤家也是他们的老师，这本书再次激起他内心的激情。几

乎用了一个整晚，他看完了这本书。天亮时，他在书的扉页上写下了这样一段话，这段话几乎写尽了他的个性中的优点与弱点：

我在广东一小书摊购得此书。

坐在街边小花坛上，静静地翻阅一本杂志的编年史，任思绪律动。一本杂志造就了一个时代的文化，几位默默无闻的编辑记录下社会的发展变迁。锲而不舍，满怀理想，一本杂志及其杂志成就之事毫不比任何政治家、文化使者逊色。

也许是天意，让我在心灰意倦之时，在我43岁生日之际，购得此书，多一份鞭策，多一份激励……

彭长城个性中的一种使命感的成分，在此显露无遗。但无人可解他的心灰意倦，也更无人可解他面对困境时的真实心境。

但这种东西难道不是对一个人意志的最好砥砺吗？

彭长城至今对自己的父亲心存感激。他一直很崇拜父亲。父亲有两件事，他一直印记在心。为此，他甚至觉得自己的思想方法与看待世界的角度的传承性都与父亲相关。

其一，父亲曾讲过一个亲身经历的故事。父亲当年来兰州上大学时，体弱，营养很差，身上大把脱皮。兰州医学院的一位教授给他看完病，说：“每天到我家来喝一杯牛奶，吃一个鸡蛋、一块面包。”这位教授家境并不富裕，家人都没有享受这份待遇，而且与他素不相识。父亲于心不肯，但老教授却言：“年轻人是可造之才，怎么能因身体而误了一生？”

老教授让父亲在他那里吃了一年，直到身体完全好为止。父亲为此感念一生，他每每念及此，都会教诲他：“做人要有胸怀，也要有责任与良心。”

其二，不能因私利而误人，误事。父亲是当年量子化学研究的有成者，曾从学于学部委员、中科院副院长唐敖庆教授的门下。唐教授满腹经纶，记忆惊人，每次授课均不带任何讲义，而是凭着记忆将公式写满黑板。父亲好学，勤记，帮教授整理了一本讲义。教授一直记在心里，后提议在国内组建一个量子化学委员会时，邀请父亲参加。但父亲拒绝了，说自已在兰大开了多门基础课，近年不涉研究，已对此生疏。

还有一事，彭长城印象深刻。当年兰大敲锣打鼓迎来了从美国归来的著名化学教授陈世伟与左宗杞夫妇。后陈世伟任兰大校长，左宗杞成为父亲的系主任。“文革”中，夫妻相继被打倒。陈世伟去世后，左宗杞孤苦度日。后中美乒乓外交，两国冰山渐融，左宗杞要求去美国与家人团聚。父亲听说后，推着自行车

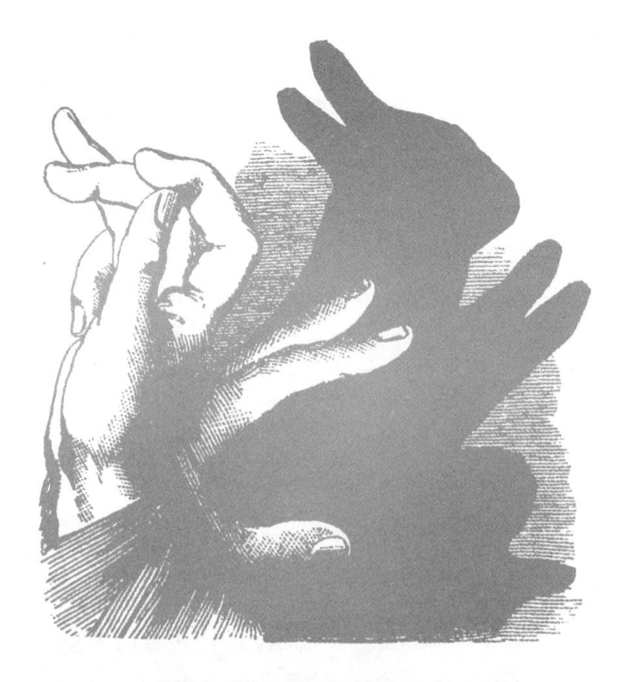

将其送往车站，而在当时的政治气候中，许多人躲之唯恐不及。那天大雪纷飞，彭长城永远记住了父亲与左宗杞在雪中的背影。

彭长城父亲名叫彭周人，出身河南一个望族。日本人攻陷河南后，家产尽没，全家陷入赤贫。但彭周人记忆力惊人，学习奇好，考上震旦大学。当时国民政府对于去西部办学上学均予以相当的优惠，去兰州上大学是免费的。父亲在兰大毕业后，留校任教。其后曾在新中国建国十周年时作为甘肃知识界的代表参加观礼。直到中风偏瘫前，他一直为国家物化专业高教教材编委。

一个男人某些程度上总是期待着父亲的相认，但彭长城却觉得父亲对他期望太高，以致不太满意。每次见到父亲时，他都觉得是两个男人间的交往，从小至大，他从来没有敢在父亲面前开过玩笑，也没有那种开玩笑的气氛与时机。为此，他很羡慕自己的弟弟与父亲谈笑风生的样子，这成了他的一个心结。直到父亲去世，他内心这个愿望一直没有实现。但我记住了他对我说起父亲时的面容，眼睛微红，泪光盈眶。

彭长城的优势在于他卓越的经营能力。作为一个既懂编辑又熟悉市场的复合型人才，他能够用经营的目光去策动编辑的方向，《读者》杂志发行量的连续跃升至少证明了这一点。

彭长城就任新职后，与前两位主编的风格有异，他更注重对《读者》形象的推广。《读者》杂志的成功，使《读者》的主编一度也成为媒体关注的热点。《读者》20周年之际，香港凤凰卫视中文台想对彭做一次专访，一向谨慎的彭长城认为这是向国内与东南亚华人推广杂志的绝佳机会，便欣然同意。这次由许戈辉对他进行专访的节目播出后，引发了国内其他媒体的关注。《人民日报》、《新闻出版报》、《南方周末》等上百家传媒也利用这个机会，要求采访彭长城。彭长城起初非常抗拒这种方式，底下也有人劝他多做少说，但他又觉得在一个信息可以影响思想的时代，单纯的退缩只会增加误解，甚至对你的忽视。而宣传推广杂志的影响力，也是一个主编的职责，于是他便有选择地接受了部分媒体的采访。

《读者》杂志社位于黄河之滨、美丽的丝路明珠——兰州

其中最引人关注的是中央电视台连续三次对他以及整个编辑部的专访。一次是崔永元请他来《实话实说》谈反盗版的事，再就是中央电视台西部频道的甘肃周，将他们作为甘肃的“名片”而做的专访。当然，引起轰动的还是他与汤姆·瑞德的那次卫星连线对话。

彭长城就在这样的方程式里游走着，他寻找着体制内最佳的运作方式，体会着“中间状态”的人生。从这个角度讲，彭长城还是一个纯粹的文人。

《读者》年谱

1980年　12月，甘肃人民出版社正式通知成立丛刊编辑部，正式调胡亚权与郑元绪进行此项工作。业务由胡亚权牵头，曹克己直接领导。

创办主旨：编辑为读者摘文，读者为编辑荐文。

办刊宗旨：博采中外 荟萃精华 启迪思想 开阔眼界

内容板块：文学艺术 社会科学 自然科学 生活科学

1981年　甘肃人民出版社申请创办《读者文摘》。甘肃省委宣传部批复同意《读者文摘》杂志1981年4月起正式创刊。报刊代号：54—17。暂定为双月刊，逢双月出版。

4月，《读者文摘》正式创刊。页码48页。定价0.3元。是国内当时唯一的一本综合性文摘杂志。

第二期，拥有订户将近5000名。

第三期起，杂志交邮局发行。

年底，订户达到7万册。

1982年 1982年第一期发行量达到16万。
1月份，彭长城来《读者文摘》报到。
1982年第12期发行量达到46.1万册。年度总发行量达到380.5万册。

1983年 胡亚权逐步确立了杂志封面基本轮廓：四处留白，中间放图，刊名压在图上方。
月发行量达到136万本，杂志在当年中国期刊排行榜上开始出现在第14位。
举办第一届阅读奖，奖品为价值22元的《辞海》。
10月，被甘肃省委宣传部通知暂时停刊，该事件被称为“《读者文摘》精神污染事件”。
10月中旬，甘肃人民出版社接到省委宣传部的通知，杂志于第11期恢复。
10月25日，1983年第10期与第11期合刊出版。
定价涨至0.6元。

1984年 第3期以《沙漠中的仙人掌》为题，首先介绍了台湾女作家三毛。

1985年 年初，胡亚权调离《读者文摘》，出任甘肃少儿出版社总编辑。
《读者文摘》以高票数名列《北京晚报》主办的中国“好刊”最佳杂志首位。

1986年 7月，彭长城被任命为杂志副主编。
定价涨至0.98元。

1988年 年初，彭长城提出“评选当年度十佳文章”。
彭长城与出版社出版处处长桂海盛奔赴武汉考察，经过与邮局、印刷厂反复协商，决定从1988年4月开始，在武汉7218工厂设立分印点。
8月31日，曹克己去世。

逐步建立了3个分印点：兰州负责60%的份额；武汉20%；南京20%。

1989年 首任主编周顿退休，出版社另一位副总编辑王维新继任主编。
9月，为了避免纠纷，甘肃人民出版社以《读者文摘月刊》注册，用增加“月刊”两字以区别美国《读者文摘》。

1990年 年初，杂志编辑部分为两个组：李一郎与孙永旭组成一个小组；刘英坤、袁勤怀组成了第二小组。郑元绪与彭长城担任主审，同时实行责任编辑制。
9月6日，新闻出版署主办的期刊“整体设计奖”和“印刷质量奖”揭晓，《读者文摘》独占两个二等奖。

1991年 第一期发行量达到创纪录的214万，跃居当年度中国期刊大发行量排行第四名。
年底，杂志月发行量超过198万。

1992年 3月，《读者文摘》十人插图展在兰州举办。同年，《〈读者文摘〉题图集萃》作为《读者丛书》的一本出版。
10月下旬，甘肃人民出版社的领导和《读者文摘月刊》编辑部的9名编辑举行会议，出版社张九超副总编辑宣布：主动放弃现有名称，1993年准备一年，1994年启用新刊名《读者》。

1993年 1月，维吾尔文版《读者》—《选择》正式出版发行月刊。
5月9日，中央电视台在《观察与思考》的专题节目中，就《读者文摘》更名的背景，社会各界的反响及更名的法律思考进行了全方位的报道。
7月号，《读者文摘》杂志正式启用新刊名—《读者》杂志正式诞生。
10月，定价涨至1.5元。《读者》成为当年国内最晚涨价的杂志。
11月刊发了题为《夏令营中的较量》的文章，引起社会对于中日少年比较话题的关注。

11月底，邮局征订数量表明，1994年《读者》征订数为320万册，发行量保持上升趋势。

12月，在白银举行的编辑部会议上决定：1994年每期增加8面彩页，2面广告，6面刊登美术摄影作品。

1994年

2月号为中国青基会刊发了一个整版的“希望工程—1+1助学活动”公益广告。到第二年3月，中国青基会收到注有《读者》字样的捐款14778笔，捐款总额达到人民币1525272.60元。

3月初，《读者》杂志被中央电视组织的“全国青少年影视文化兴趣调查问卷”评选的最受欢迎的十种杂志中名列第一。同月，山西大学、广西师范大学联合举办的受大学生欢迎的十佳期刊评选中，《读者》杂志又被评为最受欢迎的杂志之首。

《读者》杂志在中国新闻史学会、北京工人集报协会主办的“我们最喜欢的全国百家优秀报刊”评选中，再次名列首位。

4月，郑元绪离开《读者》编辑部。同月，胡亚权回到《读者》编辑部主持工作。胡亚权任常务副主编，彭长城任副主编，主编由甘肃人民出版社副总编辑陈绍泉兼任。

5月，《读者》杂志决定正式委托中华版权代理总公司作为杂志社著作权的代理人。

6月，《读者》杂志社正式成立，同时升格成为与其他专业社相同的级别，下设编辑部与营销部两个机构，胡亚权除主持工作外，把工作重点放在了编辑业务上，彭长城主管经营部，经营部主要负责印刷、发行、广告及一些开拓性业务。

10月号发表了三维立体画，引起读者兴趣。当期杂志印刷了360万册。

本年度，杂志的发行量呈现飞速增长的趋势，几乎每个月都在增长。年初，杂志仅有320万份，之后每个月都有近5万份的增长量，零售量更是以倍增长。到11月，已增至388

万份。总印量达到了5000多万份。

年底，在历时8个月的甘肃省首届期刊评选中，《读者》被评为“一级期刊”。

1995年　1月12日，甘肃省委、省政府联合在兰州召开表彰奖励《读者》杂志大会，重奖给《读者》杂志桑塔纳轿车一辆。

5月，发行量如期突破400万册，当期印数达到创纪录的417万册，在全国成为发行量最大的杂志。

7月，《读者》杂志正式宣布“小蜜蜂”作为刊徽。

7月，转载一篇题为《再为你点一次花烛》的文章，替读者找回了女儿。

10月，定价涨至2.8元。12月，在国家商标局注册英文刊名标识“READERS”。

1996年　4月，《读者》杂志创刊15周年。

1997年　9月，在教师节前，全国一万多名特级教师悄然收到了《读者》杂志赠送的刊物。

《读者》盲文版推出。自1998年开始，《读者》杂志每年提供4万元用作《读者》盲文版的出版费用。

1998年　1月，启用新的汉语拼音音标“DUZHE”。

3月，杂志出满200期。自此为起点，《读者》杂志推出光盘版，正式介入电子出版领域。并专门制作纸质的200期纪念册。胡亚权撰写总结文章《读者的历程》。

8月上旬，《读者》杂志社派出胡亚权、彭长城等4名代表与广东德胜电器公司代表一起加入到兰州军区文化部组织的赴新疆慰问团，西行千里，到达中国最西边的南疆军区进行慰问。

1999年　1月，甘肃人民出版社决定出版《读者》杂志乡村版。

开始“20世纪美术回顾”的系列介绍。

2000年　1月，《读者》第一本子杂志乡村版创刊号问世。
1月，首届国家期刊奖公布。《读者》杂志位居前列。
1月，《读者》半月版正式推出。当月，上半月版发行290万，下半月版发行207万，当月杂志发行量接近500万。到4月份，两刊的零售量达到了惊人的一致，各自发行都超过了300万，全月的发行量达到历史上的最高点，超过600万。当年杂志平均月发行量稳定在505万左右，创下中国当年度杂志发行最高纪录。
第4期，发行量达605万。
从第13期开始，介绍“20世纪中国美术百年展示”。计划历时3年完成。
启动“保护母亲河，共建读者林”活动。

2001年　4月，《读者》杂志创刊20年纪念。国家邮政局发行以《读者》杂志250期封面为图案的纪念明信片。
年度月均发行量467万册。

2002年　年度月均发行量达545万册。

2003年　4月发行突破700万册大关。
8月，与百名作者、作家签订了作品使用合同，在执行《著作权法》、依法办刊上又迈出了实质性的步骤，是中国期刊史上的又一个第一。
10月发行突破800万册大关，达到802万册，月平均发行量可达738万册以上。
上海人民出版社出版撰写读者杂志20年历程的传记《读者时代》出版。

2004年　自第1期始，《读者》在全国范围内将正文纸张由过去的单包印刷变为双色印刷，同时，插图、彩页的设计再次提升，以更优秀的杂志设计符合现代审美需要，且仍然维持在每本3元钱的价位。
前7个月平均月发行量已达800万册，5月份更是到了创纪录的858万册。

《读者》杂志社与新东方教育在线推出短信交流平台，进入互联网领域；与联通、移动运营商合作，为跨媒体经营作了有益的尝试和准备。

年底，《读者》开国内报刊征订之先河，与中国网通、掌上灵通和央视合作，向全国发出2400万次的手机和小灵通征订短信。

2005年 4月发行量突破900万册，达到创纪录的922万册。

2006年 《读者》（原创版）创刊，售价3元。

1月18日，以旗下品牌杂志《读者》冠名的读者出版集团有限公司正式在兰州成立。

4月，我国新出版物发行数据调查中心公布了一份发行量核查报告—《读者》月发行量突破1000万册。这一发行量使《读者》成为目前国内期刊发行最高的纪录保持者。

年度平均发行量达到898万册。

2007年 彭长城当选中共十七大代表。

12月，在北京中山音乐堂，《读者》杂志社和北京驱动文化传媒有限公司选用26年来读者所挚爱的经典文章，精心制作“读者的挚爱——诗文音乐朗诵会”。

《解密〈读者〉》出版新记

2001年5月，《读者》杂志20周年时，笔者撰写的《〈读者〉时代》出版。

这是一本注定要引起关注的书。我指的是这本书出版前与出版后所引起的反响。这本书动笔前，就引起业界关注。这种关注超越了我之前出版的所有作品。这本书启动了人们对于《读者》杂志的重新关注，成为业界与大众的一个话题。仅我目力所及，就有近千家平面媒体与电视传媒发布了关于这本书的评论，或者对《读者》杂志相关人士的专访。这中间包括了香港凤凰卫视许戈辉对《读者》主编彭长城做的专访，包括了香港《明报》、台湾《中国时报》与国内数百家报刊与至少三次中央电视台对《读者》杂志所做的专题节目，而彭长城与美国读者文摘集团董事长汤姆·瑞德的卫星电视对话，则成了业界一则著名的公关案例。在短短的两年时间里，我目击与感受了这本杂志真实的影响力。我知道，人们关注的不是这本书写得如何，也不是写这本书的人是谁，重要的是我写了这本杂志。

其实越是感受到人们对这本书的关注，越让我觉出《读者》杂志的重量与她在中国的影响力。我无意去与别人争执，但却不得不为自己所撰述这本书时的仓促而感到羞愧，当然这种失误注定要付出代价，在最大的搜索引擎GOOGLE上，输入《读者时代》，可以搜到上千个相关网页，而在这些网页上，伴着人们不同的关注与赞美，批评的声音也显得非常强烈。一位署名“电子情”的朋友发表的措辞严厉的文章《〈读者〉的穷途末路》，成为这种批评声音的代表。这篇曾在网上广泛流传的文章带着鲜明的个人偏执。他提出的许多观点让我震惊，如他认为“不能不说办《读者》杂志的一帮人很会煽情。为了替自己辩解，为了证明自己的合理性，在创刊20周年之际策划出版了一本书——《〈读者〉时代》”。

文章里透露，《读者》决定改名的消息刚一传出，许多读者痛哭失声，一位女生竟写信“以死相挟”：“若改名，我将自杀。”我难以理解受过十多年《读者》杂志的熏陶与教育，怎么竟会如此？

这些只是原话照录。我对这篇文章心怀敬意。但我想解释的是，这本书的写作目的只有一个，我也想知道这本杂志背后的秘密，因为我的好奇心决定了这一切。这就是写作这本书的目的与原因。

许多事情解释起来很像是一件值得品味的往事。我想告诉大家真相，我写的都是确实发生在《读者》身上的故事。这是任何人都无法改变的已经发生过的历史。这就是真实的《读者》生活，也是真实的《读者》杂志所创造的真实的传奇。

我是一个记录者，而不是一个评判者。

本书出版8年间，《读者》杂志发生了许多变化。胡亚权、陈绍泉相继退休，读者出版集团成立，彭长城担任《读者》杂志社社长，韩惠言就任总编辑。北美版成功登陆，3年发行量跃升近300万册，达到创纪录的上千万的发行量。当然在这些巨变的背后，由本书引发的各种关于《读者》发展的争议，也使《读者》杂志再次成为媒体关注的热点。2002年，包括新华社、《中国青年报》在内的许多媒体，开始把锋芒直指《读者》杂志的品牌开发与体制问题。本书成为他们引述种种数字与要点的一个来源，甚至引发国家相关部门、甘肃高层关注。

当遥远的兰州事实上成为一个巨变的中心的时候，我甚至感到了一种苍凉。许多事情本身十分单纯，但推动起来却是每个人的妥协与内心争战的结果。关于这本杂志的命运的争议，集中在如下几个方面：第一是杂志的品牌开发，第二是《读者》杂志能否在体制上进行改革，第三是《读者》杂志与出版社的关系。其实这些东西对于商业运作来说，基本上不应当成为问题，但为什么会成为问题，则发人深思。

至少我感受到的是，今后可以打败《读者》杂志的，肯定不会是其他的媒体，也不会是美国的《读者文摘》杂志，在中国还找不到可以打败他们的对手，至少现在如此。他们可能失败只会有一个原因，一个对手，一个敌人，那就是自己。《读者》杂志仍然没有走出危机与创业的前期，如同她一出生后就是如此，这本杂志的改革已到了最微妙也最关键的时候。走任何一步，都将是生机，同时也是危局。而救世者唯有她自己。

4年后再重新撰写与修订出版本书，其实是一种现实利益的妥协。

我想做一个实验，记录一本正在行进的感动中国的杂志的历史。同时，先前出版的那本书作为《读者》杂志的前传，并不能完整地记述这本杂志的传奇经历以及对于业界来说至关重要的先锋经验。我觉得我需要用一种全新的手法，去记述这本杂志，同时为这本杂志找到一个正确有效的阅读方式。

记录正在发生的历史，可能是件冒险的事，但我想看看结果。在这本书中，我想用互动的方式来记录《读者》传奇。我努力地将早在《〈读者〉时代》《〈读者〉传奇》时期的形容词全部删除，保留下来真实的过去与现在。同时通过可以代表《读者》27年重量的十篇经典文章，以及那些“灿烂的插图”，使大家感受到全新的阅读体验，变得好看与互动起来。因为单纯的记录远不如互相对比着看得清楚。

出版这本书的过程，使我不期然地与这本杂志的命运连在了一起。我也希望自己能成为这本杂志传奇的忠实记录者。

在此谨向为本书作序的贾平凹、余秋雨先生致谢。

感谢《读者》创始人之一胡亚权先生，他推荐了十篇《读者》最优秀的文章，并执笔撰写了荐语。感谢刘景琳先生、唐建福先生和海洋先生，我们的合作得到了一次最大能量的释放。感谢《读者》杂志社诸位一如既往的支持，使这本书有机会以全新的面目出现。

本书引用了《读者》杂志所刊的优秀插图，本书插图与文章，均由《读者》杂志社提供，请相关作者与本书著者联系，以便支付稿酬。联系邮箱：SYG@vip.sina.com。在此特向各位插图作者深表谢意。

2008年4月20日